本书受教育部人文社会科学规划基金（项目编号：12YJA870002）及聊城大学学术著作出版基金资助

崔建利 校注

柯劭忞詩集校注

中國社會科學出版社

图书在版编目(CIP)数据

柯劭忞诗集校注/崔建利校注. —北京：中国社会科学出版社，2017.3
ISBN 978-7-5161-9831-5

Ⅰ.①柯⋯ Ⅱ.①崔⋯ Ⅲ.①柯劭忞(1850—1933)—诗集 Ⅳ.①I226

中国版本图书馆 CIP 数据核字(2017)第 025276 号

出 版 人	赵剑英
责任编辑	刘志兵
特约编辑	张翠萍等
责任校对	朱妍洁
责任印制	李寡寡

出　　版	中国社会科学出版社
社　　址	北京鼓楼西大街甲 158 号
邮　　编	100720
网　　址	http://www.csspw.cn
发 行 部	010-84083685
门 市 部	010-84029450
经　　销	新华书店及其他书店
印　　刷	北京明恒达印务有限公司
装　　订	廊坊市广阳区广增装订厂
版　　次	2017 年 3 月第 1 版
印　　次	2017 年 3 月第 1 次印刷
开　　本	710×1000　1/16
印　　张	26.75
字　　数	365 千字
定　　价	98.00 元

凡购买中国社会科学出版社图书，如有质量问题请与本社营销中心联系调换
电话：010-84083683
版权所有　侵权必究

柯劭忞去世前不久照片

柯劭忞74岁时照片

柯劭忞手迹

《蓼园诗钞》五卷刻本书影

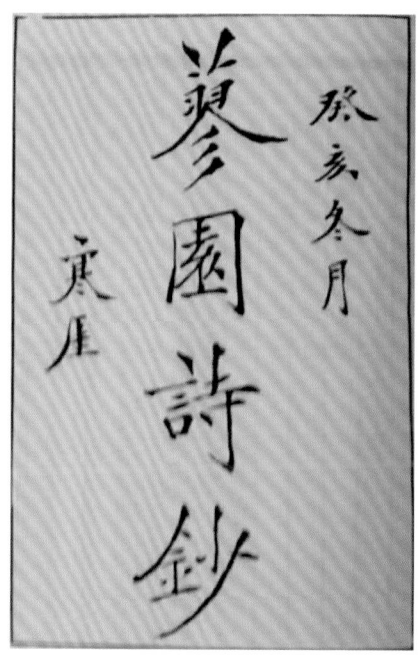

《蓼园诗钞》五卷排印本书影

《蓼园诗续钞》二卷刻本书影

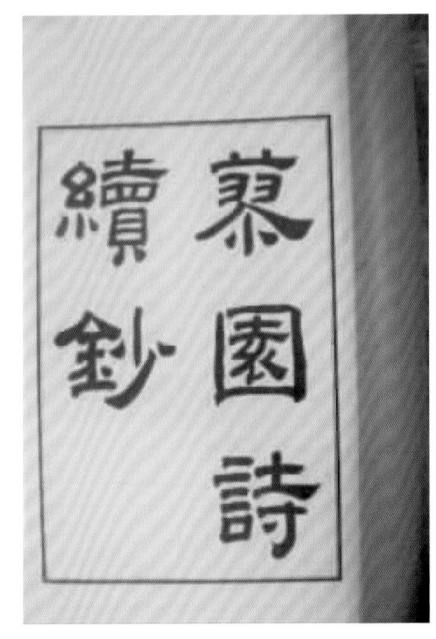

《蓼园诗续钞》排印本书影

目　　录

序一 ·· 赵伯陶(1)
序二 ·· 张秉国(1)
近代大儒柯劭忞(代前言) ······································ (1)
整理说明 ··· (1)

蓼园诗钞

蓼园诗钞序 ·· 马其昶(3)
蓼园诗钞题词 ·· 廉　泉(4)
蓼园诗钞题跋 ·· 王国维(5)

卷一　五言古体诗 ·· (6)
　　程符山阁、韩两先生祠 ······································ (6)
　　偕蒋甥友善游程符山 ······································· (7)
　　初晴至西原即事寄宋晋之 ·································· (8)
　　城西道中望郭丈荔岩村居忾然有作 ······················ (9)
　　晚出西郭怀徐山人象蒙寄以诗 ···························· (9)
　　七月朔日过高仲瑊十刹海新居 ·························· (10)
　　留别盛伯希祭酒 ·· (11)
　　答王一卿同年 ··· (12)
　　送王一卿 ··· (13)

晚泊兴集 …………………………………… (13)

饮丁六斋园 ………………………………… (14)

寄韩息舟 …………………………………… (14)

赠徐梧生 …………………………………… (15)

紫泉 ………………………………………… (15)

为马通伯题张魏公三省堂砚 ……………… (16)

与伯希晚至三泉寺饭 ……………………… (17)

平谷西山故刘秀才隐居 …………………… (18)

寓法华寺秋夜书怀简王廉生前辈 ………… (18)

循鸡足山北行石室清潭上有龙祠伯希属作诗 … (20)

逾山至天成寺 ……………………………… (20)

盘山行宫 …………………………………… (21)

云罩寺呈伯希 ……………………………… (22)

偕伯希过王山人家同访金泉公主墓 ……… (23)

和子秀 ……………………………………… (23)

徐菊人河西春眺图 ………………………… (24)

遣兴(二首) ………………………………… (25)

白丁花香 …………………………………… (26)

秋大雨新城半为泽国舟行访许石斋 ……… (26)

三泉寺 ……………………………………… (27)

滟滪堆 ……………………………………… (27)

代寄(二首) ………………………………… (28)

武胜关 ……………………………………… (29)

访徐山人象蒙隐居 ………………………… (29)

再寄徐山人 ………………………………… (30)

赠子秀 ……………………………………… (30)

自峡口至荆州作 …………………………… (30)

陈家渡 ……………………………………… (31)

目 录

渡长湖 …………………………………………………………（31）
江行 ……………………………………………………………（32）
春日成都郊外和王元达（二首）………………………………（32）
舟中望武昌府 …………………………………………………（33）
长沙试院作 ……………………………………………………（34）
渡洞庭湖 ………………………………………………………（34）
自永顺返道中作 ………………………………………………（34）
常德道中作 ……………………………………………………（35）
凤滩马伏波庙 …………………………………………………（35）
泊礌石 …………………………………………………………（36）
合州城外过杨明经隐居同至钓鱼山寻南宋旧城 ……………（37）
忠山 ……………………………………………………………（38）
六月五日晚泊南洲厅 …………………………………………（38）
永顺府 …………………………………………………………（39）
北行 ……………………………………………………………（39）
除夕感胶州湾近事寄于华峰同年 ……………………………（40）
登白云山 ………………………………………………………（41）
观音山朱鼎甫前辈寓斋 ………………………………………（41）
登铁塔 …………………………………………………………（42）
秋夕感怀（三首）………………………………………………（42）
龙洞 ……………………………………………………………（43）
徐菊人北江旧庐图 ……………………………………………（44）
壬子后余与吕戒庵过从最久卧病旬日未通音耗病愈访
　　之戒庵已尽室东归忾然有作不必寄戒庵也 ……………（45）
春禊日偕同人泛北海 …………………………………………（45）
贾来臣至兖州偕登少陵台有作 ………………………………（46）
过吴六处士村居 ………………………………………………（47）
饮贾来臣园中 …………………………………………………（47）

· 3 ·

过天津追忆前总督陈筱石同年事寄以诗 …………………… (48)

卷二　七言古体诗 ………………………………………… (50)
　　纺车 ………………………………………………………… (50)
　　伯希祭酒胅疾问以诗 ……………………………………… (51)
　　赠郭二丈立言 ……………………………………………… (51)
　　高南阜西村烟雨图 ………………………………………… (52)
　　寄孙佩南 …………………………………………………… (53)
　　寄刘子秀孝廉宋晋之太史 ………………………………… (54)
　　高翰生临桂未谷先生说文统系图 ………………………… (55)
　　姚少师为徐中山王画山水卷廉南湖属题 ………………… (56)
　　寄王子丹 …………………………………………………… (58)
　　寄盖凤西 …………………………………………………… (60)
　　送陈蓉曙南归 ……………………………………………… (60)
　　王钝夫以元人重摹苏文忠公雩泉记拓本见寄赋诗谢之 …… (62)
　　秦权拓本为宝沈庵题 ……………………………………… (62)
　　仇十洲仿宋人汉光武渡滹沱图 …………………………… (63)
　　哀城南 ……………………………………………………… (65)
　　后哀城南 …………………………………………………… (66)
　　石龟为豫锡之都统作 ……………………………………… (66)
　　车遥遥送敬孺长兄（二首）……………………………… (68)
　　丹邱双钩墨竹为宗人辅周作 ……………………………… (68)
　　赠谢叔璠 …………………………………………………… (69)
　　宋徽宗画鹰为方柳桥题 …………………………………… (70)
　　成都阿文成公祠 …………………………………………… (70)
　　钓鱼城行 …………………………………………………… (71)
　　大渡河行 …………………………………………………… (73)
　　为刘健之题蜀石经拓本 …………………………………… (74)

◇目 录◇

剑门雨后黄瀑布最奇寄以诗 ……………………………………… (76)
吴三桂伪玉玺拓本 ………………………………………………… (77)
红人菁 ……………………………………………………………… (78)
李莘夫山中读书寄以诗 …………………………………………… (79)
徐榕生以郎山诗见示题其后 ……………………………………… (80)
戚武毅刀为王廉生祭酒作 ………………………………………… (81)
伯希游小五台归示纪游诗八首以长句题之 ……………………… (81)
延子澄来蝶轩 ……………………………………………………… (83)
为罗叔言题攻吴夫差鉴拓本 ……………………………………… (84)
郭湘帆听松草堂 …………………………………………………… (85)
高翰生金泉校书图 ………………………………………………… (86)
徐鼐霖省长为其尊人追绘山居课子图属作诗 …………………… (87)
匡鹤泉侍郎画竹 …………………………………………………… (88)
戴海珊墓庐读书图 ………………………………………………… (89)
刘梓谦建南行役图 ………………………………………………… (90)
嘉祥县 ……………………………………………………………… (91)
叶焕彬丽楼藏书图 ………………………………………………… (92)
圈鱼 ………………………………………………………………… (93)
徐梧生宅看牡丹 …………………………………………………… (94)
青檀寺 ……………………………………………………………… (95)
严绍光西湖雅集图 ………………………………………………… (96)
为李一山题黄小松所藏唐拓武梁祠画像 ………………………… (97)
徐梧生鹊山寒食图 ………………………………………………… (98)
为周养安题其尊太夫人篝灯教子图 ……………………………… (99)

卷三 五言律诗 …………………………………………………… (101)
  对月 ……………………………………………………………… (101)
  真源寺遇文二丈端甫 …………………………………………… (101)

· 5 ·

鹿邑道中 …… (101)
遂平城外送孙佩南 …… (102)
寄景缦史 …… (102)
早行 …… (103)
西平县裴晋公祠 …… (103)
访刘惠卿金泉精舍 …… (103)
刘子秀书斋 …… (104)
故吏部侍郎胶州匡公挽诗(二首) …… (104)
寄梧生 …… (105)
晓发正定府 …… (105)
井陉 …… (105)
彭山舟中作 …… (106)
石门驿 …… (106)
越巂道中 …… (107)
清溪县 …… (107)
嘉定府试院小亭子为南皮张中丞造有水木之
　胜记以诗 …… (108)
予美寄郭蓉汀 …… (108)
凌云寺(二首) …… (109)
凉山 …… (109)
同顾复初饯王廉生即席作 …… (110)
泊归州 …… (110)
梅花(二首) …… (111)
山海关(二首) …… (111)
松山 …… (112)
乌拉街 …… (112)
永平道中寄王石坞 …… (113)
耶律文正王祠 …… (113)

目 录

送胡寿山之吉林兼寄吴清卿太常(二首) …………… (114)
通州八里桥 …………………………………………… (115)
夜坐朱子祠简丁少山 ………………………………… (115)
简徐菊人同年 ………………………………………… (116)
傅衡堂园居 …………………………………………… (116)
送子秀 ………………………………………………… (117)
新城书院寄九弟 ……………………………………… (117)
卢沟早发和伯希作 …………………………………… (118)
新城道中寄梧生 ……………………………………… (118)
伯希游百花山归赠以诗(二首) ……………………… (118)
寄敬孺长兄登州书院 ………………………………… (119)
三哀诗(三首) ………………………………………… (119)
送安小峰前辈(二首) ………………………………… (120)
九日宴江边即席有作 ………………………………… (122)
薄裕轩观音山后书斋 ………………………………… (122)
黄浦送朱鼎甫前辈 …………………………………… (123)
寄宋晋之 ……………………………………………… (123)
邠州 …………………………………………………… (123)
简管士修 ……………………………………………… (124)
晚郊即事 ……………………………………………… (124)
昆明池 ………………………………………………… (125)
寄杜仲丹 ……………………………………………… (125)
闻段西圃北归寄以诗 ………………………………… (126)
简朱纯卿太守 ………………………………………… (126)
白鱼圻 ………………………………………………… (127)
常德寄门人阎镇珩明经 ……………………………… (127)
郴州道中 ……………………………………………… (128)
澧州阻雨 ……………………………………………… (128)

泊零子口	(129)
颐和园值日道过张秀才书斋呈管士一祭酒	(129)
会稽王子贻其尊人为鄞县学官母病子贻乞以身代 　　自沈於鄞县之月湖母病竟愈此同治二年事也 　　哲兄子献属作诗（二首）	(130)
耆寿民侍郎见山楼	(131)
东光县董子祠	(131)
日本杂诗（十首）	(132)
黔中秋日书怀四十韵	(135)
过镇远谢秀山太守招游南山即席作	(136)
贵阳署中作简吴梅孙	(136)
过河道口故居遂登畿辅先哲祠高阁即事有作	(137)
丁巡卿总督挽词（二首）	(138)
即事	(139)
姚邨早发	(139)
金乡道中	(139)
野望	(140)
蒙山简饴山侍御	(140)
谒曲阜圣庙	(141)
子贡手植楷树	(141)
寄徐梧生（二首）	(141)
历历	(142)
忆昨	(142)
叹息	(143)
昔者	(143)
汉家	(144)
资江	(144)
垂帘	(145)

◇目 录◇

贾来臣邀集单父台赋呈三十韵	(145)
瀛台	(147)
团城	(147)
北海	(148)
佛寺	(148)
王饴山京寓书斋	(148)
园中杂诗(八首)	(149)
岁暮无憀感伤存没作怀人诗四首	(151)
晚过新民屯饮王进士书斋	(153)
为丁黻臣题召穆公太保鼎拓本	(154)

卷四 七言律诗 ……………………………………… (155)

七夕抵蒲州府偕韩二州登驿馆亭子	(155)
成都	(155)
登楼	(156)
舟中望佛图关简杨福孙	(156)
孙水关	(157)
送杨福孙	(157)
泊峡口寄宋晋之	(158)
宜都城外作	(158)
金山寺(二首)	(159)
过廉南湖申江别业	(160)
玉真阁	(160)
郭湘帆同年招饮即席作	(161)
送孙六皆	(161)
丙午过胶州故居作(四首)	(162)
安阳城外作	(163)
团山	(164)

观音岭和韩人金君平作	(164)
书院秋雨兼旬排闷裁诗寄郭蓉汀	(165)
送王惺斋	(165)
九日偕徐伯缙登昆卢阁	(165)
寄孙佩南	(166)
真定大佛寺阁子	(166)
寄李寿林	(167)
紫泉行宫	(167)
沪上山东会馆落成祀至圣先师恭纪以诗	(168)
三河道中寄崇文山前辈	(169)
简蔡崧甫	(169)
涿州王家店和伯希	(170)
从平谷至盘山宿僧寺	(170)
和伯希寄王山人作	(171)
书伯希四上舍生诗后	(171)
寄徐梧生	(172)
展舅氏李吉侯先生墓	(172)
宿霍家坡	(173)
旅夜遣怀	(173)
赠李莘甫	(174)
偕梧生赴定兴道中作简伯希	(174)
过元达小园	(175)
咏史（三首）	(175)
抵陕州闻车驾西幸已至长安	(176)
送端午桥之河南	(177)
送夏伯定	(178)
人日偕徐菊人集安觉寺	(178)
送官士修之永平府任	(179)

◇目 录◇

浮云	(179)
老犍坡阻雨寄文仲恭	(180)
病起登后园阁子	(180)
寄白澄泉	(181)
岳州旅次初见二毛寄梧生	(181)
辰龙关	(182)
旅夜书怀寄敬孺家兄	(182)
晚泊镇江寄张华臣	(183)
颐和园值日道中简管士一祭酒	(184)
即事	(184)
即墨诸生韩君以所居划入租界自缢以诗吊之	(185)
颐和园值日晚步湖上作	(185)
简莘甫	(186)
镇雄关	(186)
自题来鹤楼	(187)
簿领	(187)
简吴梅孙	(187)
镇远城外作	(188)
出城送客简谢秀山	(188)
酬泽之居士	(189)
寄王葵园前辈	(189)
再入史馆简恽薇孙学士	(190)
八月二十三日奏封事待漏直庐简胡素堂御史	(191)
寄王饴山	(191)
咏蝉和梧生	(192)
奉天城外即事	(192)
定兴鹿文端公墓下作	(192)
咏史	(193)

读三国志董卓传 …………………………………………（194）
春日郊行即事 ……………………………………………（194）
团城 ………………………………………………………（194）
十年 ………………………………………………………（195）
秋日园居即事寄通伯 ……………………………………（196）
简外弟吴辟疆 ……………………………………………（196）
遣兴 ………………………………………………………（197）
寄庞劭庵中丞 ……………………………………………（198）
送于梓生东归 ……………………………………………（198）
上元日作 …………………………………………………（199）
还潍县检孙佩南遗书得其未寄函题以诗 ………………（199）
徐小山中丞画像 …………………………………………（200）

卷五　绝句 ………………………………………………（201）
唐明宗祠 …………………………………………………（201）
章丘道中（二首）…………………………………………（201）
新城书院即事 ……………………………………………（202）
敬孺长兄长江霁雪图（二首）……………………………（202）
叉鱼子简徐伯缙 …………………………………………（203）
记梦（二首）………………………………………………（203）
纤夫词（三首）……………………………………………（204）
泸州（二首）………………………………………………（204）
题袁锡臣行草册子（二首）………………………………（205）
过湘阴县黄陵庙 …………………………………………（206）
岳州城外作（二首）………………………………………（206）
三绝句 ……………………………………………………（207）
涞水县石龟山 ……………………………………………（208）
简郭子嘉丈（二首）………………………………………（209）

◇目 录◇

和郭湘帆(二首) …………………………………………… (209)
湖上晚兴(二首) …………………………………………… (210)
成都杂忆(十首) …………………………………………… (211)
馥孙作雪里梅花扇面成都无雪戏作一诗 ………………… (214)
即事 ………………………………………………………… (215)
张韵舫眠琴室填词图 ……………………………………… (215)
寄梧生 ……………………………………………………… (215)
赵伯康画雨后秋海棠极零落之态作诗题之(二首) ……… (216)
三绝句 ……………………………………………………… (216)
郭心正丈墓 ………………………………………………… (217)
莫送滩词(二首) …………………………………………… (218)
宝沈庵上元夜宴图(二首) ………………………………… (218)
村居即事 …………………………………………………… (219)
赵伯䌹画扇面 ……………………………………………… (219)
徐总统画江湖垂钓册子 …………………………………… (220)
种胶州白菜 ………………………………………………… (220)
读北周书(二首) …………………………………………… (221)
咏史(二首) ………………………………………………… (222)
即事 ………………………………………………………… (222)
赠文星阶阁学 ……………………………………………… (222)
沈咏孙画 …………………………………………………… (223)
刘文清公槎河山庄即事诗卷子 …………………………… (223)
题陈梅村书札后 …………………………………………… (224)
题松小梦残荷野鸭扇面 …………………………………… (224)
挽奉新张忠武公(二首) …………………………………… (225)
书沈子敦侍郎书札后 ……………………………………… (225)
丁亥秋重过金泉精舍留信宿而去追怀曩昔口占
　二绝句记之 …………………………………………… (226)

· 13 ·

蓼园诗续钞

蓼园诗续钞题词 ················· 徐世昌（231）

卷一 古体诗 ························（232）

一 五言古体诗 ······················（232）

舟中望忠山 ····················（232）
忠山 ······················（232）
过大于河追忆与刘子秀宋晋之游此作诗 ········（233）
赠景缦使 ····················（233）
善果寺 ·····················（234）
送伯缙 ·····················（234）
晚眺 ······················（235）
长春道上作（二首） ···············（235）
九日偕荔岩丈登麓台 ···············（236）
廉惠卿小万柳堂图用伯希祭酒原韵 ········（236）
洞庭舟中苦热 ··················（238）
集定王台即席呈王益吾祭酒叶焕彬吏部并寄王壬秋
　　山长 ····················（239）
来鹤楼雨后作 ··················（240）
小园 ······················（240）
北轩 ······················（241）
武侯祠宴赵孝愚户部 ···············（241）
过盛伯希祭酒故居作 ···············（242）
病起至南洼 ···················（242）
答王静安 ····················（243）

◇目 录◇

雨后抵临城 …………………………………… (243)
张振卿前辈以劳山诗见示奉寄 ………………… (243)
明宏治中家廷言明府昌为阳江令封宋太傅张世杰墓
　并建祠陈白沙先生寄诗贺之先生裔孙垣得其
　诗卷属作诗 ………………………………… (244)
卢慎之校书图 ………………………………… (245)

二　七言古体诗 …………………………………… (246)
陪朱詹师登建昌西山望卬海作歌 ……………… (246)
成化鱼缸为盛伯希祭酒赋 ……………………… (248)
赠陈补山同知 ………………………………… (249)
集蓬莱阁送孙六皆之闽 ………………………… (250)
韩昌黎落霞琴为张振卿前辈赋 ………………… (252)
刘实夫为蓉汀画花卉十二帧曹中铭题以诗蓉汀标曰
　海滨二妙属作诗 …………………………… (253)
何吟秋约泛明湖是日余与同人入千佛山作诗谢之 … (254)
阙特勤碑拓本 ………………………………… (254)
十里泉简王逸山 ……………………………… (255)
赵婕妤玉印 …………………………………… (256)
为成竹山题澹厂图 …………………………… (257)
李一山新得华岳庙拓本属作诗 ………………… (258)
布谷 …………………………………………… (259)
名园 …………………………………………… (259)
题滨州杜文端公和东坡雪浪石及出定州诗卷子用
　原韵 ………………………………………… (260)
宋越州本小字麻姑仙坛记为傅青之先生故物作长句
　题之 ………………………………………… (262)

· 15 ·

卷二　律诗 …… （264）

一　五言律诗 …… （264）

古意 …… （264）

登高 …… （264）

峡口 …… （265）

归州旅次雨后作 …… （265）

晚宿朱留店 …… （265）

雪夜泊宜昌郭外简伯缙 …… （266）

章邱道中寄曹仲铭 …… （266）

洧川晚眺 …… （266）

辰州道中晤刘中鲁即事奉呈 …… （267）

江行寄朱益斋观察 …… （267）

庄头埠追忆子秀旧游有感作 …… （267）

偕孟景范泛小清河 …… （268）

霍家坡送景范回章邱 …… （268）

返潍县将抵里门追忆荔岩二丈忾然有作 …… （268）

章价人太守铜官感旧图 …… （269）

旅怀 …… （269）

晃州厅 …… （269）

集黄埔酒楼送王元达 …… （270）

过镇远谢秀山太守迓以诗载酒游山极流连之乐
　　赋诗答之 …… （270）

谢秀山太守言胡文忠公守镇远时建碉堡以御贼后
　　苗乱蜂起终不能至城下郡人至今颂之属作诗 …… （271）

旧黄平洲 …… （271）

家兄敬孺返太湖却寄 …… （272）

意园 …… （272）

◇目 录◇

海淀 …………………………………………………………（272）
集赵尚书别业 ……………………………………………（273）
晚晴 ………………………………………………………（273）
挽王静安 …………………………………………………（273）
园居简梧生 ………………………………………………（273）
蓼园晚兴 …………………………………………………（274）
郊行寄郭松存编修 ………………………………………（274）
小站道中即事 ……………………………………………（274）
秦宥横来夜谭赠以诗 ……………………………………（275）
挂甲邨 ……………………………………………………（275）
意行 ………………………………………………………（276）
蒙尘 ………………………………………………………（276）
欹枕 ………………………………………………………（276）
公园 ………………………………………………………（277）
十刹海晚行 ………………………………………………（277）
十刹海 ……………………………………………………（277）
庚子秋予扈驾西安宋芝田同年为作秦川晚眺图辛亥检阅
　　书簏重得此图时事已非多可感者补题小诗记之 ……（278）
曹经沅佥事春曹话旧图 …………………………………（278）
西单牌楼过文星阶阁学 …………………………………（279）
咏史 ………………………………………………………（279）
雨雪 ………………………………………………………（280）

二　七言律诗 ……………………………………………（280）

二里关题僧寺壁 …………………………………………（280）
孙水关登佛阁小集简钱隉江 ……………………………（281）
咸阳早行 …………………………………………………（281）
吉林城楼和顾皡民观察 …………………………………（282）

得顾皞民书奉答 …………………………………（282）
岳州晤朱纯卿即送其北上 ………………………（283）
偕丁少山城西晚眺 ………………………………（283）
应山道中 …………………………………………（284）
旅夜怀 ……………………………………………（284）
万里 ………………………………………………（285）
得家兄敬孺书以诗寄之 …………………………（285）
忆昔（二首）……………………………………（285）
留别王逸珊 ………………………………………（286）
陈蓉曙书来问近况以诗答之 ……………………（286）
蓼园 ………………………………………………（287）
简王静安 …………………………………………（287）
寄张振卿前辈 ……………………………………（288）
得宋芝田消息 ……………………………………（288）
集李嗣香学士别业即席为诗 ……………………（289）
卧佛寺简英敛之 …………………………………（289）
上元日留王静庵夜话 ……………………………（290）
寄升吉甫 …………………………………………（290）
清明日孙惠甫过访即事奉呈 ……………………（291）
偕叶焕彬过畿辅先喆祠清谈竟日焕彬属作诗 …（291）
招伯绅饮十刹海即席作 …………………………（292）
寄罗叔言 …………………………………………（292）
张君立约小集为文襄宴客地也感旧有诗 ………（293）
庚午重九日雪 ……………………………………（293）
冯公度北学堂雅集图 ……………………………（294）
金雪孙编修竹屋填词图 …………………………（295）
酬杨东渔 …………………………………………（296）
晚过宝应寺 ………………………………………（296）

◇目 录◇

三 绝句 ……………………………………… (297)
 与伯缙夜话即事有作 ………………………… (297)
 为曹仲铭题樱花图 …………………………… (297)
 寄扬子占 ……………………………………… (297)
 雾淞真定道中作 ……………………………… (298)
 题桂未谷先生诗册 …………………………… (298)
 陈补山花奴曲题后 …………………………… (298)
 出东便门为去冬送芝田同年处赋诗奉寄 …… (299)
 元遗山西园诗吊北宋之亡非咏哀宗时事注家误甚
  作诗正之 ………………………………… (299)
 蓼园即事(二首) ……………………………… (300)
 廊房 …………………………………………… (300)
 寄罗叔言 ……………………………………… (301)
 即事 …………………………………………… (301)
 遂平城外即事 ………………………………… (301)
 窦建德祠 ……………………………………… (302)
 题缪供奉花卉扇面 …………………………… (302)
 即事 …………………………………………… (303)
 西村感旧 ……………………………………… (303)
 于晋之藏予旧作数十首皆家兄所改定题曰夜雪吟诗
  不足存追忆夙昔怃然有作 ……………… (303)
 冯公度取金文镌砚百方属作诗(二首) ……… (304)
 即事 …………………………………………… (304)
 魏濂溪攀园图 ………………………………… (305)
 蓼杖 …………………………………………… (305)
 晚眺 …………………………………………… (305)
 寄陈将军谪居 ………………………………… (306)

· 19 ·

集外佚诗

武功县早行（辛巳） …………………………………… (309)
宁远道上（辛巳） ……………………………………… (309)
正月十四日排闷作（壬午） …………………………… (309)
伯羲由盘山复至三泉中途遇雨寄以诗用昌黎赠张彻韵 … (310)
题楼亭樵客遗诗 ………………………………………… (310)
奉送宽孙仁世兄游南洋 ………………………………… (311)
论徐世昌诗九首 ………………………………………… (311)

附录　柯劭忞传纪资料

上谕 ……………………………………………………… (317)
大总统令 ………………………………………………… (317)
新元史序 ………………………………………………… (317)
《新元史》出版 ………………………………………… (319)
退耕堂刻《新元史》 …………………………………… (319)
北京大学史学系教授会通告 …………………………… (320)
介绍柯凤孙先生《新元史》 …………………………… (320)
《新元史》论文审查报告 ……………………………… (322)
中华民国十六年九月十四日大元帅训令第四号令 …… (327)
老实不客气之柯劭忞 …………………………………… (327)
《贺葆真日记》所载柯劭忞资料 ……………………… (328)
柯劭忞先生逝世 ………………………………………… (331)
柯凤孙追悼会纪录 ……………………………………… (332)
国民政府令 ……………………………………………… (341)
悼柯凤荪先生 …………………………………………… (341)

◇目 录◇

挽柯凤孙 …………………………………………（342）
悼柯劭忞 …………………………………………（342）
消费合作社寄售柯凤荪先生遗著 ………………（343）
书坊争印名著之涉讼 ……………………………（343）
清故学部左丞柯君墓志铭 ………………………（344）
张尔田《学部左丞柯君墓志铭》订误 …………（346）
柯劭忞遇怪 ………………………………………（347）
关于柯劭忞 ………………………………………（347）
再述柯劭忞轶事 …………………………………（353）
《光宣诗坛点将录》之柯劭忞 …………………（358）
柯劭忞先生评传 …………………………………（359）

后记 ……………………………………………（375）

序 一

赵伯陶

清末民初，世事阢陧，革命军兴，王纲解纽。改良变法渐成明日黄花，是以梁任公创少年中国说，以为"少年强则国强""少年进步则国进步"者，无非寄憧憬于"前途似海，来日方长"（《少年中国说》）之未来。严又邻则谓国家富强之道在"求其能与民共治而已"（《辟韩》），又比较中西文化异同云："中国恕与絜矩，专以待人及物而言，而西人自由，则于及物之中，而实寓所以存我者也。自由既异，于是群异丛然而生。"（《论世变之亟》）谅哉此言！苍黄翻覆之际，欧风美雨来袭华夏，文人士夫栉沐其间，有识见者更喜以传统嫁接泰西，历算科技既瞠乎其后，人文教化亦有待夸娥氏焉。王观堂于辛亥鼎移之后，犹系心清室，然于哲学、美学、文学、戏曲皆能会通域外，尤为新史学之开山。其从容自沉或谓殉清，或谓负债，或谓殉文化，不一而足，陈寅恪则誉以"以一死见其独立自由之意志"（《海宁王静安先生纪念碑文》），提纲挈领，颇有见地。至于辜汤生之学贯中西，倡春秋大义，敬天法祖，驰名海内外，犹以胜朝遗老用世。后人目之为"怪"、为"痴"皆可，诋之为"陋"、为"顽"，则否。

柯蓼园年长于汤生，更逾观堂几三十龄，而所处时世则同在革故鼎新之际，文行出处略似，皆不与季世之顺民同路，然亦非欲挽狂澜于既倒者比，惟埋首学术，系心名山，成就堪称斐然。若以后世名声论，蓼园逊于汤生，更弗逮观堂远甚，要其三者信念之坚守、独立自由之祈向则一，未可轩轾。盖乱世不乏发扬蹈厉之先觉者，亦多有簠簋不饬之庸官俗吏，所鲜者向心赓续、务实求真之学人耳。蓼园博极群典，于经史、舆地、历算、词章之学无所不窥，而于史学尤所究心，《新元史》之撰述，《清史稿》之编纂，皆沾溉后学，前者更价重扶桑，竟膺东京帝国大学文学博士之选，百年前之异数也。后生蓼园廿馀年之张尔田遁庵氏，亦以史学名世，《史微》之作既蜚声士林，于《清史稿》之杀青与有功焉，差堪肩随蓼园。然遁庵倚声之学若《遁庵乐府》与其史学建树几于并耀齐辉，蓼园虽为徐菊人晚晴簃之座上客，诗名则逊于其史名。其《蓼园诗钞》，或谓拟昌黎、遗山，或谓可踵武工部诗史，观堂至以"今世之诗，当推柯凤老为第一"誉之。实则学人之诗，以其馀力而为之，典重质实，非关别材、别趣，能明其形迹、交游，即当有裨于考证，如此，则以诗史目之亦可。

崔君建利《柯劭忞诗集校注》之作，精心校勘，注释则瞩目于人名、舆地。卷末附录蓼园生平资料亦称详备，甚便读者。先是，崔君业师李庆立先生允诺为其发硎之作写序，不意今年五月遽赴玉楼之召，是以崔君再问序于余。余与庆立先生交近三十年，亦师亦友，攻错间则诚余畏友。今应崔君之请得以附骥，不免黄垆感旧，潸然于人琴俱逝矣！

是为序。

乙未仲冬于京北天通楼

序 二

张秉国

蓼园柯公者，清末山左之巨儒也。一生笃于治学，于经史、音韵、训诂、金石、天文、历算之学靡不精通，而巨著煌煌，亦足辉耀后世。以予末学寡陋，仅知其《新元史》诠采宏富，体大思精，其于蒙元一朝历史之覃精深思，睹此可知矣。书甫出即为学界所重，得列正史之林，而远超旧史矣。至于《清史稿》一书，亦为柯公所总纂，既撰儒林、文苑、畴人、天文，复于本纪及诸志多有删正，是书虽成于众手，而柯公之功亦巨矣。仅此二书，亦足可踵美迁、固，而无惭来哲矣。

今读崔君之文，乃知二书不足以尽柯公之学。其于经学，亦深研有得，所著《春秋谷梁传注》，时流誉为可方驾《左传》杜注，而争驱于《公羊》何解矣。至于《尔雅注》《文献通考校注》《后汉书注》《十三经考证》则藏诸囊箧，未及刊布。然即以上述行世著述论，亦足称清季之鸿儒巨擘矣。

柯公以经史著名，诗文则其馀事也。然偶一涉笔，便可惊动侪流。王静庵先生于诗词一道颇所留意，尝语人曰："今世之诗，当推柯凤老。"予读《蓼园诗钞》，叹其功力深稳，看似寻常，实为奇崛，而语挚情真，一派儒者纯厚气象，得之蕴藉为多。近人吴雨僧称，"柯先生诗法盛唐，专学杜工部，光明俊伟，纯正中和，如其为人"，于我心有戚戚焉。以予末见，其旨贵在抒发性情，于诗艺一道则不甚措意焉。善乎胡先骕之论："北方学者为海外所推重，不以诗鸣而诗亦可观者，是为柯凤孙先生劭忞……盖先生一代儒宗，诗其余事也。先生五言古体宗汉魏，最为浑古，七言古则宗唐人，时类昌黎，五七言律诗亦唐音，尤善为长律，排比铺叙，气沛神完，人所难能。"

吾同门友崔君建利，笃于学术，其为人，讷讷言不出于口，而为文雄鸷有深思，颇为吾师李庆立先生所重。犹忆十馀年前同门共学，时有探讨，崔君言不多，似亦无甚高论。及睹其文，则惊怖其言，犹河汉而无极也。因思韩非子口不能道说而善著书，益知言与文为两歧矣。毕业之后倏忽数年，予尘务经心，尸居碌碌，兼之天分有限，迄无成绩，每觉愧对友朋。而崔君沉酣于学，日有进境，其于蓼园诗，研究有年，积数年之力，勒成此书。其书之善，在校勘精、注释信而辑佚全。校勘则广搜众本，择善而从；注释精审简明，文献无征则付之阙如；辑佚则报纸杂志，遗编残简，靡不备录。洵为柯氏之功臣矣。

崔君整理此书成，以书稿呈于李师庆立先生。先生喜其有成，欣然欲为序，寻因病搁笔。彼苍者天，不佑善人，竟一病而殁。呜呼痛哉！崔君以序嘱予，予学殖浅芜，又寂寂无名，何足以序此书者？蒙崔君之谬知，谊不敢辞，为缀数语于简端，不能揄扬厥美，聊作佛头着粪而已。

乙未孟秋上浣张秉国序于济南

近代大儒柯劭忞(代前言)

一　家世与生平

柯劭忞（1850—1933），字凤孙、凤荪、凤笙、奉生等（这是由于古人同音字混用所致），号蓼园，室名岁寒阁，山东胶州市胶城镇东关姜行街人。

柯劭忞祖籍为浙江黄岩县，出身于书香门第，是元代著名学者柯九思（1290—1323）之后裔。明末，先祖柯夏卿曾官为福王、唐王时兵部尚书。明亡后，乃避居山东胶州。祖父柯培元，是抗英名将，道光辛丑年（1841），英人入侵厦门，柯培元率兵抗英。其父柯蘅，字我兰，号佩韦，庠生，是有成就的学者，曾受业于福建学者陈寿祺，长于诗词，对经史亦有相当研究，著有《汉书七表校补》《说文考异》《声诗阐微》《杜陵拗律审言》《春雨堂诗选》等。母亲李长霞，字德霄，是山东掖县（今莱州）著名学者李少白的女儿，国学根基深厚，诗亦富学识及灵性，有《锜斋诗集》。享有"诗古文词，冠绝一世"的美誉。咸丰十一年（1861），为避捻军之乱，柯劭忞随父母迁居潍县，择居城南孙家村。该村地接程符山，为名士姜国霖故里，被视为胜地，故柯家择此而居，后在城内北门大街路东购宅居住。后亦在附近择地立墓茔，其父柯蘅与其兄劭憼均葬于此地。

良好的家学渊源及家庭教育，使柯劭忞天资聪颖，好学善思。同治四年（1865），劭忞考取生员，时年十六。同治九年（1870），乡试中举。之后，他广交各省学吏，曾先后应聘于晋、粤、辽东等地书院担任主讲。清光绪十二年（1886），会试中进士，遂入翰林院为庶吉士，不久任编修，开始从事学术研究和著述，为其岳丈吴汝纶订正了《尚书故》4册。光绪二十七年（1901）三月，提督湖南学政。三十年（1904），充国子监司业，历官翰林院侍讲、侍读。三十二年（1906），奉派赴日本考察学务。是年十一月，以时事艰难，条陈讲求教育、整顿财政、培养将才、慎重名气名节，颇具远见。三十三年（1907）正月，奉命开去侍讲缺，以道员用，署贵州提学使。三十四年（1908）五月，奉命入京，派在学部丞参上行走。宣统元年（1909）正月，充京师大学堂经科监督。同年十二月，以山东盐务违章私销，呈请整理。二年（1910）八月，以经科监督暂署京师大学堂总监督，旋充典礼院学士。三年（1911）正月，以筹备立宪，更张太骤，用人行政，虑患宜深，奏请饬下政务大臣悉心斟酌。时各省革命运动，风起云涌，士绅军民，以清廷敷衍改革，群情仿扰，响应革命。清廷为缓和民心，降旨选派各省名望素著人员分途安抚。该年九月，命劭忞为山东宣慰使，督办山东团练大臣，尽管其岳父吴汝纶极力劝阻，但出于对大清王朝的一片忠心，柯劭忞仍旧未改初衷，毅然回山东督办团练。

　　1912年中华民国成立，清帝被迫退位。面对清王朝的灭亡，柯劭忞痛哭流涕，此后便"以孤忠自鸣"，任溥仪侍讲，一直不肯出仕民国。1914年他被选为约法会议议员及参政院参政，但均未就职，袁世凯曾多次劝其出山，均遭柯劭忞拒绝。后徐世昌做总统，虽然柯劭忞和徐世昌是同年的进士，关系密切，但柯氏仍不愿问政。民国三年（1914）春，以袁世凯为首的北洋军阀政府于1914年建立清史馆，任命前清东三省总督赵尔巽为馆长，编写清史，目的也在于笼络清朝遗老，柯劭忞应聘为总纂，先后有缪荃孙、吴廷燮等100余人参加编纂工作。同年四月，北京政府筹备约法会议，劭忞当选山东省选举会议员。五月，命劭忞为参政，皆不就，屡请辞职。四年（1915）

◇近代大儒柯劭忞(代前言)◇

　　三月，北京政府以参政周学熙另有任用，柯劭忞一并准予免去参政本职。民国二十二年（1933）夏，劭忞以胃部旧病复发入德国医院调养，稍痊归寓后，以幼子昌汾赴曲阜孔氏就姻，携新妇归，在报子街聚贤堂宴宾。劭忞以病后精神欠佳，未克亲往，但令子辈招待而已。宴后，其友多人复至其太仆寺街寓所当面道喜。劭忞不得不亲与周旋，竟缘过劳，旧疾复发，再入医院，诊治无效，于是年八月三十一日病卒，享年八十有四。葬于北京石景山福田公墓。

　　对于柯劭忞这位集学者与"孤忠自鸣"的晚清遗老于一身的近代大儒，我们现代人究竟应该如何评价呢？一直以来，世人甚至学界武断地用"遗老""守旧"甚至"反革命"等词语来定性包括柯劭忞在内的晚清遗老的心态及行为，这是很不科学的，也是很不客观的，因为人是很难超越时代和环境的制约的。柯劭忞对大清王朝近乎虔诚的忠贞及对推翻清朝之进步势力和行为的敌视，和他所处的时代及所受的浓厚的儒家教育背景密不可分，也只有结合其所处时代背景，我们才能对柯氏思想行为做出客观公正的评价。其实，在晚清遗老中，柯劭忞的人格和气节是备受称道的。尤以具有忧国忧民反帝爱国思想而著称于时。面对1897年德国入侵胶州湾，曾同清廷投降派进行过坚决的斗争。德占胶州湾之后，爱国义士宫中梱为抗议德侵而自缢身亡，引起社会极大轰动，公众自发吊唁者甚众。时居青岛的柯劭忞闻知后曾亲自撰挽联"汉家纵有中行说，齐国宁无鲁仲连"志悼[①]。在担任东方文化委员会委员长并主持《续修四库全书总目提要》过程中，得知日本入侵东三省后，他甚感愤怒，坚决放弃与日本人合作，遂毅然辞职并停撰提要条目。1926年3月18日，北洋军阀段祺瑞执政警卫部队开枪屠杀徒手请愿的学生，打死47人，打伤200多人。革命人士鲁迅在《记念刘和珍君》中所述及的这起大屠杀，若按常理，孤忠而又守旧的柯劭忞本该拍

---

① 山东省崂山县志编纂委员会编：《崂山县志》，青岛出版社1990年版，第884页。

手称快，但实际上柯氏也和鲁迅等诸多革命人士一样痛恨。在当时《京报副刊》所刊载的消息稿《诗人廉南湖主张将执政府改为烈士祠》曰：

> 诗人的这种主张，还是可以见一部分老年人对于这次惨案的心理。诗人自己当然满腹同情与悲愤不必说了，他还和我谈及柯凤荪先生的态度。我们如果丢开柯先生的学问不论，只讲他平日对于社会政治的意见和我们差相数百年，一定以为他对于这一回"爱国"的请愿不以为然罢，廉先生说，大不然。他也愤慨极了。①

廉南湖即廉泉，虽与柯劭忞是连襟，但思想要比柯氏激进得多，他对柯劭忞的了解和描述应该是可信的，这从一个侧面也反映了所谓的"守旧"，只是作为柯氏传统观念背景上的，并不是不分青红皂白地一味反对革命和进步。

二 学术成就

柯劭忞一生笃于治学，"举凡经史、词章、音韵、训诂、金石、天文、历算、舆地、医药，靡不精研"②，著作等身，堪称近代文史大家。

在经学方面，柯劭忞造诣颇深，平生独好谷梁，被授予翰林院编修后，曾与郑东父共同研究《春秋谷梁传》，1927 年他精心纂注的《春秋谷梁传注》15 卷出版，此书曾被时人称赞为"足与《左传》

---

① 平明：《廉南湖主张改执政府为烈士祠》，《京报副刊》1926 年第 454 期。
② 北京大学校史研究室编：《北京大学史料》第 1 卷（1898—1911），北京大学出版社 1993 年版，第 72 页。

◇ 近代大儒柯劭忞（代前言）◇

杜注、《公羊》何解方驾矣"①。《春秋谷梁传注》深为学界所重，1934年曾修订后再版。柯氏还曾为其岳父吴汝纶订正《尚书故》4册。其经学著述中未刊印的有《尔雅注》《文献通考校注》《后汉书注》《十三经附札记》等。1931年他收集经注善本刻石，附以自己所著的《十三经考证》，打算存于曲阜孔庙，但未及完成而殁。民国十四年（1925）五月，东方文化事业总委员会成立，由于柯劭忞当时的学术成就已誉满中外，深为日本学界所重，遂被聘为东方文化事业总委员会委员长暨中方首席代表，并负责《续修四库全书总目提要》经部易经类书目提要的撰著工作，共撰经类提要152则，所撰提要多简明扼要，见解独到，论断精辟。

柯劭忞在史学上的成就突出表现在两个方面：一是《新元史》的编撰及相关史料的整理；二是参与主持《清史稿》的编纂。

中国历史悠久，史学向为显学，历代撰著之多不可胜计。到清代为止，仅列为正史的就有所谓"二十四史"。其中当然不乏编得很好的，像前四史之《史记》《汉书》《后汉书》《三国志》以及《新唐书》等，但也有一些编得较差的，其中最受学界诟病的则是明朝宋濂等人编修的《元史》。该书存在的主要问题是史实错漏、详略不当、杂乱重复等。因此，很多学者对它表示了不满并予以正误或补遗，有些人则欲重修。如清初邵远平曾参阅元朝典籍，撰《元史类编》42卷，乾隆年间钱大昕曾计划重修《元史稿》100卷，但成书的仅有《艺文志》和《氏族志》。鸦片战争前后，具有开放眼光的魏源撰《元史新编》95卷。19世纪80年代，洪钧则利用出使德、俄等国的机会，收集西方有关蒙古的史料，作《元史译文证补》30卷。稍后，屠寄又进一步吸收国外史料，作160卷的《蒙兀儿史记》一书。此外，尚有汪辉祖《元史本证》、沈曾植《元秘史补注》、李文田《元朝秘史注》、高宝铨《元秘史李注补正》等，这些编著都不同

---

① 牟润孙：《柯凤荪先生遗著三种》，《海遗丛稿初编》，中华书局2009年版，第271页。

程度地克服了旧《元史》存在的缺点，推进了元史研究。但受各种原因和条件所限，又都不同程度地存在一些缺陷，不能算是完史。光绪末年，柯劭忞曾充国史馆提调，奉命勘定魏源《元史新编》。这一工作为柯劭忞充分掌握元史资料提供了很好的机会和条件，为编修《新元史》奠定了比较充分的资料和实践基础。进入民国后，柯劭忞更是闭门谢客，一意著书。他荟萃中外新旧元史资料，勘审邵远平、钱大昕、魏源、洪钧等人的撰述，吸收明清时代元史研究的若干成果，并综合《元史》《元朝秘史》《元典章》和《经世大典》残本，同时参考其他史著、金石、笔记、文集等典籍，于1919年完成了《新元史》初稿。《新元史》共257卷，考证58卷，其精审完善，实集诸家之大成。1919年十一月七日，《新元史》交教育部阅看。教育部以新元史精审完善，实远出《元史》原书之上，呈请仿照乾隆年间颁行二十四史唐书及五代史新旧并存前例，将《新元史》与《元史》一并列入正史。同年十二月四日，总统徐世昌以《新元史》"诠采宏富，体大思精"，明令列入正史，增二十四史为二十五史。1923年，日本东京帝国大学文学部以《新元史》一书赠劭忞以文学博士学位，对其可谓推崇备至。

参与并主持《清史稿》的编纂，也是柯劭忞重要史学成就之一。1914年，北洋政府设立清史馆，集中了清朝遗老100余人编纂清史，任命赵尔巽为馆长，柯劭忞等人为总纂。柯劭忞不但全力组织总纂，还分工负责本纪部分的总阅本纪25卷，多所删正。整理了儒林传3卷、文苑传3卷、畴人传2卷。《灾异志》5卷，刘师培初辑，柯劭忞复阅；《天文志》14卷自始至终皆由柯氏一人独撰；《时宪志》16卷，则由柯氏指导钦天监天文台人员编纂。赵尔巽去世后柯劭忞任馆长兼故宫博物院理事。参加编纂清史的人员变动很大，有的早早退出，有的病故。柯劭忞是自始至终主持其事的少数人之一。朱师辙曾评论说："以清史馆之人才论，学术文章，自以柯凤老为第一，渠既重篝元史，则史之体例凤所深研，且年望亦足以副之。若馆长请其为总阅,商定凡例,分配总分纂撰述,则按部就班,有条不紊,自不至于后来综集,方员凿枘之不相入,而以前所成之稿,等于废材。此为一大错误。"① 显然,朱师辙对清史馆开馆之初赵尔巽未请柯劭忞为总阅而感到遗憾,这也从一个侧面说明了柯劭忞当时的学术影响及其在清史修纂中所起的重要作用。

三 《蓼园诗钞》《蓼园诗续钞》成书及版本

柯劭忞从来视诗歌为末技,在诗词酬唱之风依旧盛行的晚清及民初,柯劭忞作为学界宿儒,自然少不了上自达官下至一般士子文人之间的诗歌酬唱,估计仅柯氏这类诗作当不在少数,遗憾的是柯氏写诗酬唱后从不留底稿,故其大量诗作都已佚失。目前存世诗作仅500余首,收录在其《蓼园诗钞》及《蓼园诗续钞》两个诗集中。说到柯劭忞的这两部诗集,就不得不提及近代文化史上另一名士同时也是柯劭忞的连襟——廉泉。

廉泉(1868—1931),字惠卿,号南湖,别号岫云山人,室名小万柳堂、帆影楼,无锡人。为桐城吴汝纶之弟吴宝三之婿,其妻吴芝瑛才藻懿秀,被吴稚晖称为"当代闺阁词宗"。廉泉曾任度支部郎中。后解职东渡日本,结识孙中山、徐锡麟等人,回国后宣传革命。袁世凯称帝后去日本。在东京设扇庄,介绍中国书画。袁世凯失败后回国任幕僚,曾担任过故宫保管委员。晚年信佛,卒后葬于北京潭柘寺。

在廉泉的一生中,最值得一提的是他的印书。1902年,廉泉与俞复(1856—1943)、丁宝书等集股在上海创立文明书局,俞复任经理。当时的文明书局主要编纂出版蒙学类课本、古今笔记小说、画册及碑帖等。其间廉泉便与好友孙道毅在南京石坝街校刊出版了李鸿章

---

① 朱师辙:《清史述闻》卷三,生活·读书·新知三联书店1957年版,第44页。

遗集。1915年，文明书局并入中华书局，其存货、资产等悉转入中华书局，但牌号暂保留，只加"新记"以识别；其业务经营也暂时独立，仍由俞复任经理。文明书局并入中华书局以后，廉泉曾任两届中华书局董事会董事。柯劭忞《蓼园诗钞》《蓼园诗续钞》排印本的编纂及出版，都是由廉泉负责编选并刊印的。关于《蓼园诗钞》及续钞的成书及版本流传情况，相关资料非常少，相关研究仅见《青岛教育学院学报》1992年刊载的一则小短文：

> 柯劭忞写的诗，平日皆留有底稿，但没有成集。民国初年，嘱其长子柯燕舲钞录成集。临清徐梧生常至蓼园谈诗论文，一天他将柯燕舲钞录的诗稿全部拿出，经过一个月的整理送回，怂恿刊印以为流行。不久，徐梧生病逝，诗稿搁置。
>
> 无锡廉泉（南湖）当时主持文明书局，又将诗稿校勘印行，该本按古体、律体诗、绝句等类排列……柯劭忞对文明书局本不太满意，乃自资梓刻出版，其排列次序亦有所不同，收诗亦略有不同。
>
> 《蓼园诗钞》出版后，陆续有诗作出，又加原诗未刊稿，文明书局又排印出了《蓼园诗钞续钞》一卷。柯劭忞亲自加入晚年所作诗，在自己木版梓刻《蓼园诗钞》基础上又刻《续钞》，已增至两卷，所以他的儿子柯钝银说："诗钞、续钞，皆有两本，其中次第、文字亦各有不同之处。"①

此文没注明引文或资料来源，笔者无从核实或判断结论的真实性。但文中所涉及的《蓼园诗钞》及续钞的版本情况，与现存版本情况基本一致，徐梧生与柯劭忞关系密切并曾助柯劭忞刻书，廉泉主持文明书局等，亦可坐实。只是，柯劭忞三个儿子中并无叫"柯钝银"者。

---

① 马汝惠：《〈蓼园诗钞〉的版本》，《青岛教育学院学报》1992年第1—2期。

◇ 近代大儒柯劭忞（代前言）◇

柯劭忞次子柯昌济字纯卿，莫非"钝银"系"纯卿"之误？

柯劭忞后人柯兰在其著作《千年孔府的最后一代》中也曾对祖父柯劭忞诗及诗集作过如下记述：

> 祖父在文学上造诣也很深，但遵照中国学术传统，他视诗为末道小艺，从不保存诗作，总是随手掷弃。后来祖母的姐丈——无锡廉南湖，觉得实在可惜，搜集了部分零散诗作，出版《蓼园诗钞》五卷及《续诗钞》。①

结合上述材料并笔者掌握的相关资料，下面对《蓼园诗钞》及续钞成书版本情况简述如下：

（一）关于《蓼园诗钞》五卷排印本和五卷刻本

民国十一年（1922），54 岁的廉泉旅居北京潭柘寺，开始着手对自己多年来所收集的柯劭忞诗作进行集中整理：

> 是年，募赀建良弼祠于翊教寺之东，嘱柯劭忞撰《良公祠碑》。旅居北京潭柘寺，编校柯劭忞《蓼园诗》。②

这里的《蓼园诗》应指中华书局排印的五卷本《蓼园诗钞》。从此信看，《蓼园诗钞》五卷排印本主要由廉泉主掌文明书局时校刊，在编校柯劭忞《蓼园诗钞》五卷过程中，廉泉已身患重病，身体状况颇差，正如当时他写给叔父廉建中的一封信中所言：

> 侄现患冲血重症，心皇皇若无主，夜睡不着已月余，岁在龙蛇自知不免。行将入潭柘养疴，于亲友贻书不答一字矣。往年编

---

① 柯兰：《千年孔府的最后一代》，天津教育出版社 1999 年版，第 142 页。
② 《近代中国》第 20 辑，上海社会科学院出版社 2010 年版，第 422 页。

◇柯劭忞诗集校注◇

校柯先生《蓼园诗》邮奉一册，同此欣赏。肃叩。谏叔道安。侄泉再拜十月八日①

此信见廉建中《南湖居士年谱》稿本"致廉建中函"一信，信中的"十月八日"即民国十二年十月八日，从"《蓼园诗》邮奉一册"看，信中所言及的《蓼园诗》应为《蓼园诗钞》五卷排印本。从此信可知，《蓼园诗钞》五卷排印本至少在1923年10月以前即有样书刊成。此书在靳云鹏和潘复的资助下，中华书局（实为文明书局，此时已并入中华书局，但业务仍相对独立且由廉泉俞复负责）于1924年4月完成了此书聚珍版铅字印刷，线装1册行世。版权页注明具体校勘者为俞复和柯劭忞内弟吴闿生（辟疆），其实也应有廉泉。廉泉请其好友孙洪毅（字寒厓）题写了书名。廉泉在五卷排印本《校勘记》末述曰："此本印成，得见蓼园老人自定本，字句间有异同，盖老人随时改易者也。录入校勘记，竢再版时改正。甲子春分后三日廉泉记。"这时的"甲子春分后三日"亦能印证《蓼园诗钞》五卷排印本版权页上的出版时间即1924年4月。而"自订本"即《蓼园诗钞》五卷刻本的底本。《吴宓诗话》记曰："《蓼园诗抄》，民国十三年南湖居士廉泉先生（已故）编，中华书局聚珍铅印本，全一册，售价二元。后又有木刻本。以体分为五卷。"②亦可说明《蓼园诗钞》五卷排印本和刻本成书的先后。《蓼园诗钞》五卷刻本为柯劭忞自己编定并组织刊刻，线装2册行世。不过从现存版本看，《蓼园诗钞》五卷刻本刊刻得比较粗糙，有诗无目或有目无诗及正文安排与目录不一致者屡见，刊印质量不如五卷排印本。《蓼园诗钞》五卷刻本究竟什么时间刻印成书呢？应为1925年农历十月，此据主要来源于王国维、赵万里批注之《蓼园诗钞》五卷排印本，赵万里于《蓼园诗钞》五卷排印本最后有如下说明："乙丑冬十月以新刻本

---

① 《近代中国》第20辑，上海社会科学院出版社2010年版，第422页。
② 吴宓：《吴宓诗话》，商务印书馆2005年版，第198页。

比勘一过。万里。"这里的"新刻本"即指《蓼园诗钞》五卷刻本，说明五卷刻本成书于1925年农历十月。

（二）关于《蓼园诗续钞》不分卷排印本和二卷刻本

《蓼园诗续钞》排印本不分卷，线装1册。从印刷字体来看，与《蓼园诗钞》五卷排印本采用了相同的字体，即中华书局专用的聚珍版仿宋字体，这一点在某种程度上与马汝惠文中所述"《蓼园诗钞》出版后，陆续有诗作出，又加原诗未刊稿，文明书局又排印出了《蓼园诗续钞》一卷"相印证。具体时间则无法确考，但其成书时间应该比柯劭忞自己编刻的《续钞》二卷本早。

《蓼园诗续钞》二卷刻本成书当在1929年之后。这一点可从徐世昌《海西草堂集》卷一中的两首诗得到印证：

其一，《上元前三日凤孙自京师来留此小饮》：

　　八十年华海鹤姿，翩然来是试镫时。抗颜海内无知己，阅世人中有导师。万里江山谁着手？一尊风月又论诗。神仙骨格儒生服，写入丹青问大痴。

其二，《凤孙同年新录蓼园诗钞成属为题辞》：

　　谱出云韶天半听，鞭龙走虎下苍冥。纵横河岳英灵气，驱使离骚草木经。仙吏功名留玉案，诗人才调画旗亭。回头多少东华梦，夜夜长看南极星。

海西草堂为徐世昌天津寓所，其中的"海"即指渤海。《海西草堂集》共27卷，目录一卷，主要收录徐世昌民国十七年（1928）到民国二十年（1931）春之间的诗作。徐世昌诗作内容广泛，可以说无事不入诗，重要节气节点几乎都有诗作。集中所收诗作按先后排列，基本上可判定每首诗的写作时间或时段。如上述两诗在集中先后排在一起，第一首就表明写作时间为农历正月十五左右，此诗前面推三首便为《己巳元日》，从这个题目即可确定"上元前三日"应为"己巳上元前三日"，即1929年的农历正月十二，这一天柯凤孙自京师来天津找老友徐世昌话旧，呈上新编录之《蓼园诗钞》并请徐氏题词。《徐世昌日记》（又名《韬养斋日记》）在这一天对此也有记载："柯凤孙自北京来，谈良久，留晚饭。"① 遗憾的是徐氏日记非常简略，未提及柯氏诗集及题辞情况。

笔者认为，徐世昌诗中所言及的"蓼园诗钞"应该是《蓼园诗续钞》，因为《蓼园诗钞》五卷排印本和刻本分别于1924年初和1925年底就刊印完毕。而从徐氏所言"新录蓼园诗钞成"来看，此时的"蓼园诗钞"应是编录完毕待刊印本。这里的"新录"之"新"不当作"刚刚"类含义理解，而应理解为与"旧"相对之"新"，"新录"即"再录、又录、续录"之意。柯劭忞在拜访老友之际提及新编诗集并求老友为编录完毕即将刊印的诗集题辞也很正常。不过究竟是二卷刻本还是不分卷排印本，从诗中无法得知。但从《续钞》二卷刻本和不分卷排印本的责任主体看，《续钞》不分卷排印本是廉泉主政文明书局时刊印的，主要是选取排印《蓼园诗钞》五卷本时所失收及柯氏随后续作诗。而廉泉1931年去世，1929年的廉泉已在北京潭柘寺养病，《续钞》五卷排印本应早已于此前刊成。"柯劭忞亲自加入晚年所作诗，在自己木版梓刻《蓼园诗钞》基础上又刻《续钞》，已增至两卷"，如果马汝惠这一结论实有所出，则说明无论《蓼园诗钞》五卷刻本还是《续钞》二卷刻本，都是柯劭忞亲自编刻的。他到老友徐世昌处拜访时所提及的"蓼园诗钞"，就应该是《蓼园诗钞》二卷刻本。

以上当然只能算推论，尚待新材料或新研究成果的检验。

---

① 徐世昌：《徐世昌日记》第13册，人民出版社2015年版，第6368页。

◇近代大儒柯劭忞(代前言)◇

2010年初，滕州市档案馆在整理历史资料中，发现了《蓼园诗钞》刻本部分木刻版片，版片涉卷首、卷一至卷四共五卷，共有版片48.5块。该木刻版版面精致整洁，字体精美，保存较好。另外还发现《蓼园诗续钞》刻本木刻版片11块。至于柯氏诗集木刻版片为何会在滕州，尚待考证。

四　柯劭忞诗歌的思想内容及艺术风格

（一）内容及思想

就内容而言，从柯劭忞现存两个诗集所录500余首诗作看，内容包罗万象，但概而观之，主要体现在以下三方面。

一是纪行。

受家庭渊源的影响，柯氏很早就开始写诗。同治九年（1870）乡试中举后，曾先后应聘于晋、粤、辽东等地书院担任主讲。清光绪十二年（1886）会试中进士后正式步入仕途。清政府退位之前的柯劭忞大部分时间都在京外谋生或为官，因此，纪行成为柯氏诗作中的一项重要内容，这类诗除具有较高的文学欣赏价值外，还具有重要的史料价值，即客观上记录了柯劭忞曾经的生涯行迹。如《长春道上作》（二首）其一：

塞路夕漫漫，天寒催饮马。篷兼野火飞，雁背江风下。

再如《日本杂诗》之五：

海上伤心地，要盟在马关。徒闻收旅顺，已见割台湾。
敌忾终虚憍，输平益懦孱。老成忧国泪，地下尚余潸。

《日本杂诗》十首为柯氏赴日本考察时所作，这是第五首，主要述及作者在马关时的见闻及感慨。有些以地名或地方山川风物为题的诗排在一起，还可看出作者的行踪路线，像《蓼园诗钞》卷一五言古体诗中的《自峡口至荆州作》《陈家渡》《渡长湖》《江行》等诗，仅从题目上就体现出柯氏当年赴贵州任提学使经过湖北省内的部分行程。

二是交游。

柯劭忞主要生活于晚清及民国前期，作为晚清重要官员和近代著名学者，其一生的交往是丰富而复杂的。因此，交游诗占其全部诗作的很大一部分。在柯氏诗集中，涉及诸多晚清名流，其中与柯劭忞交往最密切的，莫过于徐坊、徐世昌等。徐世昌现存诗集中有关柯劭忞的诗作达80余首，堪称柯劭忞的铁杆诗友。遗憾的是，柯劭忞诗集中有关徐世昌的诗作仅有4首。但仅从这几首诗中，也能反射出某些二人交往中的独特心境或时代气息。如《简徐菊人同年》一诗：

积雪满中园，寒林暖欲昏。檐晴乌啄瓦，巷晚客敲门。
甑为生尘涊，书因伐蠹翻。莫嫌疏懒甚，开径伫高轩。

这首诗创作时间不可考，但从诗的内容看，应该是大清王朝灭亡以后柯劭忞所具有的生活状态及心境。面对清王朝的覆亡，柯劭忞曾痛哭流涕，与诸多晚清遗老一样，发誓不做民国之官，即使后来做了清史馆总纂乃至馆长，也是怀着"以大清臣民编大清史"的心态工作的。柯劭忞的同年好友徐世昌更是晚清重臣，清亡之后也是和诸遗老一起赴青岛过起了遗民生活，但最终还是"以清太傅而仕民国"，乃至成为民国总统。该诗所体现的柯氏甘于寂寞清贫的心境，不知会让其曾位至民国总统的老友徐世昌作何感想呢？同样的心境与生活状态，在与王国维的酬答诗中则饱含着对学友的深沉谢意，请看《答王静安》：

◇近代大儒柯劭忞(代前言)◇

朝耕陇上云，新苗未逾寸。暮读室中书，夜长灯已烬。劳君相慰藉，怀抱何由尽。

在柯劭忞众多交游诗中，有很多题画诗。这类诗作往往是受邀应景而作，但也不乏思想性与艺术性俱佳之作。如《题袁锡臣行草册子》（二首）之一：

敬事堂前西阁子，黄梅花下看临池。兰亭笔法何人得？恐是当年智永师。

再如《徐总统画江湖垂钓册子》：

篛笠蓑衣一钓竿，白苹洲渚写荒寒。不知渔父住何处？七十二沽烟水宽。

三是咏史。

柯劭忞作为晚清及近代重要学者，尤以史学成就著称，咏史诗在其诗集中占有一定比重。吴宓在其诗话中便有"柯劭忞咏史诗"一节，专门介绍柯氏咏史诗：

柯先生遵照中国学术系统，视诗为末艺小道，然诗实能表现先生之精神、思想、学术、行事，此亦中国文学之正宗观念也。集中重要之作，有关史事者，为卷二七古之《哀城南》、《后哀城南》（庚子义和拳杀戮士大夫），卷三五律之《三哀诗》（甲午殉难死职之三将）、《历历》（宣统朝摄政王）、《忆昨》（张文襄公之洞）、《叹息》（辛亥四川铁路案引起革命）、《昔者》（辛亥武昌及沿江革命）、《汉家》（辛亥三十六镇陆军之倒戈）、《资江》（哀端方）、《垂帘》（隆裕太后下诏逊国宣布共和）、

《瀛台》、《团城》、《北海》、《岁暮怀人诗》(王静安等),卷四七律之《丙午过胶州故居》(德人取占胶澳地)、《咏史三首》(庚子之乱)、《读三国志董卓传》等,卷五七绝之《挽奉新张忠武公》(勋)等。①

除了上面吴氏所举之外,柯氏咏史诗还有很多,往往是通过咏史或述史来表达现实感慨,用典不露痕迹,主旨或情感倾向时显隐晦。不过也有例外,有的便通过咏史来直陈胸臆或学术观点,如《元遗山西园诗吊北宋之亡非咏哀宗时事注家误甚作诗正之》一诗:

梁园回望绣成堆,昔日繁华欲问谁?祇有金明池上月,弯弯犹学宋宫眉。

从思想倾向和情感基调来看,柯劭忞诗歌呈现出较为浓厚的末世心绪和悲国情怀。请看《十刹海》一诗:

夕阴移枉渚,车马尚流连。水气侵衣袂,荷风送管弦。
卖菱残暑后,沦茗晚凉前。不信山河改,游人似往年。

此诗典型地体现了晚清乃至鼎革之际柯劭忞复杂的思想状态。尽管作者"不信山河改",但"残暑""晚凉"等词语意象已将摇摇欲坠的大清江山所带给诗人的凄楚心绪展示无遗。柯劭忞对大清王朝怀有深深的依恋,但面对大清王朝的颓废趋势及不可逆转的革命洪流,他又无可奈何,唯一的释怀途径便是抒发一点兴亡之叹和黍离之悲。再如《题楼亭樵客遗诗》:

---

① 吴宓:《吴宓诗话》,商务印书馆2005年版,第198页。

◇近代大儒柯劭忞(代前言)◇

> 故宫禾黍未离离，崇政丝绚认履綦。今日重为华表鹤，伤心偏读故人诗。

这类悲国情怀的诗歌在柯氏诗作中甚为普遍。柯劭忞为徐坊诗札《楼亭樵客遗诗》所写的这则诗跋更是充分体现了这一点：在吊寄好友徐坊的同时，也深深表达出一份缅怀故国的黍离情怀。

(二) 艺术风格

尽管柯劭忞受母教影响"幼娴吟诗"，"七岁时即有'燕子不事春已晚，空庭落尽紫丁香'之句"[①]，表现出诗歌方面骄人的天赋，但柯氏始终以治学及学术为立身主业，因此，就柯氏诗歌整体来看，格调气息、学究气息颇为浓厚。如果硬要将其诗划入明清以来的几种所谓诗歌流派的话，用格调派特别是清代翁方纲的肌理派来描述柯氏诗风是较为恰切的。最早对柯劭忞诗歌特色做出评价的是李慈铭，他在同治十一年（1872）9月4日的日记中曾记述了对柯劭忞早期作品的印象：

> 在肯夫处见山东人柯劭忞诗，柯为肯夫庚午所取士，年仅十八，诗皆十七岁以前作，拟古歌谣，具戛戛独造，语不犹人。五七言古近体学六朝三唐，亦皆老成。[②]

李慈铭所述虽是柯氏17岁以前所作诗，但"老成"二字却点出了柯劭忞诗歌的整体特色。

随着阅历的增加和学识的丰富，柯劭忞诗风之老成特色更为明显，虽不及盛唐杜甫诗之气象恢宏，但质实与沉郁顿挫之感颇近杜

[①] 北京大学校史研究室编：《北京大学史料》第1卷（1898—1911），北京大学出版社1993年版，第71页。

[②] 钱仲联主编：《清诗纪事》之19《光绪宣统卷》引，江苏古籍出版社1989年版，第13186页。

诗。正如近人吴宓所言："柯先生诗法盛唐，专学杜工部，光明俊伟，纯正中和，如其为人。"① 而胡先骕则径称柯诗为"诗史"：

> 北方学者为海外所推重，不以诗鸣而诗亦可观者，是为柯凤孙先生劭忞……盖先生一代儒宗，诗其余事也。先生五言古体宗汉魏，最为浑古，七言古则宗唐人，时类昌黎，五七言律诗亦唐音，尤善为长律，排比铺叙，气沛神完，人所难能。先生虽淡于荣利而忧国之怀激烈，故感时抚事可称诗史。②

"诗史"其实可以从内容和风格两方面考察。就内容来讲，上面已述，柯诗寓史于诗，反映现实，针砭时弊，咏怀历史，这点与杜甫诗是相通的；就风格来看，柯诗虽少纵横开阖的盛唐气象，但沉郁顿挫之风亦可直追杜甫。下面是柯氏七律诗《旅夜遣怀》：

> 屃赑春寒析酒醒，夜阑犹傍短灯檠。十年留滞长安客，万感凄凉画角声。宰相荐贤终误国，书生决胜尚论兵。从今不信王夷甫，努力中原乱易平。

本诗以历史人物王夷甫表达作者对翁同龢采用张謇强硬抗日主张的不满，将大清衰败归因于抗日，这种认识虽既不客观，又不科学，但诗之"风骨高骞，意味老澹"，真可谓"一时巨手也"。③ 四川万县徐际恒（久成）《艮斋诗草》中有《读蓼园诗集》一诗，对柯氏诗风作了总体描述和评价：

---

① 吴宓：《吴宓诗话》，商务印书馆 2005 年版，第 198 页。
② 胡先骕：《四十年来北京旧诗人》，张大为等编《胡先骕文存·上》，江西高校出版社 1995 年版，第 494、495 页。
③ 王森然：《近代二十家评传·柯劭忞》，书目文献出版社 1987 年版。

◇近代大儒柯劭忞(代前言)◇

　　大雅沦胥蔓草中,筝琶细响乱丝桐。派从大历窥宗匠,体到西昆识变风。法乳能探三昧奥,词源真障百川东。梅村不作渔洋渺,低首骚坛拜此翁。①

徐际恒（1873—1933），字久成，号艮斋，万县人，曾任国会议员。此诗虽不乏溢美与推崇，对柯氏诗风之描述及历史定位并无不确。

---

① 徐际恒：《读蓼园诗集》，《艮斋诗草》民国二十一年铅印本。

整理说明

一、本诗集主要汇辑柯劭忞《蓼园诗钞》及《蓼园诗续钞》两个集子中所有诗作540首，及校注者在整理过程中从各类文献中辑出的柯氏存世诗作15首，一共是555首。

二、关于底本与校本。

1.《蓼园诗钞》五卷：以中华书局1924年4月排印本为底本，因该本无论从内容收录还是版式方面均较《蓼园诗钞》五卷刻本为善；以柯劭忞自刻五卷本为校本。校注行文中涉及《蓼园诗钞》五卷排印本者，简称"五卷排印本"，涉及《蓼园诗钞》五卷刻本者，简称"五卷刻本"。另有如下辅助校本：

王国维、赵万里批校《蓼园诗钞》五卷排印本。

王国维曾将自己所藏《蓼园诗钞》五卷排印本对照柯氏相关诗稿进行了局部校对并批注，1925年五卷刻本成书后赵万里又将王国维批校本对照五卷刻本作了全面校注，王、赵批校本现藏于国家图书馆。校注行文中涉及王国维赵万里批注者，直称"王国维"或"赵万里"。

吴闿生《晚清四十家诗钞》。

该诗集1924年由北平文学社刊行，收吴汝纶以下41家诗600余首，其中录柯劭忞诗33首。校注行文中涉及《晚清四十家诗钞》者直称诗集名。

2.《蓼园诗续钞》：以二卷刻本为底本。《蓼园诗续钞》二卷刻本虽较粗疏，有目无诗或有诗无目、目录排序与正文不符等屡见不鲜，但收诗数量较不分卷排印本《蓼园诗续钞》多，故以二卷刻本为底本，以中华书局不分卷排印本为校本。校注行文中涉及《蓼园诗续钞》二卷刻本者，简称"续钞二卷刻本"，涉及中华书局不分卷排印本者，简称"续钞不分卷排印本"。

除上述几种校本外，柯氏诗作还散见发表于民国年间的一些报刊中，校注行文中凡涉及这类文献，均出全名。

三、本次柯劭忞诗集整理内容暨体例主要含点、校、注、辑佚四部分。

1. 点：对柯氏诗文进行断句与标点。

2. 校：凡与底本有异者，均作校语，以（一）（二）（三）等为序标示。

3. 注：本诗集的整理可为世人提供柯劭忞存世诗作全本，以传承文献、资料备征为旨归，故不作鉴赏性的词语泛释及背景解析，以免喧宾夺主，但对诗中体现该诗写作背景及作者行迹、交往等线索的人名、地名等酌作解释。有校语者，注文排在校文之后，注文以①②③等为序做标示。另外，一些诗中个别地方有作者夹注，无论是刻本还是印本均为双行小字，为保持版面齐整，整理过程中均在原诗自注位置加注号，将原诗自注移到注文中，并以"自注"二字标明。

4. 辑佚：柯氏治学以经史为正宗，向来视诗歌为余事，日常酬唱及自吟所作，多不留底稿。《蓼园诗钞》及《续钞》所收诗作只是当时能收集到的部分作品，故柯氏诗作散佚者众，能流传至今者甚少，整理者对此关注有年，虽查阅文献无数，但也仅辑出15首，作为柯氏诗集本次整理之"集外佚诗"部分。

此外，柯劭忞去世前后的传纪资料多存于民国文献中，流布未广，整理者多方收集，得其大概，作为本集附录，以便学者参考。

四、原诗题含两首以上者，目录注明首数，但正文多未注明，此皆补出，并将每首诗用中文数字一、二、三等标出。辑佚诗标明出

◇整理说明◇

处，以利覆案。

　　五、异体字改作通用字（专名不改），通假字一般不改。原作为示尊称而抬头、空格处，一律取消。

蓼园诗钞

◇蓼园诗钞◇

蓼园诗钞序

马其昶

　　胶州柯凤孙先生，积学能文，名被海内外。年七十，著《新元史》刊成，详实视旧史为胜。日本得其书，付文部评定，咸推服，以为不可及，赠以文学博士。先是，东海徐公以总统得文学博士于邻邦，而先生继之。予谓是可以洒吾国群士失学之耻，要不足为先生道。先生之蕴，非可以史学尽也。光绪初，予游京师，因孙君佩南、郑君东父获识先生，知其精小学而已。后十余年再见于京师，先生方与东父共治《春秋》，见予文《论丧服》诸篇而善之。别去，予归里，先生出督贵州、湖南学政又十余年，而宣统改元。予官学部，孙、郑二君皆前卒，先生独巍然幸存。天下扰扰复十余载，予与先生浮湛燕市，无所聊赖，日取先圣遗经发愤研诵，务明大道之原，存已坏之人纪，期至老死不悔。先生治《谷梁春秋》，予治《毛诗》，继治《易》，治《尚书》及《孝经》《大学》《中庸》以逮《老子》，皆赖先生得就其业。凡予之为说有创获，先生未尝不欣赏；有谬义，亦未尝不纠也。盖学问之事，有本末焉。传云："正其本，万事理。"岂不信哉！六经者，学问之渊海也。先生之学，其深于经乎！本经术以制行，则行洁；以为词章，则其言立。先生耽道弃荣，不以高节自矜，而独致勤于灾赈，所全济甚众。[一]性喜为诗，顾不苟作，廉君南湖为录存五卷，将刻行，先生曰："子为我序之。"予不能诗，然能粗知先生之学行，故述其离合数十年之迹，后之读者不以诗求先生，而先生诗所由工可知也已。癸亥季冬桐城马其昶序。

　　校：

　　（一）五卷刻本夺"而独致勤于灾赈，所全济甚众"。

蓼园诗钞题词

廉 泉

三百年来此健者，看君史笔寓于诗。
旧游季重浑如梦，后世子云更有谁？
历历陈编空自许，悠悠天步欲何之？
曾同祭酒谈天宝，凄绝城南柳万丝。①
堂堂一代风骚手，鹤骨孤撑意自闲。(一)
夜觅旧题依佛座，晓闻天乐忆鱼山。②
牵肠朋辈饥难忍，回首觚棱路绝攀。
片念微茫谁共语？钟声和月振幽屏。(二)

校：

此二诗初发表于《学衡》1923年第24期，原题为《柯凤荪蓼园诗草题词二首》。五卷刻本未收此诗。

（一）孤撑：《学衡》版作"撑撑"。

（二）共语：《学衡》版作"与语"。

注：

①自注：廿五年前公与伯希祭酒同作《小万柳堂长歌四十二韵》，江南吴布衣观岱为补图。庚子之变，流落人间，公诗未留稿，不能记忆矣。按：《蓼园诗续钞》已收此诗，诗题为《廉惠卿小万柳堂图用伯希祭酒原韵》，诗后亦附录盛昱原诗。

②自注：《过我申江别业》及《题姚少师山水卷子》二首今于集中得读。

蓼园诗钞题跋

王国维

古来学杜得其神髓者,无如义山,后山,一千年后,乃得蓼园。三复此编,当知此言非溢美也。观翁。

校:

此跋为本次整理者所加。

跋语出自王国维对自藏《蓼园诗钞》五卷排印本所作眉批,时间当在1924年4月至1925年冬之间。因《蓼园诗钞》系中华书局于1924年4月以聚珍仿宋铅字排印,而赵万里于1925年10月即以新刻《蓼园诗钞》五卷本对此本加以校勘,此本现存于国家图书馆。赵万里在《国学论丛》1928年第1卷第3期发表的《王静安先生手校手批书目》一文中有如下记述:

《蓼园诗钞》五卷(中华书局排印本)。

今人柯劭忞撰。

有眉识及跋语;朱笔则乙丑冬万里据五卷刻本校。

其中的"跋语"即包含本题跋,为王国维所题。《文献》第10辑(1981年)所刊《观堂题跋选录(子集部分)》一文亦选录此跋。

卷一　五言古体诗

程符山①阎、韩两先生②祠

寻山纡近赏，杖策登云岫。僧蓝架厜㕒，俯挹西涧溜。
考槃留逸躅，林壑增天秀。愔愔读书庐，地尚茅茨旧。^(一)
乾嘉全盛日，才俊咸辐辏。考功既自免，来安亦解绶。
真儒铲名迹，推分甘所受。宁知德不孤，相期百年后。^(二)
翰墨犹仿佛，樵苏时逗遛。我投祠下宿，再拜觞新酎。
堂前两梧桐，离立复修溜。向晚席其间，清风满襟袖。

校：

（一）愔愔读书庐：五卷刻本作"井甃陊苍苔"。

（二）甘：五卷刻本作"任"。

注：

①程符山：又称浮烟山，占地面积11.4平方千米，海拔159米。离潍县古城（今潍坊市潍城市区）12公里，因山中有座麓台书院而远近闻名。

②阎、韩两先生：指阎循观和韩梦周。

阎循观（1724—1768），字怀庭，号伊蒿，曾祖阎世绳是雍正皇帝的老师，祖父阎瑜曾任工部主事。阎循观自18岁中举至乾隆三十一年（1766）中进士前，曾在程符山麓台书院主教十几年。据《重修麓台学舍记》载，当时，因各地要求前来读书的学子不断增加，阎循观和同道倡议募捐集资，扩建麓台书院，乾隆二十三年（1758）竣工，使书院容纳学生数量达百人以上。在授课之余，阎循观着力著述，存世著作有《尚书读记》《春秋一得》《困勉斋私记》《西涧草堂诗集》等。

韩梦周（1729—1798），字公复，号理堂，潍县东关人，幼年丧父，家境贫寒，刻苦好学。潍县县令郑板桥感其勤奋，遂以己之薪俸予以资助，并在学业上给予点拨。韩在麓台书院苦读，乾隆二十二年（1757）成进士，曾任安徽省来安县知县，为官三载，廉洁勤政，利用自己著作的《养蚕成法》，教民众务农养蚕，深受民众爱戴。韩梦周自乾隆三十四年（1769）返回故里，不复出仕，在麓台书院讲学27年之久，惠人无数。其著述有《韩梦周易解》、《中庸解》、《大学解》、《理堂文集》10卷、《理堂诗集》4卷、《理堂日记》、《山禾集尺牍》、《圩田图三记》、《养蚕成法》、《文法摘抄》等，后人把阎循观与韩梦周并称为"山左二巨儒"。

偕蒋甥友善游程符山

程符为地肺，可以弗不祥。林扫蛇虺毒，崖丛杞菊芳。
修坂东逶迤，土石赪有章。倏如锦翻舒，垂天负朝阳。
倒映沧海碧，百里无崇冈。仆本羁旅人，奔走穷殊方。
幸及驰担暇，偕尔同徜徉。采药梯风磴，寻僧馆云房。
秋窗山气入，夜枕灯影凉。夙昔抱微尚，投老终不忘。
鹪鹩栖一枝，取足在榆枋。峨峨阎与韩①，近有读书堂。
当年弦诵士，抱瓮精庐傍。

注：
①阎与韩：阎循观和韩梦周。

初晴至西原即事寄宋晋之[①]

首春雨雪繁，新阳气尚闵。
林际拂鸣鸠，檐端晃朝晰。
散帙厌疲劳，暄郊乘节物。
渚蘋业初合，岸柳稊俱发。
妍辰渐葱蒨，离怀终拂郁。
冰开网陟鱼，冻释剧苞蕨。
胜游如昨日，垂垂已华发。
矧我素心人，沈忧弥岁月。
支离酒应困，闲关梦屡失。
醇醪谅易醒，长途信难越。
曷用答绸缪，缄词当书札。

注：

①宋晋之即宋书升（1842—1915），字晋之，又字贞阶，号旭斋，山东潍坊市潍城区人，清末民初的著名《周易》研究家。1892年中进士，钦点翰林院庶吉士。后放弃仕途，归里潜心著述。其间曾掌教于济南高等学堂、师范学堂。1907年，为光绪皇帝召见，赏五品卿衔。生平著述有《周易要义》《春秋长历》《读春秋随笔》《续春秋三界考》《禹贡说义》《夏小正释义》《考经大旨》《古韵微》《校订三元甲子编年》《诗略说》《山左金石约录》《旭斋文钞》《灯商随笔》《尚书要义》《孟氏易考》《礼记大旨》《尔雅拾雅小尔雅广韵校》等，惜多未刊刻。宋晋之与时贤如柯劭忞、徐世昌、孙葆田等多有交往。

◇蓼园诗钞◇

城西道中望郭丈荔岩村居忾然有作[1]

田家霜露重，蚤起畏沾濡。瞳瞳原上日，已出东南隅。
凉野寨晨色，焜黄辨林墟。平畴交麦垅，侧路缘瓜区。
前登西山麓，望见中田庐。夙昔衡门下，邂逅褫衣裾。
蓬蒿谁复剪，井径久应芜。恻恻怀人意，凄凄感物摅。
平生推奖分，羁卯许狂愚。庶几慰九京，不乞墦间余。

注：

[1]郭荔岩：生平未详。柯劭忞母亲李长霞在《述事五百字寄吉侯弟》一诗中曾述及："弟与中表郭荔岩为邻居，余两子及第皆假馆郭氏西园"（见徐世昌编，闻石点校《晚晴簃诗汇》，中华书局1990年版，8678页。）可见，郭氏为柯劭忞母亲之表兄弟。

晚出西郭怀徐山人象蒙寄以诗[1]

回风飏稷雪，曾云倏离披。远天暗复晰，掩映桑榆时。
问余何所适？爱此寒林姿。毚兔伏深丛，鹖鸡鸣正悲。
若人抱孤尚，茸宇临苍陂。愿言一携手，契阔逾三期。
衰草覆町畽，枯茎带藩篱。想象山村暮，物色正凄其。
植身有荣瘁，蹈道无险夷。谁谓蕴藉浅，待汝共栖迟。

注：

[1]徐山人：所指无考。

·9·

七月朔日过高仲瑊^① 十刹海新居^(一)

金天候初交，畏日仍炎赫。凌晨驾短辕，问汝湖上宅。^(二)
苔痕净阶砌，冰气凉茵席。登楼恣睱眺，放目盈秋色。^(三)
晚树尚扶疏，鸣蜩已萧瑟。陂塘何所有，荷蕖纷狼藉。
前夜风雨来，独立非汝责。华落实将披，感物增心恻。^(四)
吾侪本疲驽，未受羁衔迫。啸咏得良朋，流连忘曛夕。^(五)
儒行论更仆，卤莽无一得。终当返敝庐，抱瓮清漪侧。^(六)

校：

（一）吴闿生《晚清四十家诗钞》题为《过高仲咸同年什刹海新居》。

（二）问汝湖上宅：《晚清四十家诗钞》作"问子湖山宅"。

（三）睱眺：王国维作"遐眺"；"冰气凉茵席"句，王森然《柯劭忞先生评传》中为"水气凉茵席"。

（四）华落实将披：《晚清四十家诗钞》作"华落实已披"。

（五）吾侪本疲驽：《晚清四十家诗钞》及王森然《柯劭忞先生评传》作"吾侪抱散质"；未受羁衔迫：王森然《柯劭忞先生评传》作"未觉人事迫"。

（六）终当返敝庐：《晚清四十家诗钞》及王森然《柯劭忞先生评传》作"终当返旧庐"。

注：

①高仲瑊即高熙喆（1854—1938），字仲瑊，一字亦愚。山东省滕州市人，清末民初经学家、史学家、书法家，原籍浙江省绍兴府会稽县。光绪九年（1883）中二甲进士。历任翰林院编修，河南、贵州湖广两道监察御史等职。著有《周易注》《毛诗注》《春秋左氏传

注》《四书说》以及《高太史文集》12卷。

留别盛伯希[①]祭酒[②]

　　海风西南来，兵气千里赤。谅山既溃败，宣光复辟易。
　　可怜偾军将，白头衽金革。侧闻授钺时，盈廷滥推择。[(一)]
　　先生摅谠论，圣主为前席。中枢俄一空，亲贤犹切责。
　　箧中无谏草，为余诵副墨。悉蒙一日知，窃效千虑得。[(二)]
　　呜呼咸丰末，隐忍图宗祐。翠华竟不返，往事填胸臆。
　　低颜事国仇，志士应局蹐。人心锢偷懦，扁仓穷药石。
　　期君侃直辞，抉剔膏肓积。骊驹晚在门，桑榆候太白。
　　狂疏不自料，临别增感激。

校：

（一）侧闻授钺时，盈廷滥推择：五卷刻本作"侧闻推毂时，仓卒非所得"。

（二）悉蒙一日知：五卷刻本作"刍荛何所献"。

此诗《晚清四十家诗钞》题为《留别伯羲祭酒》，且部分文字差异较大，照录：

　　海风西南来，兵气千里赤。谅山既溃败，宣光复辟易。
　　朝庭再命将，拓地无咫尺。侧闻推毂时，仓卒非所择。
　　先生抒谠论，圣主为前席。一传敌众咻，此意可叹息。
　　我从辽东归，握手论畴昔。敢忘一日知，窃效千虑得。
　　呜乎咸丰末，隐忍为宗祐。翠华竟不返，往事填胸臆。
　　低颜事国仇，志士应局蹐。人心锢偷懦，仓扁穷药石。
　　期君侃直辞，抉剔膏肓积。骊驹晚在门，落日照行色。
　　狂疏不自料，临别增感激。

另，王森然《柯劭忞先生评传》中所引此诗，与《晚清四十家诗钞》近，个别地方差异如下：

"我从辽东归"句，王森然本作"我从远东归"，就柯氏履历看，应为"辽东"。"隐忍为宗祏"句，王森然本作"隐忍为宗祐"。

注：

王国维于此诗作如下两段注：据此诗，则恭亲忠亲王之罢枢相，乃出意园面奏。留垞作意园事略不记此事。

意园于光绪十年三月十八日有请收回醇邸商办军机处紧要事务成命一折，是意园不独劾恭邸，亦甚不满于醇邸也。

① 盛伯兮即盛昱（1850—1899），姓爱新觉罗，字伯兮、伯希、伯怡、伯熙、伯羲等，别号伯蕴、韵莳、意园自等，满洲镶白旗人。曾任编修，侍讲，侍读，国子监祭酒等职。

② 祭酒：汉魏以后官名。汉代有博士祭酒为博士之首。西晋改设国子祭酒，隋唐以后称国子监祭酒，为国子监的主管官。清光绪三十二年（1906），设学部，国子监并入，改"国子祭酒"为"学部尚书"，除盛昱外，柯劭忞好友徐坊亦曾任此职。

答王一卿①同年

君言趋府吏，戢戢鱼衔尾。喧阗倏一空，又似阶前蚁。
频繁责簿领，殷勤谢筐篚。量材真朴遬，缄口但萎斐。
宁论妾妇羞，仅抵儿童②伟。逝将投劾去，岁月今余几？
贱子朕一觔，知君采葑菲。牵牛开满架，萋萋兼桦桦。
沾衣露未濡，钩帘月初朏。得酒更选肴，买鱼鳃贯苇。
乘时彼何似，适意吾宁匪。更欲对床眠，论诗穷亹亹。

注：
①王一卿，字彩章，工书善画，生平待考。
②儿童：王国维作"儿郎"。

送王一卿

昔在同治初，青徐盗如猬。竹林有颇牧，桑梓称莘渭①。
环攻贼亦狡，力战君尤毅。缝掖自恂恂，兜牟仍暨暨。
海隅旋清宴，凶妖俱荡溉。第赏不酬劳，待禄甘辞贵。
飘摇凌河汴，栖迟俙薄尉。捧檄俄三年，掺袪堪一喟。
鸢肩徒自负，鸡肋终无味。投辖罄宾欢，典衣偿酒费。
捷给斩嘲诙，喧阗忘忌讳。君家东埤上，修庭翳蒿蔚。
壶觞父老迎，灯火妻孥慰。新阡埋战骨，故垒余兵气。
往事何足论，衰迟君尚未。

校：
（一）壶觞：五卷刻本作"盘飧"。

注：
①自注：一卿伯父按察君世以王佐之才称之。

晚泊兴集

洲回风偃席，岸近泥翻桨。破堰洪涛入，荒墟丛芮长。
岁晏景萧条，天寒气凄怆。逝川带夕曛，滔滔与东往。

青蒲闯水出，白鸟衔鱼上。雕瘠逾十稔，锄耰换罾网。^(一)
曷以澹沈灾，潴岠今犹曩。用世益艰难，勤民徒想象。
夜阑不成寐，欹枕听方响。

校：

（一）罾网：王森然《柯劭忞先生评传》作"罟网"。

饮丁六斋园^①

夕映在高隅，萧条飞雨歇。林端鸟声乐，槛外荷香发。
渐觉水风凉，新秋尚衣葛。

注：

①丁六斋即丁善宝（1841—1887），字黻臣，号六斋，潍县十笏园主人。咸丰二年（1852）恩赏举人，同治元年（1862）大挑一等，授内阁中书。光绪十一年（1885）花重金买下明代刑部侍郎胡邦佐的家宅加以改造，成为远近闻名的十笏园。丁氏虽为一方豪绅，但酷爱诗词，与当时潍县名流柯劭忞、宋书升、刘雁臣、张昭潜、孙佩南等交往密切。

寄韩息舟^①

遥知东郭外，寂寥穷巷雨。^(一)积潦浸阶除，回飙卷林莽。
爨烟湿更低，饥鸟檐上语。

校：

（一）寂寥穷巷雨：五卷刻本作"漠漠连朝雨"。

注：

①韩息舟，生平未详。翰林院编修、潍县名流暨收藏家陈介祺曾为他撰一楹联："踽凉齐饿者俎豆古逸民"，以高士誉之。

赠徐梧生[①]

西溪无十里，夹岸皆蒲萑。上有孝子村，翼翼高林端。
悠然纵水鳞，駅彼凌风翰。衡门吾所适，遑论蘏与宽。
徐侯循岸至，并坐垂纶竿。虽非游沮洳，未必钓鲲桓。
扬帆析木津，东浮大海澜。寄语沧洲客，临渊安足叹。

注：

①徐梧生即徐坊（1864—1916），字梧生，又字士言，号矩庵、蒿庵、楼亭樵客、别画渔师、止园居士、国子先生等，原籍山东临清，近代著名藏书家。其父徐延旭官至广西巡抚。徐坊自幼聪颖，19岁时娶大学士鹿传霖的四女儿为妻，后捐官为户部主事。庚子事变后，在尚书荣庆推荐下，被任命为国子丞。宣统元年（1909）京师图书馆创立，徐坊被任命为副监督。民国后应召为毓庆宫行走，接任陆润庠为巽帝溥仪的汉文师傅。1916年因肝病加重去世，获赠太子少保衔，特谥忠勤。徐坊与柯劭忞平生交往甚笃。

紫　泉[①]（一）

昔闻紫泉水，一变如丹砂。占为圣人瑞，六龙饮其涯。
我来冰未泮，腹泽胶枯槎。父老向我言，敝邑犹郁瑕。

自从税銮舆，百里皆桑麻。脍鲤登春网，焊兔翻秋罝。
导我陟前冈，怪石何嵋岈。周墉无遗堵，积水成凹洼。
尚有横经庐，飞檐竦衙衙。高宗南巡狩，沈灾澹龙蛇。
缅思黄屋来，七萃如云赮。供张却三辅，率旧匪增奢。
虽云物力丰，玉音犹咨嗟。颂声今未寝，事往逾奔车。
间阎日凋瘁，剥剔穷瘢痂。况闻平乐观，讲武枒高牙。^(二)
经营虽勿亟，百万委泥沙。猾夷尚冯陵，奸宄亦萌芽。
此邦轴川陆，信美非吾家。城南屯犷骑，日暮催清笳。

校：

（一）五卷刻本题后有注："乾隆初建行宫于上。"

（二）瘢痂：《晚清四十家诗钞》为"瘡痂"。

注：

①紫泉：指紫泉河，因乾隆帝于1736年在河北高碑店市新城镇紫泉河边建紫泉行宫而闻名。咸丰九年（1859）改建为紫泉书院。光绪二十九年（1903），紫泉书院改设高等小学堂。新中国成立后紫泉行宫被用于建设学校，古建筑已经荡然无存。

为马通伯^①题张魏公三省堂^②砚

不登三省堂，犹藏一片石。摩挲廿九字，刳心为篆刻。
仿佛见英灵，衡山风雨夕。

注：

①马通伯即马其昶（1855—1930），字通伯，晚号抱润翁，安徽桐城人，清末民初著名作家、学者，桐城派的末期代表之一。曾师事柯劭忞岳父吴汝纶。由于他刻苦学习古文，深受吴汝纶器重，经吴汝纶介绍，马其昶得识凤池书院山长张裕钊，马其昶同时师事吴、张二

氏，又由于自身的聪颖勤学，终以文学负盛名，成为继曾国藩四大弟子之后声誉最高者，有桐城派"殿军"之称。生平著述宏富，经史子集俱涉，共17种300余卷。马氏与柯劭忞交情甚笃并为《蓼园诗钞》作序。

②张魏公三省堂：张魏公即张浚（1097—1164），字德远，汉州绵竹（今属四川）人，宋徽宗时进士及第。宋高宗初立，升为礼部侍郎。建炎三年（1129），宋高宗在临安（今浙江杭州）被将领苗傅、刘正彦所废，张浚约文臣吕颐浩、武将张俊、韩世忠、刘光世等破苗傅、刘正彦，使宋高宗复位，被任知枢密院事。后力主经营川陕，遂出任川陕宣抚处置使。绍兴五年（1135），出任宰相，督岳飞镇压杨幺起义。七年（1137），刘光世部将叛降，张浚因而罢相，从此谪居湖南零陵（永州）20余年，宋孝宗时封为魏国公。三省堂是作者贬谪后在自己的住所修建的一个厅堂，作暂时避风雨之用，取名"三省堂"并作《三省堂记》。马通伯所藏三省堂砚除柯氏题诗外，徐世昌亦有《题马通伯所藏宋张魏公三省砚》诗（见《水竹邨人诗集卷一二》）："两宋河山去不还，尚留此砚在人间。祇今绛帐传经学，日省吾身对大寰。"时间为戊午年（1918）季春，柯诗很可能也写于同时。

与伯希晚至三泉寺①饭

一径如修蛇，宛延没秋草。意往惬所期，自然散襟抱。
人从莽苍返，路傍釜岩绕。天垂暝色外，西北看归鸟。
陟岭已盘纡，缘溪尤窈窕。流萤倏照灼，宿鹭时惊矫。（一）
扣关造兰越，鱼飨聊共饱。畏虎不敢言，但云霜露早。
王孙宗室彦，支离就枯槁。且枕曲肱眠，临窗月皎皎。

校：

（一）陟岭已盘纡：五卷刻本作"陟岭已威纡"。

注：

①三泉寺：位于山西省五台山台怀镇西一里处的山腰上，以其寺旁"一井之中有三泉并涌"，汲之不涸，满而不溢，故名"三泉寺"。

平谷西山^①故刘秀才隐居

积水自成渊，叠石各为崖。下有冯夷宅，上有隐君栖。
林中披径术，楸外构庭阶。岩居无四邻，应门但莱妻。
若人旷世姿，卓荦抱奇怀。鹿豕非我群，邈与风云偕。
精爽犹仿佛，巾卷已湮薶。林轩网蛛蟚，水槛宿凫鹥。
览物增凄恻，徒为达士咍。犹当讯灵修，岁暮傥归来。

注：

①平谷西山：京东郊平谷西北部刘店镇前吉山村北的丫髻山，距北京市区75公里，为京东郊区著名道教名山。丫髻山海拔虽仅高363米，但山顶鬼斧神工般地凸起两座峰岩，酷似古时女孩头上的两个发髻，故而得名"丫髻山"。丫髻山始建于唐初，历经辽金，盛于元明，清康熙、乾隆年间达到鼎盛，山上遍布道观庙宇，庙会活动冠盖京师，四方文人雅客云集，曾是京东享有盛誉的道教文化圣地。

寓法华寺^①秋夜书怀简王廉生^②前辈

候虫犹在野，露降风初寒。开轩纳沉寥，月上高林端。^{（一）}

夜阑群动息，丹鸟独飞翻。玉绳挂罘罳，参旂拂井干。
予本蓬藋士，徇禄守微官。硁硁非击磬，坎坎等伐檀。^(二)
祇园信清旷，俯仰有余闲。蛊终谢高尚，屯初利盘桓。^(三)
寄语素心人，勿为去矣欢。^(四)

校：

（一）月上：五卷刻本作"月出"。

（二）硁硁非击磬，坎坎等伐檀：五卷刻本作"虫终谢高尚，屯初利盘桓"。

（三）俯仰有余闲：五卷刻本作"宴息有余闲"。蛊终谢高尚，屯初利盘桓：五卷刻本作"君从秉烛游，予抚鸣琴弹"。

（四）寄语素心人，勿为去矣欢：五卷刻本作"寤言各有适，宁为逝矣叹"。

注：

①法华寺：应为北京崇文区（现已并入东城区）法华寺，位于崇文区法华寺街，始建年代不详。清康熙及同治年间重修，曾为京师第一大寺。到民国时期，香火日衰，新中国成立前夕，此地除主要殿宇尚存外，西院已成为学校和操场，后来大部分建筑被拆除。

②王廉生即王懿荣（1845—1900），字正儒，一字廉生，山东福山（今烟台市福山区）古现村人。中国近代金石学家、甲骨文的发现者和爱国志士。光绪六年（1880）进士，授编修。泛涉书史，尚经世之务，嗜金石，因见药店所售"龙骨"上的刻纹，发现甲骨文，为收藏殷墟甲骨的第一人。曾三为国子监祭酒。庚子年八国联军入京时，携家人投井而死。

循鸡足山^①北行石室清潭上有龙祠^②伯希属作诗

密树夹清溪，但闻决决流。径泥深没骭，叠足循岩陬。
中函刳穹窿，外蔽缠夭樛。泠泠仄出泉，汇为百步湫。
王孙偕我至，爱此一泓幽。蛟龙移窟穴，出没剩游鯈。
物微但自营，祷祀欲何求？不闻畎亩士，畀以苍生忧。
聊复濯尘缨，庶几沧浪游。

注：

①鸡足山：从诗中描述及近有龙祠来看，此鸡足山并非云南鸡足山，而应为河南三门峡市陕州县境内的一座小山，又名虢山。《陕县志》载曰："虢山即陕州老城南门外三里的鸡足山。"

②龙祠：又称龙子祠，因位于山西省临汾市西南15公里姑射山下龙子祠泉而得名。位于泉源以东200米处，系为奉祀水神而建，"毓灵于晋，创建于唐"，经宋、金、元三代扩建，祠庙规模不断扩展，明代庙制基本定型。其中龙王殿和龙母殿是最重要的建筑。祠中存有时间序列完整的水利石碑，颇为后世碑帖研习者所重。

逾山至天成寺^①

石梁亘逶迤，樵苏知路复。峭岸断朝楸，寒潭留夕映。
斑斓濯缛彩，萧瑟涵虚听。褰裳跻险滑，连岩欸奔迸。
削成有崖嵁，斗下无梯磴。反顾杳冥冥，但觉松阴暝。^{（一）}
山僧迟客至，林端夏清磬。始信千仞上，风云通术径。

校：

（一）反顾杳冥冥，但觉松阴暝：五卷刻本作"反顾杳深沉，但爱松阴螟"。

注：

①天成寺：位于天津蓟县盘山风景名胜区莲花岭北，又名"福善寺"，也称"天成法界"，始建于唐代，辽重修，清朝康熙、乾隆、同治年间亦扩建、重修。主要建筑有大雄宝殿、江山一览阁、古佛舍利塔、卧云楼等。清朝康熙以来，几代皇帝均曾巡幸于此，历代文人雅士也多登临吟咏。

盘山行宫①

神都有盘岳，先朝亲狩狝。沸天万乘来，云旆塞陉岘。
张帷原隰沓，列罳崖垠划。山祇驱猛兽，往往蹈罝罘。^{（一）}
当年七萃士，赳赳万夫选。袓褐搏爪牙，血毛恣踏践。
前禽筵显比，三驱旋翠辇。宸居何嶙峋，层宫凌绝巘。^{（二）}
旄头扈岩肩，象舆横宛僤。宁知百年后，周道嗟车栈。
寻碑螭首倒，登堙龙尾断。辇路久榛芜，陛楯生苔藓。
恭惟三田礼，昔重今则缅。守成易陵替，何人掌邦典？

校：

（一）祇：王国维作"衹"。

（二）筵：五卷刻本作"宥"。

注：

①盘山行宫：即静挹山庄，又称为"静寄山庄"，位于天津蓟县盘山南麓。乾隆九年（1744），依照"法皇祖避暑山庄之例"的敕令，静挹山庄破土动工，工程历时11年，于乾隆十九年（1754）竣

工。山庄围墙石灰石块砌成，周长7.6公里。整个山庄，占地6000亩，分内八景、外八景、新六景、附列十六景，共三十八景，占地约40公顷，是清代仅次于避暑山庄的第二大皇家行宫园林。1755年乾隆帝在此钤下了"乾""隆""静㧖山庄"等三玺。道光十一年（1831），裁撤盘山行宫，所有陈设运往承德避暑山庄，此后山庄日衰，但直到清末尚有园宫看守。

云罩寺[①] 呈伯希

盘盘复盘盘，日莫憩云端。谁言登顿剧，炳烛犹馀闲。
践苔嫌露滑，汲水觉天寒。斋厨沦新茗，聊欲开襟颜。
天河案北户，斗柄垂阑干。不知偃息高，俯视但漫漫。[（一）]
寤言匪独宿，宁为硕人叹。

校：

（一）但：五卷刻本作"何"。

注：

①云罩寺：位于天津市蓟县盘山风景名胜区挂月峰山崖上，是盘山地势最高的庙宇。唐代道宗大师兴建，原名"降龙庵"，唐高僧宝积禅师曾在此停留。明代重建，敕赐"云罩寺"，有明万历十三年（1585）所立石碑一块。因地邻绝顶，云掩雾罩，故名"云罩寺"。寺内有弥勒殿、黄龙殿，供奉皇藏千叶宝莲佛。万历皇帝承贞寿太后命，印施藏经，故命太监修此寺。

◇蓼园诗钞◇

偕伯希过王山人家同访金泉公主墓

瞳昽旭日出，寥落残星没。风露晓凄凄，桑麻秋郁郁。
隔溪喧水碓，傍岸开蓬荜。田家迟刈获，主人夙盥栉。
联袂出郊原，褰裳寻径术。籍草作篷除，援條为椰栗。
既侑山人酒，又和王孙笔。其西岭益峻，迤北涂尤蓇。
激浪摆嵎岈，飞淙浇崛弗。不觉滩湍壮，但闻风雨疾。
林响杂飕飗，客心增憭栗。言访栖真地，尚有烧丹室。
石窠闶金棺，云扃薶玉质。岸谷已迁移，音尘俨仿佛。
父老向我言，轶事难具述。月下听笙箫，水边见巾拂。
金源昔板荡，青城尤辱屈。累俘连九族，徽钦同一律。
宁知粪土丛，不到烟霞窟。遁世有神仙，采药馀苓术。
鲲生信疏谲，夙尚耽遗逸。稻粱羞雁鹜，汤沐嗟虮虱。
世乱不可为，身退仍难必。邂逅获良朋，栖迟觥异日。
不用酹清尊，还宜戞瑶瑟。

和子秀[①]

璇玑斡四时，谁如斗柄力。周回无辙迹，春往秋复及。
高林叶未彫，寒蝉鸣渐涩。五色耀甘瓜，重颖垂嘉稷。
壮怀愉沉荡，衰情感萧槭。亹亹蓬庐士，群书殚擘积。
荆玉虽三献，燕石终十袭。得失曷足论，窊隆有迁易。
蜉蝣学军征，蟋蟀催夜织。时哉不我与，劳劳竟何益。[(一)]

校：

（一）蟋蟀催夜织：五卷刻本作"蟋蟀催妇织"。

注：

①子秀即刘抡升，字子秀，山东潍县人，少时学诗于柯劭忞父母即柯蘅、李长霞夫妇，得其心传。1893年中举人，北游京师与盛昱、王懿荣等相唱和。多次应视学使之聘，襄阅山西、河南试卷。孙葆田总纂《山东通志》时，聘其为编纂。后柯逢时任湖北巡抚时，以章学诚所修通志未成，聘刘抡升主持重新纂辑，但不久因柯氏他迁，此事中止。刘抡升著有《潍上易》，王寿彭任湖北提学使时，为其刻之，但不久刘抡升在辛亥革命期间卒于武昌，此书也因此散佚不传。刘抡升著有《潍上易》《潍上诗》《潍上词》《旧雨草堂诗钞》《地理原篇》。进士、山西学正、莒县人管廷鹗（1854—1907）有诗《上党道中题刘子秀先生诗册二首》述及刘子秀，其一曰："锦囊驴背走邯郸，夜上古原星色寒。少负才名高北海，老来诗价重长安。羚羊挂角浑无迹，巨刃摩天极大观。更度羊肠清兴发，太行山翠入毫端。"

徐菊人①河西春眺图

河内走京师，大道直如绳。奔车剧奔电，扰扰无寝兴。
而余游宦士，税驾为良朋。携手出城隅，爱此长川澄。（一）
是时暮春交，斐斐暄气升。西山无根蒂，突兀但高棱。
言缗钓莓渚，薄采循芳塍。宴息忘曛昃，城阴过渔罾。
谁将十里陂，擩染上吴绫。对岸两三人，呼之俨可膺。
缅彼渔樵侣，同游岂吾曾？君有躬耕约，兹言匪所承。
海隅未清宴，鳞介日冯陵。曷不发钤韬，拯彼黎与烝。
贱子蒙麻阴，他日解行縢。（二）

校：

（一）而余游宦士：五卷刻本作"而余倦游士"。

（二）他日解行縢：五卷刻本作"他日税行縢"。

注：

①徐菊人即徐世昌（1855—1939），字卜五，号菊人，又号弢斋、东海、涛斋、水竹邨人等，是柯劭忞同年好友，曾任中华民国第五任总统，不仅是近代重要的图书编纂出版家、书画家，更是近代重要诗人，生平创作诗歌逾6000首，诗集8种，诗中有大量与柯氏唱和之作，徐世昌诗集多半由柯劭忞作序，柯劭忞还依据王士禛《渔洋山人精华录》体例，为徐世昌编选了《水竹邨人诗选》27卷。

遣兴（二首）

一

春风如故人，迟汝久不来。何时入中园，吹我桃李开。
长安二三月，九陌翳黄埃。见此灼灼华，颇忆昔年栽。
遥知海上村，井臼生蒿莱。敝庐竟何有，茫然使心哀。

二

我本邱园士，躬耕常苦饥。譬彼穴中蚓，已出还无期。
问我何所营，十年走京师。问我何所学，拘阂匪通时。
山中有故人，诒书惠良规。慎勿思乡井，方为居者悲。

白丁花香

蓬蒿仲蔚庐，三月无春气。素萼忽蕤垂，嫣然傍阶砌。^(一)
城隅有静女，青裙映缟袂。勿嫌嫁事晚，耿介心苦异。
君看秾李姿，零落先委地。

校：
（一）蓬蒿仲蔚庐，三月无春气：五卷刻本作"蓬蒿仲蔚园，荒冷无春气"。

秋大雨新城半为泽国舟行访许石斋①

城南何所有，蒲苇浩冥冥。城西何所有，落日千山青。
中间大如砥，或是古郿亭。水木为墟落，窣堵高羚甹。
拏舟访故人，开轩面云汀。十日山中雨，百川剧建瓴。
农事未登场，宁论鬲与并。岛夷方旅拒，鱼鳖阠东溟。
昏垫不犹膻，孰若污膻腥。耒耜挂前檐，尚可负笭箵。^(一)
雾色升地表，北风肃泠泠。连娟月倚岫，逶迤斗戴坰。
勿辞良夜饮，明日至逎屏。

校：
（一）尚可负笭箵：五卷刻本作"陇畔腰笭箵"。

注：
①许石斋，江苏阜宁人，生卒事迹不详。

◇蓼园诗钞◇

三泉寺

三山如鸡距，登之峻且长。三泉如牛乳，饮之甘且芳。
寻山谿路绝，诘屈得微行。宁知巉岩腹，中为粳稻乡。
真僧识奥区，剪薙营宝坊。到今挂锡地，淋雨颓绀墙。
事往阅成坏，兴发增激昂。仆本田野姿，未觉祇林荒。
搴条剥园实，摘花弄水香。男儿既堕地，百忧入膏肓。
得为一日娱，窅然若相忘。幽寻匪不惬，风尘浩茫茫。(一)
侧闻盘山麓，近在洵水傍。明朝携榔栗，更越西南冈。

校：

（一）幽寻匪不惬：五卷刻本作"胜游非不惬"。

滟预堆①

大江一浩荡，势欲襄荆楚。滟预塞其门，屹立如堑堵。
白盐与赤甲，左右相撑拄。上有疏凿痕，蛟龙敢荧侮。
扁舟浮夏水，劈浪剧箭弩。凭陵眩出没，捷疾迷仰俯。(一)
颠顿俨可扪，性命拼一赌。榜人酾酒贺，坎坎鸣神鼓。
出险尚征营，不寐兼怀土。扞关蠋成家，猇亭逋汉主。
往事何足论，艰难到羁旅。犹堪慰长夜，衔山新月吐。

校：

（一）扁舟浮夏水：五卷刻本作"大舩泛中流"。

· 27 ·

注：

①滟预堆：即滟滪堆，在四川奉节县瞿塘峡口，横亘江心。为一大堆礁石，长约40米，宽为15米。夏秋水涨没入水面，冬秋水枯露出水面，历来为川江行舟天险。1958年春，在整治长江航道时已被炸掉。

代寄（二首）

一

秋风今夕至，高梧叶初凋。月出凉露白，的的在兰苕。^(一)
念彼辞乡士，滕屦客三辽。七月冰塞泽，八月雪封条。
一别经年岁，俯仰如崇朝。勿裁绵络服，塞上有狐貂。

校：

（一）月出凉露白：五卷刻本作"月出寒露白"。

二

水荇逐流波，萦带在一时。岂无缠绵意，去住两参差。
君行四五载，弃我忽如遗。床下生委黍，灯前鸣络丝。
匪席不可卷，匪石不可移。耿耿一寸心，只有岁寒知。

◇蓼园诗钞◇

武胜关①

朝发清淮溠,暮宿黄岘阴。舆轿逾鄂厄,峡路陭且深。⁽一⁾
岛夷氂北略,索虏拒南侵。昔绌成败史,今拓纵横襟。
分岩各为塞,积竹自成林。团栾霜露色,飙遝悲风吟。⁽二⁾
亮无旷达怀,俯仰但萧森。守邦虽设险,智勇互陵临。⁽三⁾
犹欲论形势,旅馆侑孤斟。

校:

(一)峡路陭且深:五卷刻本作"荒途迥且深"。

(二)悲风:五卷刻本作"风飙"。

(三)亮无旷达怀,俯仰但萧森:五卷刻本作"亮无壮士怀,俯仰赠萧森"。

注:

①武胜关:古代大别山与桐柏山之间的一个重要隘口。大别山在东,桐柏山在西,两大山脉在此交会,恰似两条巨龙摆尾,尾接处形成一道关隘。关南为鄂,关北为豫,中原两省,以关为界。秦朝已有武胜关之名,唐时改称武阳关,南宋以后又复称武胜关。武胜关东边有个九里关,西边有个平靖关,合称"义阳三关"。

访徐山人象蒙隐居

荒陂葭莢晚,采采霜露多。远浦明积水,夕阳在断荷。
欲问陂上宅,无人载酒过。

再寄徐山人

商声索索起，县知林叶下。灯影出风帘，寒雨鸣秋瓦。
思君诘旦来，采菊香盈把。

赠子秀

昔与二三子，避地游程符。奔迸咸丰末，栖迟同治初。
刘侯佔毕士，六艺知权舆。访我衡门下，散帙忘饥劬。
徐戎复北来，井邑变邱墟。昔为横经室，今是蓬藁区。
我从稷下归，岁暮卧田庐。相携陇亩畔，桑柘寻遗株。
悲风卷地起，冻雨沾衣裾。狐狸返故穴，将去犹踌躇。
亮无四海志，感概竟何如。

自峡口①至荆州作

峡中气候暖，芳树经冬绿。杪腊逾荆门，始觉霜意肃。
风急帆樯偃，水落崖垠矗。回回激浪奔，汩汩流沙伏。
乘陵俄顷间，白日移川陆。登舻眺楚甸，凉野无樵牧。
泽国际平芜，江村带疏木。缅思洧水上，井里如在目。
谁使躬耕者，奔走干微禄。

注：
①峡口：今宜昌市长江西陵峡口。

陈家渡①

江天日出没，茫然生旅愁。落帆众色晚，野迥风修修。
寒乡四五家，断岸连孤舟。沙汭分渔爨，树杪悬津楼。(一)
我行无程期，扫榻为淹留。询涂盗贼剧，逢人颜色柔。
荒梗良可畏，惜此柴门幽。犹堪娱寂寞，猎火上昭邱。

校：
（一）沙汭分渔爨：五卷刻本作"芦中隐渔榜"。
注：
①陈家渡：湖北荆州市松滋市沙道观境内，浏阳河与湘江交汇处。

渡长湖①

溁云暗长波，泄日带高桅。
沄沄百里湖，振楫风吹衣。
东浮穷夏潎，西涉达荆潏。
沓浪无端倪，积眺入孤飞。
荡舟渝溟溟，水天始相违。
翻思理棹时，安知今所归。
慎矣当路子，黾勉在中逵。

注：

①长湖：位于湖北荆州市松滋市沙道观境内，处荆州、荆门、潜江三市交界处，是湖北省第三大湖泊。

江　行

江容递显晦，弥望无津涘。扁舟欲何之，潆泬浮云起。^(一)
晨帆雨雪外，夕榜风飙里。忧来不能寐，波涛偏入耳。
追思别家时，拊枕叹不已。上堂拜严亲，倚榻问病姊。

校：

（一）泬：五卷刻本作"决"。

春日成都郊外和王元达^①（二首）

一

春耕始解衣，初阳喧气动。虽无四体劳，已觉衣裘重。^(一)
径泥晴渐释，江湍晚愈汹。麦垅带蔬畦，青黄纷错综。^(二)
节物乘熙怡，忧襟忘侘傺。信知橐笔客，仿佛游梁宋。

二

痟首畏春寒，天赠风日美。涣涣水初生，蓬蓬烟正起。(三)
江皋宜骋望，弭棹沙洲尾。野卉发新黄，岸树栖馀蕊。(四)
蛰雷应早动，园林迟雊雉。已见麦荧荧，还期桑葚葚。(五)

校：

（一）已觉衣裘重：五卷刻本作"已觉披裘重"。

（二）麦垅带蔬畦：五卷刻本作"麦垅间蔬畦"。

（三）天赠风日美：五卷刻本作"天畀风日美"。

（四）野卉发新黄：五卷刻本作"野卉擢新黄"。

（五）还期桑葚葚：五卷刻本作"还知桑葚葚"。

注：

①王元达，字叔若，清乐陵人，恩贡生，工草书。

舟中望武昌府

日出澄霞暗，风高寒雾歇。弭棹并湖壖，解缆回林末。
萧萧钲吹动，迤迤连樯发。阳侯欻汹涌，江豚互兴没。
我从沌口来，登舻望大别。飞楼翔天际，百里犹嵂崒。
缅思盗贼平，太息曾胡烈。微管竟沦胥，横流赖时哲。(一)
亹亹功名壮，滔滔江汉逝。宴坐彼何人，高谈自矜伐。

校：

（一）太息曾胡烈：五卷刻本作"叹息曾胡烈"。

长沙试院作

长沙卑湿地,初秋尚蒸郁。织绤逾挟纩,凉堂同燠室。
校阅有程期,挥汗仍濡笔。芸苗病夏畦,剧甚耰锄役。
聊且散疲顽,居然逃暇逸。雨馀暑气敛,清商始应律。
凉飙树顶来,华星云隙出。巡廊穷砢礌,倚槛捎蒙密。
劳生信有涯,致用终无术。炳烛傥馀闲,萧然偃蓬荜。

渡洞庭湖

朝辞长沙渚,晚泊湘阴澨。挂席南风正,连樯中夜发。
弥望但空澄,水天共明月。谁将玻璃盆,掷作蛟龙窟。(一)
掩抑参旗没,低昂斗柄揭。夜阑无梦寐,灵怪通恍惚。
平明见君山,沧波环一垤。想象羽人家,天鸡唤啁哳。
生涯本浩荡,思与安期逝。借问海滨人,何如泛溟渤?

校:

(一)蛟龙:五卷刻本作"鱼龙"。

自永顺①返道中作

滩长不可逾,山行仆马瘏。昔往未徂秋,今归雪在途。

西浮汇沅澧，北陟蟠荆巫。水涸增崖賺，野尽馀凋枯。
此邦信乐土，俗啬民忘痡。丁丁入林斧，濊濊施川罛。
余本衡门士，远迹渔樵俱。敢云王事劳，疲驽惭高衢。
亹亹岁云暮，栖栖楚塞隅。曷以整繁忧，戢影在桑榆。

注：
①永顺：县名，位于湖南湘西土家族苗族自治州北部，治所在今灵溪镇。

常德①道中作

久为湖外客，旅涉殚疲劳。冬严斫冰雪，夏涨陵波涛。
弭棹浐阳浦，秣马方林皋。露夕搴芳杜，霜晨听哀猱。
沈渊吊屈放，避世缅秦逃。卜居终未决，寻源岂再遭。
揆予疏劣质，望古增郁陶。仕隐无通轨，譬彼泳与翱。
陈力诚疲驽，徇禄弥贪叨。且就灵氛筮，禋享荐溪毛。

注：
①常德：位于湖南北部，江南洞庭湖西侧，武陵山下，别称柳城，古称武陵。

凤滩马伏波庙①

逸棹陵群山，捷疾如骋丸。宁知上水时，寸寸弯黄间。
三滩贯酉溪，首尾互回环。蛟龙不敢窟，下有青苔缦。
岩岩伏波宫，甲胄俨躬擐。功名出坚壮，既没扞灾患。

冥冥云物晦，肃肃神鸦还。敬为神绞词，酾酒侑哀弹。

注：

①马伏波庙即马援庙。据史料记载，东汉建武二十三年（47），五溪精夫相单程率众起义，震动了朝廷。光武帝先是派威武将军刘尚率兵万余前往镇压，结果全军覆没。相军越战越勇，一举攻占了许多城池。后光武帝又派谒者李嵩、中山太守马成迎战，结果又被击溃。二十五年（49）三月，老将马援主动请战，率兵4万征剿，于临沅击败相军，然后溯沅水追击。无奈清浪滩滩险水急，六七月时值酷暑，军中瘟疫流行，又遇上相军的顽强抵抗，马援被阻于壶头山，军中士卒疫死大半，马援亦病死军中。马援死后，因受人谗言曾一度蒙冤，被追收新息侯印，直到永平十七年（74）才得以平反。建初三年（79），汉章帝追谥马援为忠成侯。此时，沅陵立祠于壶头山祭祀马援。五代时，楚王马殷自称是马援的后裔，在辖区内广建祠庙，湖南各地都建起了伏波庙，沅陵沿河两岸也陆续建起了伏波庙、伏波宫、伏波祠等。凤滩马伏波庙即是其中之一。

泊礌石

谁言洞庭广，水涸川为陆。断岸带荒陂，曲港连穷渎。（一）
黄芦已凋瘁，芮芮丛新绿。天寒泽雉雏，行人霜外宿。
夜静月当船，地迥霄张幄。不眠谁与共？鸣榔渔父肃。（二）
即此矢弗谖，未必非蒲轴。

校：

（一）水涸川为陆：五卷刻本作"水涸湖为陆"。

（二）夜静月当船：五卷刻本作"夜永月当船"。

◇蓼园诗钞◇

合州城外过杨明经隐居同至钓鱼山[①] 寻南宋旧城[②]

诘旦访茅茨，缓游忘日旰。阴谿冰未释，阳谷莺初啭。(一)
登顿路盘纡，缘沿水回转。崖凭三面削，江合双流绾。(二)
基扃犹仿佛，世祀嗟陵缅。强弩拒堙登，神渊拯汲断。
毡毳竟舆尸，东南纡席卷。至今攻守地，形势若在眼。
绿苔泛曲汜，白云冒曾巘。赏心虽寂寞，获与朋知展。
聊为永日娱，潋滟清尊满。

校：

（一）阴谿冰未释，阳谷莺初啭：五卷刻本作"阴谿冻未释，阳林莺已啭"。

（二）登顿路盘纡，缘沿水回转：五卷刻本作"披榛践樵踪，陟岫栖云馆"。崖凭三面削：五卷刻本作"崖倾三面削"。

注：

①钓鱼山：位于四川合川县东。涪江在其南，嘉陵江经其北，渠江在其东，三面临江，削壁悬岩，形势险峻。南宋淳祐三年（1243）余玠为抵御蒙古军东下，于此筑城防守，名钓鱼城，并徙合州治此。开庆元年（1259），蒙哥大汗率军围钓鱼城，以为城中缺水，围困数月，则不攻自溃。不料围攻半年不克，钓鱼城守将竟取池中活鲤悬于新东门。蒙哥大汗登台瞭望，受伤而亡。蒙军北撤，缓解了"席卷"亚欧之祸，在宋史上写下了光辉的一页。

②南宋旧城：即钓鱼城，坐落于钓鱼山上。

◇柯劭忞诗集校注◇

忠 山

江城无近远，弭棹陵风渚。一径出蒿莱，千山藏雾雨。
寺门不知处，但闻铃铎语。

校：
此诗五卷刻本失收。

六月五日晚泊南洲厅[①]

扁舟浮夏水，鼎澧皆湖陂。王事自有程，迤逦寻津涯。
崩沙隳赭岸，耸树隐丹圻。百丈直如弦，出没何参差。
荡桨驾洪涛，收帆避曾飔。远坞见灯火，鼓角声正悲。
宁辞行迈劳，恐为馆人嗤。

注：
①南洲厅：地处南洞庭湖，系洞庭湖新淤之地。清咸丰二年（1852）六月，湖北省石首县藕池江堤溃决，因频年失修，至咸丰十年（1860），长江洪水泛滥，夹大量泥沙从原溃口倾泻南奔，直灌洞庭。清同治末年（1874年前后），洞庭湖北部淤积若干洲渚，其中乌嘴和北洲南岸新淤一个狭长的湖洲，洲渚淤积连片，形成百里沃野，因地处北洲之南，被称为"南洲"。光绪二十一年（1895），在境内乌嘴设置"南洲直隶厅抚民府"，光绪二十三年（1897）迁置九都。民国二年（1913）十月，湖南都督府下令撤销南洲厅，改称南洲县，次年六月八日又根据内务部复电转令，将南洲县更名为南县。

· 38 ·

◇蓼园诗钞◇

永顺府[①]

溪州有万山，山城大如碗。客从何处来？四面但曾巘。
瘴云晨惹袂，茵露宵濡幨。恶滩沂澎湃，危涂凌寋嵼。
世宗缵厥服，威棱憺荒远。永顺独先归，稽颡奉图版。
昔为虎豹丛，今是桑麻畎。熙熙百年内，终能驯犷悍。
余忝使者轺，岁月嗟已晚。山行急登顿，水涉劳牵挽。
庶几似王褒，歌诗被弦管。

注：

[①]永顺府：地处湖南省西北部。清雍正七年（1729）设，府治永顺（在今湖南省永顺县）。下辖永顺（今湖南省永顺县）、龙山（今湖南省龙山县）、保靖（今湖南省保靖县）、桑植（今湖南省桑植县）四县，1913年废。

北　行

北行气早严，十月水流澌。拖舟过淤口，层冰带岸陲。
俶装犹夙昔，望舒再盈亏。岁寒鸣鹖旦，夜永偃参旗。[(一)]
伫望清河津，巾车曩在兹。良辰弋凫雁，暨汝翱翔时。
华颜偕物落，壮节并年衰。逝欲返皋桥，赁庑同栖迟。
旅怀不可遣，喟然伤别离。

校：

（一）鸣鹖旦：五卷刻本作"催鹖旦"。

除夕感胶州湾近事寄于华峰同年

滔滔新岁逼，兀兀烦忧增。惘惘思乡里，悚悚畏侵陵。
初为巢燕幕，终如突豕罾。债军甘佚获，辱国托抗棱。^(一)
縶犬宁牵尾，驱羊但麈肱。未计馀皇徙，已见蟊弧登。
吹嘘凭毒虺，窟穴恣妖螣。海陬襟岛屿，上相蕲榛芿。
挈瓶吾不守，肱篋彼何能？逡巡邦域割，合沓责言兴。
星星犹火燎，汨汨逾川崩。画地苞汶济，凿山逼邹滕。^(二)
藿食忧方剧，刍言戆或矜。攀天叫阊阖，局地瞻觚棱。^(三)
壮士眦应裂，金人口尚腾。肥瘠殊秦越，清浊判淄渑。
不鉴前车覆，焉论后患惩。横流已沧海，驯至矧坚冰。
逝将税归鞅，卜筑偕良朋。春晚程符秀，雨霁渏源澄。
采山有苓术，疗疾无痕症。冥鸿安得弋，寒蛟庶可罾。^(四)
知君开径俟，良夜共挑灯。

校：

（一）罾：王国维作"橧"。

（二）画地苞汶济：五卷刻本作"除道通汶济"。

（三）叫：五卷刻本作"呌"。

（四）采山有苓术，疗疾无痕症：五卷刻本作"采山有良药，疗疾无坚症"。

◇蓼园诗钞◇

登白云山①

逶迤前山路，独上西南峰。天垂碧海岸，日隐金云重。
自与安期别，无人识短筇。

注：
①白云山：广州白云山。

观音山① 朱鼎甫② 前辈寓斋

城隅山更僻，梵阁共攀登。断虹饮白涧，飞雨洒金绳。
谁言骢马客，林卧似禅僧。

注：
①观音山即越秀山，在广州市北，古代与番山、禺山合称为广州城区的三山。据传，远在2800多年前的周夷王时期，越秀山南面就建立了"楚廷"，秦末汉初，这里始建了"任嚣城"，后扩展为"赵佗城"。南越王赵佗以番禺为都，因此越秀山别称为越王山。明永乐年间，都指挥花英在山顶建造观音阁，故又称为观音山。越秀山与白云山相接，构成广州北边屏蔽和美丽景区。

②朱鼎甫即朱一新（1846—1894），字蓉生，号鼎甫，浙江义乌毛店镇朱店人。清光绪二年（1876）登进士，历官内阁中书舍人、翰林院编修、陕西道监察御史。为官正义刚直，因直言遭贬后曾任广东肇庆端溪书院主讲及广州广雅书院院长。清末著名学者、汉宋调和学派代表人物之一。

登铁塔

层城久填淤，窣堵尚千仞。凭高送落日，云沙无远近。
洪河荡胸臆，壮士蟠馀恨。百年帝王都，俯仰才一瞬。^(一)
金源踵天水，崎岖分正闰。沦胥固天意，盗贼安足论。
当年百万家，鱼鳖忽充牣。可怜凋瘵后，屏藩犹重镇。
居中绾四方，岂必涂岳峻。銮舆方西狩，塞上无音问。^(二)
翘首望京华，曷以抒忧愤。

校：

（一）俯仰才一瞬：五卷刻本作"俛俯才一瞬"。

（二）銮舆方西狩：五卷刻本作"銮舆西巡狩"。

秋夕感怀（三首）[①]

一

林居怅秋夕，慄栗气初交。暗露悬蛛网，疏星映鸟巢。

二

楸梧寒竦竦，瓜瓠晚翻翻。小圃无人过，虫鸣秋草根。

三

今夕复何夕，月出衣沾露。只有纺砖苔，复照萤光度。

注：

①此诗五卷刻本目录误注为二首，实为三首。

龙 洞①

岱宗逾百里，余势犹崚嶒。洞穴闷幽严，灵怪昔所凭。
水洇移蟠蛰，路远纡攀登。小溪流濊濊。峻壁削棱棱。^(一)
新霜林叶赪，薄暝岚阴蒸。霍如春华敷，粲若朝椴升。^(二)
烟峦互映蔚，缛采欻乘陵。升阶叩兰若，入室访禅僧。^(三)
栖真离幻妄，祛垢渐清澄。曷用摅奇怀，物色待良朋。

校：

（一）小溪：五卷刻本作"长川"。

（二）粲若朝椴升：五卷刻本作"蔚若朝椴升"。

（三）烟峦互映蔚，缛采欻乘陵：五卷刻本缺如。升阶叩兰若，入室访禅僧：五卷刻本作"寻涂叩兰若，入室访禅增"。按："增"应为"僧"之误。

注：

①龙洞：位于济南近郊东南15公里处的龙洞山上。相传，唐尧时，有孽龙于此兴风作浪，造成水患，大禹治水，前来捉拿，孽龙钻山逃遁，至今留下深洞，故此山又称禹登山。自然景观与人文景观合一，至宋代就成为游览胜地。龙洞景区包括龙洞山、佛峪、马蹄峪。

徐菊人北江旧庐^①图

有池不更穿，有亭不改筑。翛翛竹连墙，翳翳桑覆屋。
昔吾有先正，此地留遗躅。文传天下口，往往追潘陆。^{（一）}
朝野正欢娱，名儒秉钧轴。当时陋巷中，辐辏接柴毂。^{（二）}
俯仰阅百年，世变亦何速。君来营居止，窅然若穷谷。^{（三）}
读书无与共，风蝉吟乔木。呜乎治与乱，循环剧轮辐。
凌夷先学问，濡染为风俗。六艺已弁髦，新奇娱耳目。^{（四）}
卷图三叹息，吾其知自勖。

校：

（一）文传天下口，往往追潘陆：五卷刻本作"经史揽高文，烨然膏泽沃"。

（二）陋巷：五卷刻本作"陋恭"。按："恭"显然是"巷"之误。

（三）君来营居止：五卷刻本作"君来葺旧庐"，后衍一"止"字。

（四）六艺已弁髦，新奇娱耳目：五卷刻本作"六艺已榛芜，新奇充耳目"。

注：

①北江旧庐：位于北京宣武区（今已划入西城区）洪亮吉（1746—1809）旧居，光绪十二年（1886）徐世昌购为私宅并曾刻"北江旧庐"私章一枚。徐氏诗朋宦友多所题咏，光绪二十年（1894）六月，徐世昌曾作《北江旧庐记》。

◇蓼园诗钞◇

壬子后余与吕戒庵^①过从最久卧病旬日未通音耗病愈访之戒庵已尽室东归忾然有作不必寄戒庵也

世乱道益穷，独立寡朋侪。闲居无所适，邂逅造君楼。^{（一）}
朝游连袂出，车马避氛埃。夕为炳烛饮，言笑恣嘲诙。
岂谓兼旬别，踪迹遽分乖。叩门问主人，吠犬忽崖柴。
室迩君则远，疑是还疑非。踟蹰陋巷中，悲风为我来。
聚散亦何常，顾影留余悽。安得屏忧患，返税翳蒿莱。

校：
五卷刻本诗题于"尽室东归"后多"僦宅易主矣"。
（一）闲居无所适：五卷刻本作"间居无所适"。按："间"应为"閒"之误。

注：
①吕戒庵即吕钰（1869—1938），字溉根，云南府人，光绪二十一年（1895）进士，历任内阁中书，安徽候补道，民国蒙自关监督。曾参与清史稿纂修工作，任收掌职，与柯劭忞过从甚密。

春禊^①日偕同人泛北海

良辰偕胜侣，弭棹澄湖阴。曾宫带艮陬，嵂崒苞青岑。
时暄卉木荣，地古烟霞深。台沼今犹昔，想象翠华临。

舟鲛施网罟,刍荛益不禁。感物增忉怛,孰云延赏心。
石潭俯澄泓,苔磴缘岖嵌。聿余衰病久,登顿匪所任。
古人亦有言,哀乐迭相寻。回船仍载酒,返照颓前林。

注:

①春禊:古代放春假的日子。春禊节是中国的古老传统节日,即"上巳节"。为三月上旬的巳日,后来固定在夏历三月初三。《后汉书·礼仪志》介绍说:"三月上巳,官民皆絜于东流水上,曰洗濯祓除,去宿垢痰,为大絜。"故春禊又称"祓禊"。春禊节也是文人士子聚会的日子。

贾来臣至兖州偕登少陵台① 有作(一)

岱南有名都,汶泗相萦带。高台屡登践,四野平无外。
夙昔诵君诗,邂逅兹游最。古人不可作,忧时到吾辈。(二)
禹贡画九州,表海青徐大。桀桀股肱郡,舟车南北会。(三)
豺狼恣搏噬,江淮已横溃。蔽扞在得人,形势安足赖。(四)
君苞匡济略,士论称蓍蔡。负手睨其傍,曷以揩崩坏。(五)
且为良夜饮,百忧偿一快。

校:

(一)《晚清四十家诗钞》及王森然《柯劭忞先生评传》题为"贾来臣至兖州偕登少陵台"。

(二) 夙昔诵君诗:五卷刻本作"夙昔诵公诗"。古人不可作:五卷刻本作"稷契彼何人"。

(三) 舟车南北会:《晚清四十家诗钞》及王森然《柯劭忞先生评传》作"南北舟车会"。

(四) 蔽扞在得人:五卷刻本作"蔽扞倚干城"。

（五）曷以揩崩坏：王森然《柯劭忞先生评传》作"曷以揩崩怀"。

注：

①少陵台：位于兖州九州大道中段（原少陵西街）。唐代诗人杜甫下第后曾来兖州，并写下《登兖州城楼》诗。明初，朱元璋第十子朱檀封为鲁王，藩兖州。兖州城南扩，为纪念杜甫，在杜甫登楼处城墙保留一段，改建成台，遂称少陵台，为古兖州八景之一。

过吴六处士村居

旅行常早发，旭旦露未晞。晚树犹葱蒨，宿鸟始翻飞。
言从负耒人，共叩林中扉。主人慕高尚，岁莫卧牛衣。
鸡豚闲自放，水木寒相依。村墟汉旧县，仿佛辨郊圻。^(一)
郁郁灌莽丛，瞳瞳散朝晖。野性耽荒僻，日旰憺忘归。
且尽流连意，浊酒慰调饥。

校：

（一）鸡豚闲自放：五卷刻本作"鸡豚间自放"。按：应是五卷刻本误"閒"为"间"。

饮贾来臣园中

城南百顷陂，缓游心独惬。折苇飐疏花，病柳摇残叶。
长堤何偃蹇，洲回港重叠。泽腹冻未坚，游鱼冰下唼。
其上为高台，暝色千里接。西行循阶岸，原隰如衣褶。

贾侯迟我至，扫除开别业。缭垣翼万瓦，榱题森岌嶪。
门有看竹人，室无织蒲妾。大瓢倾美酿，糟床新榨压。^(一)
初筵荐河鲤，香橙芼鳞鬣。杯深愆酒迟，新月生楼堞。
缅思板荡初，厝火然眉睫。粲粲青衿子，挺刃追荆聂。
盗贼欻凭陵，寰区皆震慑。三灵将改卜，宰相犹嗫嚅。
君侯济世才，大川需刳楫。胡为跧间里，万卷恣渔猎。
腐儒徒攘袂，猛士方擐甲。揽镜对酡颜，霜髭犹可镊。

校：

（一）门有看竹人：五卷刻本作"门有问字人"。

过天津追忆前总督陈筱石①同年事寄以诗^(一)

析津为甸服，水陆东南冲。阛阓塞通衢，奔车日珑珑。
运期穷百六，乱起如蚌蜂。王官不敢诘，仓卒铍交胸。
亹亹陈尚书，御乱独从容。国门咫尺地，屹立俨崇墉。
进效匪躬节，退蹶行遁踪。守官继浼涊，饕禄恣贪庸。
至今逢掖士，叹息后凋松。缅思发难初，亦有陆与冯。
陂陀五步血，效死宁非忠。俯仰悲存没，掩袂独龙钟。

校：

（一）《晚清四十家诗钞》及王森然《柯劭忞先生评传》题为"过天津追忆陈筱石同年寄以诗"。

注：

①陈筱石即陈夔龙（1857—1948），又名陈夔鳞，字筱石、小石、韶石，号庸庵、庸叟、花近楼主，贵州贵筑（今贵阳市）人。著名晚清遗老之一。清光绪元年（1875）考取举人第一名解元。光绪丙戌科（1886）进士，官至直隶总督兼北洋通商大臣。善诗、工

书法。一生出过几十本诗集，计有《松寿堂诗抄》《花近楼诗存》《鸣原集》《吴楚连江诗存》《五十三参楼吟草》《丙子北游吟草》《江皖道中杂吟》《把芬庐存稿》《梦蕉亭杂记》《游庐纪程杂记》等。

卷二　七言古体诗

纺　车

纺车挂壁蛛网丝，机摧轴裂不可治。
自余挈汝来京师，一朝弃汝忽如遗。^(一)
十年奔走天一涯，入门告别归无期。
不闻纺绩闻叹咨，眦泪荧荧独汝知。
长安索米长苦饥，岂知薄命遘百罹。^(二)
飞蓬不栉困蓐兹，纺砖生苔废麻枲。
络纬秋啼声正悲，俯仰今昔垂涟洏。^(三)
空房无人梦见之，当窗轧轧心然疑。
呜乎！丈夫耕田妇人织，^(四)
哺啜糟糠可头白，悔我常为万里客！

校：

（一）余：五卷刻本作"我"。

（二）长安索米长苦饥：五卷刻本作"长安索米仍苦饥"。

（三）垂涟洏：《晚清四十家诗钞》作"增涟洏"。

（四）呜：原为"鸣"，疑为刊刻错误，径改。

◇蓼园诗钞◇

伯希祭酒腰疾问以诗

　　昔君携我游三泉，遂逾洵水登盘山。
　　悬崖斗下径路绝，不知却立云霄间。
　　同游倦卧君独往，拇血溅袜棕鞋殷。
　　东临勃碣嫌地隘，幡然径上军都关。
　　餐峗跨卫气弥厉，出塞入塞穷跻攀。
　　寻山尚欲贾余勇，岂料曳杖行蹒跚。
　　人生穷达各有适，世所不靳天仍悭。
　　寝溪枕壑不汝遂，而况四海忧恫瘝。
　　知君不羡宗少文，自有杰句开心颜。
　　梦游尚觉神骨跻，病起宁愁腰脚顽。
　　郎山三十六石笋，神仙洞府君所寰。
　　杪秋登践有成约，他日从君联辔镮。

赠郭二丈立言①

　　昔我避地程符东，寄食异县如转蓬。
　　干戈逼仄有旷土，腰镰陇亩甥舅同。
　　先生借我一亩宫，许我弱冠为终童。(一)
　　平津墓上剧野蕨，商歌踯躅游相从。
　　此时海内乱无象，唐突鲸鲵横九壤。
　　殿上垂帘尧舜出，阃外专征方召往。

· 51 ·

拗戈跃马取卿相，欻翕风云剧反掌。
书生万事落人后，况弃锄犁婴世网。
呜乎往事难具陈，眼中聚散俄十春。
东逾瀸貊西洮岷，瀴溟万里天为津。^(二)
饥来驱我何遂遂，得如一羽失百钧。^(三)
欲养不逮称鲜民，还乡又访山中邻。
枯桑叶尽风飘急，破屋巉岏狐兔入。
箧裹藏书有鼠穿，井中乳雀无人汲。
先生六十犹堂堂，为我刈楚炊黄粱，
从容问我游何方，如今四海波不扬。
男耕女织咏太康，无田可耕事亦常，
曷不归来守故乡？尚忆当年弦诵地^(四)，
听秋馆裏夜联床。

校：

（一）借我：《晚清四十家诗钞》作"假我"。

（二）东逾瀸貊西洮岷：五卷刻本作"东逾瀸貊西峨岷"。

（三）百钧：《晚清四十家诗钞》作"千钧"。

（四）尚忆：五卷刻本和《晚清四十家诗钞》均作"却忆"。

注：

①立言即荔岩，即郭荔岩。古人用字不规范，一个音节可以用形意迥异的汉字进行表达或标示。

高南阜[①] 西村烟雨图

先生卜宅城西村，疏林野屋今尚存。
当年图画落吾手，展卷仿佛知衡门。^(一)

清川逶迤带修陌，杏花一片开红白。
恰是清明上冢时，细雨斜风迟来客。②
吾家遗事人能传，如今宰木凌风烟。
城中已换旧闾井，此图况在乾隆前。
有田可耕书可读，销声铲迹庸非福。
翰墨流传妒盛名，风尘奔走耽微禄。
我欲东归海上城，料量薄产学躬耕。
他时策蹇城西路，试向先生画裹行。

校：

（一）当年：五卷刻本作"百年"。

注：

①高南阜即高凤翰，祖籍利津，后移胶州，到高凤翰已是十一世。初居城西大行村，后居南三里河村。

②自注：先高祖荆玉府君与先生至契，每上冢至村外，先生辄早候之。按：五卷刻本自注为"先高祖奉政府君与先生最契"，余同。

寄孙佩南①

忆昔受学来金泉，卜居近住清溪边。
骊龙水底濯文锦，濡为细缕何宛延。
方流圆折各有象，云紫美藻相新鲜。
自嗟顽钝众所异，推迹兆应知无缘。
担书镊屧走万里，巢痕一扫非当年。
先生宰县治异等，哀悯鳏寡摧豪奸。
相公眈赐御史劾，独有吾党称君贤。
谒来书院授都讲，荣光一线浮沧涟。

关西夫子应诏出，区区动色占三鳣。
岂如没齿诵周孔，欲攀伏郑论后先。
商量旧学他日事，新诗径付乡人传。

注：

①孙佩南即孙葆田（1840—1911），字佩南，山东荣成人，同治十三年（1874）中进士，历任刑部主事、合肥知县等职，辞官后应山东巡抚之邀曾两度总纂《山东通志》，晚年寄居潍县。孙葆田之弟孙季咸娶柯劭忞幼妹柯劭慧为妻，故葆田与柯劭忞不仅是同乡学友，还是姻亲。

寄刘子秀孝廉宋晋之太史

先君抱道不偶俗，卜居廛市如穹谷。
营营时辈相陵逐，不识人间有薖轴。
谁如二子信道笃，每造精庐留信宿。
经疑史难纷诘鞫，攻以善问无坚木。
小子隅坐侍炳烛，辨析精微不敢渎。
粗知蓁稗非种穄，自我辞家西入蜀。
冰辽瘴粤穷川陆，十年奔走干微禄。
欲养不逮天何酷，忧患相仍车转毂。
岁月欻如鸟过目，东平才子亦碌碌。
健笔能扛鼎百斛，卞和屡献遭刖足。
初篁庐中两丛竹①，雪节霜根穿破屋。(一)
家无儋石书满簏，何时返税西山麓？
垦土诛茅同卜筑，所愧遗书不能读。
甘为农圃营樵牧，东风卷地春草绿。

海上鲸鲵犹未戮,乡心日逐南飞鹄。

校：

(一) 初篁庐中：《晚清四十家诗钞》作"初篁庐边"。

注：

①自注：晋之书斋。

高翰生①临桂未谷②先生说文统系图

六经掇拾秦燔余，萌芽古学河平初。(一)
建武重开登卫贾，遗文秘籍穷爬梳。(二)
召陵祭酒最晚出，思导众水从尾闾。
十四万言诂训在，陋儒穿凿俱芟除。(三)
颜推江式传授绝，而况后世非完书。(四)
吾邱学古学张有，阳冰改羼垂两徐。(五)
作者七人历千祀，推以统系谁敢居！
迩来文字变日甚，竟祧仓颉尊佉庐。(六)
君摹此本有深意，寻源要溯昆仑墟。
金坛不作安邱徂，堂堂法宋埋黄垆。(七)
可怜同志益零落，杜门我尚笺虫鱼。(八)

校：

该诗初发表于《四存月刊》1922年第10期第32—33页，题为《题丁少山待诏临桂未谷说文统系图》。

(一) 河平初：《四存月刊》作"何平初"。

(二) 穷爬梳：《四存月刊》作"重爬梳"。

(三) 十四万言：《四存月刊》作"十四万书"；芟除：《四存月刊》作"扫除"。

（四）颜推江式：五卷刻本作"江式颜推"；完书：《四存月刊》作"原书"。

（五）改羼：《四存月刊》作"停改"。

（六）变日甚：《四存月刊》作"变已甚"。

（七）金坛不作安邱徂，堂堂法宋埋黄垆：《四存月刊》作"金泉书院昔谐予，著书未就今何如"。

（八）益零落：《四存月刊》作"日蕉萃"；杜门：《四存月刊》作"闭门"。

注：

①高翰生即高鸿裁（1852—1918），字翰生，一作翰声。山东潍县（今潍坊）潍城区西关人。好古文，嗜收藏，与当时海内藏书名家如徐坊、陈介琪、罗振玉、缪荃孙、王懿荣、孙葆田等人交谊颇多。他曾参与襄校《山东通志》，在京任史馆编修。晚年生活困顿，所藏之物陆续售出。著有《历代志铭微存》《上陶室砖瓦文》《历代志铭征存》《齐鲁遗书十八种》《齐鲁古印麇补》《历代志铭征存》等。与人合撰有《山东金石志稿》。

②桂未谷即桂馥（1736—1805），字未谷，一字东卉，号雩门，别号萧然山外史，桂馥书法晚称老苔，一号渎井，又自刻印曰渎井复民。山东曲阜人。乾隆五十五年（1790）中进士，官云南永平县知县。书法家，文字训诂学家。著有《说文义证》《缪篆分韵》《晚学集》等。《说文统系图》即桂氏好友、"扬州八怪"之一的罗聘为《说文义证》所绘的自许慎以来重要说文家统系图。

姚少师为徐中山王画山水卷廉南湖①属题

悬厓斗俯冯夷居，洪涛汗漫春天墟。
崇山峻岭相萦纡，岩敖上挂羲和车。（一）

员为簦笠方为壶，石戴崔嵬土戴岨。
中垂线缕蟠危途，攀援欲上愁猿狙。
荒唐古木枝条疏，松枊枫柏檀槐檽。
桃枝竹箭兼䈽㯱，髯茅谁盖林中庐？
有隐沦客与之俱，或仰而观俯而趋，
或儽然立若枯株，或如老聃据灶觚。
又学御寇凭槁梧，衣冠古朴须眉粗。
绮园甪里真吾徒，衎师画笔乃其余。
胸蟠奇气要发舒，倪黄避席口为呿。
渐僧学步羞次且，兴朝佐命中山徐。
狡兔既死忧韩卢，岂若不为将相为樵渔。
衎师画此有意无？宁知尺蠖倏龙摅。
袈裟已著仍簪裾，六王勋列旂常书，
发踪指示岂不如。独恨帷幄之谋佐，
革除羽翼篡夺忘其初！先生拊手应轩渠。

校：

（一）上挂：五卷刻本作"挂住"。厓：《四存月刊》作"崖"。

此诗于1922年在《四存月刊》第10期初发表时署名为"前人"，题为《为廉惠卿题姚少师山水画》。全诗语句与五卷排印本及后来五卷刻本差异较大，兹录如下备考：

为廉惠卿题姚少师山水画

前人

悬崖斗俯冯夷居，洪涛汗漫春天墟。
昏昏海浸渔龙嘘，岩敎不挂羲和车。
荒唐古木枝条疏，青葱峭蒨攒䈽㯱。
仰视仄径缘空虚，攀援欲上愁猿狙。

鬅茅谁葢林中庐，寝溪扃岫无人俱。
衍师作画乃其余，胸蟠奇气如卷舒。
倪黄避席口为呿，渐僧却步羞越趄。
异王佐命中山徐，功成凜凜韩彭菹。
岂若投黻为樵渔，图画丹青倘启予。
宁知尺蠖欻龙摅，袈裟一著仍簪裾。
六王勋伐旂常书，发踪指示岂不如。
独恨帷帘佐革除，羽翼篡夺忘厥初。
先生拊手应轩渠。

《晚清四十家诗钞》所收此诗与其基本一致，但"荒唐古木枝条疏"后面几句为"松枬枫柏檀槐樗。青葱峭蒨攒箊䈳，中垂线缕缘空虚"，由此看，《四存月刊》似夺"松枬枫柏檀槐樗"句。接下来"胸蟠奇气如卷舒"句，《晚清四十家诗钞》为"胸蟠奇气自卷舒"；"六王勋伐旂常书"句，《晚清四十家诗钞》作"六王勋烈旂常书"。

注：

①廉南湖即廉泉（1868—1932），字惠卿，号南湖居士，江苏无锡人。以卜居杭州西湖之南湖，故别号南湖。其妻吴芝瑛是吴汝纶侄女。

寄王子丹①（一）

巴陵之北湖山奥，叶令辞官昔高蹈。（二）
摧矜折锐百不为，黄庭内景挈精妙。（三）
夜鹤回翔礼斗坛，晴虹婴苿烧丹灶。（四）
山深无人溪路涩，仿佛文狸从赤豹。

昨款松关留信宿，壑谷风生吟万窍。⁽⁵⁾
前山落月与云齐，独倚霜檐展清眺。
君言麋鹿心性野，不愿为牺荐宗庙。
贱子迷方岂足论，先生绝俗安能到。⁽⁶⁾
吾之友曰盖使君②，学道早学邱真人。
童颜不老有仙骨，至今吏网撄其身。⁽⁷⁾
何时共入华阳洞，采药名山访隐沦。⁽⁸⁾

校：

（一）王森然《柯劭忞先生评传》题为《赠蒲圻王子丹隐居》。

（二）辞官：《四存月刊》作"翁官"。

（三）摧矜折锐百不为，黄庭内景挚精妙：王森然《柯劭忞先生评传》《四存月刊》及《晚清四十家诗钞》作"摧矜折锐谢浮名，道书一卷挚精妙"。

（四）夜鹤回翔礼斗坛，晴虹婴茀烧丹灶：王森然《柯劭忞先生评传》《四存月刊》及《晚清四十家诗钞》作"薜荔朝搴泛瑟帷，虹霓夕贯烧丹灶"。

（五）壑谷：《四存月刊》及《晚清四十家诗钞》作"夜壑"。

（六）岂足论：王森然《柯劭忞先生评传》《四存月刊》及《晚清四十家诗钞》作"何足论"。

（七）撄其身：《四存月刊》作"婴其身"。

（八）何时共入：王森然《柯劭忞先生评传》《四存月刊》及《晚清四十家诗钞》作"何时偕入"；华阳洞：《晚清四十家诗钞》作"华岩洞"。

注：

① 王子丹：生平未详。

② 盖使君：指盖绍曾，字凤西，山东莱阳人，同治间举人，辛未进士，历任黔江、雅安、合州知县。以清廉勤慎著称。光绪戊子补南充知县，在职时有郑板桥之风，赋性刚正。离任后，全县乡民为其建

功德碑数十座，今存者唯南充西山去思亭。

寄盖凤西①

盖侯习静能治剧，川东川西名籍籍。
薄书堆里诵黄庭，百里奸偷匿踪迹。
曾上峨眉看佛光，平生事业俱能详。
栖真养素无松羡，谳枉亭疑有赵张。
我欲从君乞灵药，尤患扳缠苦难却。
君言至宝出磨砻，石猛沙粗渠不恶。
祗今解绶还里间，兵戈阻绝无尺书。
山中雪满黄精少，白发初生待君扫。

注：
①盖凤西即盖绍曾。

送陈蓉曙①南归

黄霾四塞白日暗，捲屋狞飙如顿撼。
经时不蹋海王邨，陋巷车声来坎坎。
我才君才两樗栎，踪迹虽疏气相感。
更为穷愁嗜我诗，正似芹菹与昌歜。
幡然告别不敢留，君先我去能无憾！
广文先生古君子，独立东南硕且俨。
羡汝寺亲万里归，采服趋庭朋盍戡。(一)

◇蓼园诗钞◇

  岛夷构衅难未已，猛士东征虩虎阚。
  金缯款敌我已愚，坛坫要盟渠更婪。
  九连城外交传烽，况逾浿水收王险。
  尚方请剑言虽戆，漆室倚柱心愈憯。(二)
  祗知肮脏负微躯，纵忤权强非勇敢。(三)
  吠蓝戢怒已曛黑，雪急凌兢云黯黪。(四)
  灶薪湿湿爆春雷，窗纸晶晶沍冰磝。(五)
  留君共覆掌中杯，当筵请作渔阳掺。(六)

校：

  （一）寺亲：五卷刻本、《晚清四十家诗钞》及王森然《柯劭忞先生评传》均作"宁亲"。

  （二）尚方请剑言虽戆，漆室倚柱心愈憯：五卷刻本作"探怀削牍言虽戆，握手临岐心益憯"。

  （三）祗知肮脏负微躯：五卷刻本、《晚清四十家诗钞》及王森然《柯劭忞先生评传》均作"可怜进退负微躯"。

  （四）吠蓝戢怒已曛黑，雪急凌兢云黯黪：《晚清四十家诗钞》及王森然《柯劭忞先生评传》为"邻家有酒尽可沽，雨势渗渗云霮䨲。"雪急：王国维作"雪意"。

  （五）灶薪湿湿爆春雷，窗纸晶晶沍冰磝：《晚清四十家诗钞》及王森然《柯劭忞先生评传》无。

  （六）当筵：《晚清四十家诗钞》及王森然《柯劭忞先生评传》作"解衣"。

注：

  ①陈蓉曙即陈遹声（1846—1920），字毓骏，又字蓉曙，号骏公，又号畸园老人，浙江诸暨枫桥陈家村人。早年师从著名学者俞樾（曲园）。清光绪十二年（1886）中进士，改翰林院庶吉士，授编修，出为松江知府。存世著作有《玉溪生诗类编》《历代题画丛录》《逸民诗选》《畸庐稗说》《畸园老人诗集》等。

王钝夫[①]以元人重摹苏文忠公雩泉记拓本见寄赋诗谢之

先生昔往雩泉雩，至诚所感灵泽濡。
山中父老导隼旟，饮泉而甘芼嘉蔬。
怀我风爱慰喁喁，流传翰墨乃其余。
雩泉片石今则无，重摹遗迹犹龙摅。
君藏拓本惠寄余，摩挲百遍忘饥刳。
鲰生嗜古搜枌榆，掎摭瓦砾遗明珠。
雕镌莫惜碑材粗，笔精墨妙留型模。
三时有害民嗟吁，神听虽聪吏终窳。
先生美政永不渝，勿令野火烧榛芜。
寻碑他日逾潍邟。

注：
① 王钝夫，山东诸城人，民国道士，工书能文。

秦权拓本为宝沈庵[①]题

秦皇治书日有程，臣斯刻画为权衡。
古籀繁文宜变更，森森剑戟严而劲。
力政吞周务兼并，因时立法诚坚明。
积重之弊后反轻，猬毛乱作由编氓。
一人悬重天下平，嗟汝所学非荀卿。

◇蓼园诗钞◇

校：

《晚清四十家诗钞》所载与此诗语句多异，兹录备考：

秦权拓本为宝沈庵题

秦皇治书日有程，臣斯刻画为权衡。
森森剑戟严而劲，繁缛一扫周西京。
六经改变有典型，非若蒐古燔群经。
力政吞周务兼并，因时立法诚坚明。
积重之执后反轻，猬毛乱作由编氓。
一人悬重天下平，嗟汝所学非荀卿。

注：

①宝沈庵即爱新觉罗·宝熙（1871—1930），字仲明，号瑞臣、沈盦，署顽山居士，室名独醒盦。河北宛平（今北京）人，隶属满洲正蓝旗，清朝宗室。光绪十八年（1892）进士。历任编修、侍读、国子监祭酒、内阁学士兼礼部侍郎、修订法律大臣、总理禁烟事务大臣等职。入民国后，任总统府顾问，后曾任伪满洲国内务处长等职。

仇十洲①仿宋人汉光武渡滹沱图

欲雪未雪云冻凝，旌竿掣顿风棱棱。(一)
流澌骤合成坚冰，十骑五骑行登登。
前骑返顾后语詹，后骑蹴滑蹶复兴。(二)
车乘杂逻兼徒烝，裁逾深涉旋解凌。(三)

节旄拂地垂三层,画辎伏鹿马钩膺。
马毛瑟缩人凌兢,真王之气犹龙腾。
仇英工笔世所称,临摹名迹夸尤能。(四)
权以济众事则应,白鱼之瑞宁妄征。
芜蒌豆粥嗟可矜,北道主人吾股肱。(五)
遂降十郡夷苗曾,摧凶划暴莫敢承。(六)
圣公否德天所憎,有真人出收分崩。(七)
网罗英俊在得朋,谶记妖诬吾不凭。(八)
抚今思昔感可胜,濡染冻墨挑寒灯。(九)

校:

该诗最初发表于《四存月刊》1922年第10期,题为《仇十洲仿汉光武渡滹沱图》。

(一)掣顿:《四存月刊》作"顿掣"。

(二)滑:《四存月刊》作"踏"。

(三)车乘杂逐兼徒烝,裁逾深涉旋解凌:《四存月刊》及《晚清四十家诗钞》为"从车杂沓兼徒烝,数骑未济已解凌"。

(四)临摹名迹:《晚清四十家诗钞》作"临摹古迹"。

(五)芜蒌豆粥嗟可矜,北道主人吾股肱:《四存月刊》为"芜蒌豆粥呈可矜,信都信为汉股肱"。

(六)遂降:五卷刻本又作"终降",《四存月刊》作"北降";夷苗曾:《四存月刊》作"诛苗曾"。

(七)圣公否德天所憎,有真人出收分崩:《晚清四十家诗钞》缺。有真人出收分崩:《四存月刊》作"爰命真主收分崩"。

(八)谶记妖诬:《四存月刊》作"谶书妖妄",《晚清四十家诗钞》作"谶记妖妄"。

(九)抚今思昔:《四存月刊》及《晚清四十家诗钞》作"抚今思古";濡染冻墨:《四存月刊》及《晚清四十家诗钞》作"濡染冻笔"。

注：

①仇十洲，名英，字实父，一作实甫，号十洲，又号十洲仙史，太仓（今江苏太仓）人，是明代有代表性的画家之一，与沈周、文征明和唐寅被后世并称为"明四家""吴门四家"，亦称"天门四杰"。

哀城南①

黄尘萧萧暗白日，右翼总兵严队出。
道旁观者不敢问，逮捕城南事仓卒。
考词未竟狱已决，陂陀西市流冤血。
名浇身毁竟谁论，眼前十鼠埋同穴。
哀哀寡妇哭问天，数谏不用绝可怜。（一）
平日能知陶答子，今朝肯见孔熙先。
读书万卷真何益？台阁声名俱第一。
孔翠文章炫采毛，蚍蜉性命投甘炙。
回首城南落日昏，招魂无路入修门。
茫茫祸福谁能料，羡汝青山独往人。

校：

（一）哭问天：五卷刻本作"哭向天"。

注：

①王国维在《哀城南》诗后注曰："此首哀杨叔峤锐、刘光第。"亦有观点认为，《哀城南》及《后哀城南》二诗，系柯氏对庚子事变被杀大臣袁昶、许景澄等人鸣哀愤而作。《吴宓诗话》亦记此二诗所写为"庚子义和拳杀戮士大夫"。

后哀城南

西安门里酒醋坊，杨家第宅临康庄。
连甍累栋郁相望，文皮籍地锦衣墙。
蹋筵歌舞罗名倡，百僚上寿争趋跄。
两宫恩礼逾寻常，出入禁掖连貂珰。
祸机猝毂谁能量？柴车西市真抢攘。
侃侃廷争袁太常①，从署胔者两侍郎。
老臣无罪尤昂藏，白头饮刃可怜伤。
象齿焚身兆厚亡，竟与謇谔同罹殃。
秦人不用哀三良，危身奉上名俱彰。

校：
王国维于此诗题后注曰：此为立山作。立山汉姓杨。于此诗天头注曰：两侍郎谓许景澄联元，老臣则徐枢密用仪也。

注：
①袁太常指袁昶，庚子之变，袁以不附和权贵，直言触忌，仓促被祸。

石龟为豫锡之① 都统作

吾闻尔雅有十龟，使君所得尤瑰奇。
元黄妙合孕灵气，神物变化非形为。
昔负九畴畀文命，山川始奠分崇卑。

◇蓼园诗钞◇

三江纳锡不肯入，远浮泾渭来西陲。
长山大谷恣窟穴，余且有网无由施。
冲皇受命践大宝，翦剔丑类臣羌夷。
四灵驯扰圣所瑞，欲荐九庙登轩墀。
泥沙汩没赧自售，顽质未蜕遭羁縻。
有麐而角车子获，观者叹息争愕眙。
毡包席里亦何有，虎豹夜夜夔樊篱。
朝燔夕烙神鬼泣，发书易之君能知。
濯以清泉带文藻，青花之瓮官窑磁。
百夫舁曳度陇坂，望气直欲先旌麾。
竭来投劾返初服，宝视讵数余泉蚳。
右倪者若左倪类，不俟钻灼能稽疑。
使君悟道契真宰，乾坤造化窥端倪。
心虚腹实存牡籥，瞑坐不用绳床支。
至人息踵意有踵，块然罔觉真吾师。
大隐何妨住朝市，上寿岂止侪期颐。
白云英英蔽窗牖，定知砌下生灵蓍。

注：

①豫锡之即豫师（1825—1906），本姓刘，字锡之，满洲镶黄旗人，为咸丰二年（1852）进士，历任内阁中书、国史馆校对等职。咸丰九年（1859）出任山东道监察御史，改陕西道监察御史。同治元年（1862）代理兰州府知府。同治三年（1864）任平凉府知府。同治五年（1866）简放肃州道，又调兰州道。同治九年（1870），升任西宁办事大臣，协助左宗棠镇压河湟回族反清运动。光绪四年（1878）调乌鲁木齐都统。

车遥遥^① 送敬孺^②长兄(二首)

一

车遥遥，如篷卷；心遥遥，如轮转。
车有两轮恨不方，行人莫恨关山长。

二

车遥遥，如云行，行万里，辙有程。
山长水远俱能越，莫恨车轮恨车辙。

注：
①车遥遥：乐府杂曲歌辞名之一。
②敬孺即柯劭憨，字敬孺，光绪进士，官安徽知县，历贵池、太湖诸县至直隶州知州。善古今体诗，时与孙宝田并称儒吏。

丹邱双钩墨竹为宗人辅周作

竹本无朱宁有墨，笔法端倪在钩勒。
谁言仿佛柳诚悬^①，丞相中郎共标格。
簨龙䗪䗪有云孙，文采风流今尚存。
画笔休称铁连琐，要看雪节与霜根。

注：

①柳诚悬即柳公权，字诚悬，唐代著名书法家，京兆华原（今陕西铜川市耀州区）人。官至太子少师，世称"柳少师"。

赠谢叔璠①

郊原麦熟天南风，新蚕作茧桑葚红。
稻田戽水没牛腹，陇上旅谷犹芃芃。
城南城北登顿熟，扁舟更猎菰蒲丛。(一)
乱松回合堆阜远，一水曲折津梁通。
百余年来行殿圮，但有坏壁穿蟗虫。
萧条黉舍人迹绝，宫祠提领将无同。
近闻教士尚新法，欲以巧智开群蒙。
嗟予老矣忝都讲，始信耳目真盲聋。
朝廷侧席伫贤俊，岂纳逸说登骧工！
改常易古昔所叹，擅更百度何匆匆。
腐儒饕禄无寸补，自屏田野甘衰庸。
长林决骤羡麋鹿，短篾独速随儿童。
使君政事富闲暇，登山临水聊相从。
三时不害五种稔，但愿击壤歌年丰。

校：

（一）登顿熟：五卷刻本作"登顿惫"。

注：

①谢叔璠：生平事迹待考。

宋徽宗画鹰为方柳桥[①]题

徽宗画鹰昔未窥,潮州太守今得之。
青骹白鼻天下知,纷纷赝本不敢訾。
岂知真赝别神骨,工意工似无差池。
臣京再拜跋卷尾,圣学天纵非人为。
君臣骋智自矜伐,此事亦足为蓍龟。
昔余来往松花江,遗闻得自乾隆时。
都统掘濠获锦箧,中有一幅鸷鸟姿。
款云天会十三载,不题名氏知为谁?
或疑地是五国城,徽宗北狩羁於兹。
山河破碎不爱惜,区区瘗此嗟何痴。
油汗煤染勿湔涤,惨澹如带前朝悲。

注:

①方柳桥即方功惠(1829—1897),字庆龄,号柳桥,湖南巴陵县人,监生。光绪间官广东潮州知府,有政声。在粤30年,藏书几达20万卷,并编印《碧琳琅馆丛书》行世。

成都阿文成公[①]祠

高宗神武燀旁魄,翦灭强梁朝万国。
紫光阁上第一人,采入金川名赫赫。
临机料敌兼忠智,万里归来献俘馘。

◇蓼园诗钞◇

英雄嘍啴听指踪，权倖恣且畏颜色。
天彭井络昔所临，崇祠辚辚成都陌。
百余年中事反复，猾夷狙伺通琛帛。
曲突之谋适不用，烂额焦头俱上客。
迩来国是谁敢摇？宰相依违能塞责。
披云激电想公来，后生愿问平边策。

注：
①阿文成公即阿桂，字广廷，号云岩，姓章佳氏。本籍满洲正蓝旗，赐人正白旗。

钓鱼城行①

钓鱼城，乃在涪水滨。元兵三十万，不及李夫人②。
夫人有两兄：南朝王统制③，蒙古李平章④。
统制问夫人，答言妾姓王。愿作将军妹，恩义甚非常。
时在嘉定末，蒙哥⑤寇东川，统制守合州，苦战二三年。
人言涪水绝，城内汲神渊。
何以示北军，馈之鲤鱼重兼斤。
尔可烹鱼饮美酒，十年按甲吾能守。
炮风中人如中矢，钓鱼城下蒙哥死。
遗命得合州，鸡犬慎勿留。
可怜一城人，鱼在釜中游！
临安已欸宋已平，独有合州不解兵。（一）
夫人谓统制：妾本李家女，有兄在成都，呼来能救汝。
朝封一纸书，暮制一双履，持书复得履，平章悲且喜。（二）
奉诏至合州，降者皆免死。统制不受官，仍除招抚使。

至今合州人，能言合州事。

前有冉家两兄弟，后有夫人奇女子。

校：

王国维在此诗天头作如下批语："嘉定"应是"宝祐"之误。按，《宋史·理宗纪》，当时守合州者王坚也。坚卒于理宗时，不应临安破后尚存。此诗盖述蜀中旧闻，与正史不同。合州降元事见姚牧庵中书左丞李忠宣公行状，时降将乃王立也。

（一）已欵：《晚清四十家诗钞》作"已款"。

（二）暮制：《晚清四十家诗钞》作"暮寄"。

注：

①吴闿生《晚清四十家诗钞》在此诗末评价此诗及《大渡河行》曰：二诗高古直逼汉魏。

②李夫人即熊耳夫人，姓宗，成都总帅李德辉的表妹。李德辉为感蒙恩，介绍她嫁给蒙古千户熊耳为妾。南宋景炎元年（1276）钓鱼城守将王立袭泸州，杀死熊耳，掳熊耳夫人到钓鱼城，熊耳夫人诈称姓王，与王立结为义妹，深得王立信任。祥兴二年（1279），熊耳夫人参与了军事。同年临安告急，钓鱼城被围，成为一隅孤城，朝命已不通。王立在是战是降，举棋不定，惶惶不可终日时，熊耳夫人劝王立向李德辉投降，结束了钓鱼城之战。此诗即对熊耳夫人的故事作了详细的叙述。

③王统制即王立。

④李平章即李德辉。

⑤蒙哥（Mongke，1209—1259），在位时间为1251年7月1日至1259年8月11日，元宪宗八年（1258），蒙哥、其弟忽必烈和大将兀良合台分三路大举进攻南宋。他亲率主力征四川，次年，在攻打合州时（今重庆合川区）受伤（一说疫疠流行，兵士多病死，蒙哥亦染疾），于元宪宗九年农历七月二十一日（1259年8月11日）死于合川东钓鱼山上。元世祖忽必烈追尊其庙号为宪宗，谥号桓肃皇帝。

◇蓼园诗钞◇

大渡河行

朝辞萦经县，晚渡大渡河。(一)
凉山西来云峨峨，细路曲折如旋螺。
忆昔骆相公，生擒猛噬张天罗。
河泊听拗呵，为我鞭蛟龟。万贼欲凭陵，倏忽没盘涡。
前行不得前，却行畏猓猡①。
相公告猓猡，譬之率鸟汝为囮，并力剪此贼，汝亦完巢窠。
猓猡绐贼入，有似投烛蛾。
连岩四塞飞走绝，下有硼崖转石万仞之洪波。(二)
垂头就绁丐一命，坐弋不复烦矰䍐。
乃知帷帟之谋制万里，发踪指示无差讹。(三)
吾闻金陵贼，此虏尤傫儸。
长揖张忠武，君尚不用如吾何？
自渡金沙江，气已无岷嶓。
出入不意计亦狡，宁知相公七十犹番番。
或言思乡土，夜半歌楚歌。遂令十万贼，纷纷籍籍皆投戈。
又有良家女，婉娈两青娥，甘心同日死，沥血矢靡他。
万言不许贷刲戮，剪剔丑类兼么麽。(四)
吾闻诸葛丞相张益州，古之遗爱今不磨。
相公戡蜀乱，先后宁殊科。蛮夷受约束，敷政宽不苛。
功成虽在险，而乃得人和。(五)
君不见刘侯俘贼功第一，锡之鞶带终三拖。

校：

（一）朝辞：《晚清四十家诗钞》作"朝经"。

· 73 ·

（二）万仞：五卷刻本作"汹涌"。

（三）无差讹：《晚清四十家诗钞》作"无差讹"。

（四）刲戮：《晚清四十家诗钞》作"剖戮"。

（五）而乃：五卷刻本作"勿乃"。

注：

①猓猡即猓猓，我国西南少数民族彝族的旧称。清顾炎武《天下郡国利病书·云贵交阯·爨蛮》："北胜又有号猓猡者，与四川建昌诸猓同类，纯服毡毼，男女俱跣足。"清钮琇《觚賸·绿瓢》："滇中猓猡有黑白二种，皆多寿。"清田兰芳《云南楚雄府通判袁公（袁可立孙）墓志铭》："猓猓则冬夏披羊皮耕田，语言虽不相通，而畏官惧刑，有太古风。"

为刘健之①题蜀石经拓本

唐家运圮九州裂，百年霸气西南歇。
后孟前王同一辙，广政君臣愈屑劣。（一）
蜉蝣楚楚为容阅，右古崇文计尤末。（二）
礼堂写书付剞劂，蜀大字本先闽越。（三）
十经刊石表圭臬，不遗传注裨经说。
闰位告终事旋辍，补刻终嫌笔画拙。（四）
一日同归劫灰爇，拓本犹堪证淮别。
庐江尚书来秉钺，公子才名凤彰彻。
千金购买搜遗阙，四百余纸森罗列。（五）
竹垞②董浦应叹绝，后进登来轶前哲。（六）

◇蓼园诗钞◇

熹平分书悬日月，洪都门外车填咽。
炎祚陵夷火寻灭，开成思继贞观烈。
覆盆宰相虀冤血，而况伪邦凭盗窃。^(七)
文字安能救杌棿，嗟余好古宜扪舌。^(八)

校：

本诗初发表于《四存月刊》1922年第10期，发表时题为《为刘健之观察题蜀石经拓本》，署名"柯劭忞"。

（一）愈孱劣：《晚清四十家诗钞》及《四存月刊》均作"益庸劣"。

（二）右古崇文：《晚清四十家诗钞》及《四存月刊》均作"右文崇古"；计尤末：《四存月刊》作"计逾末"。

（三）先闽越：五卷刻本作"先闽浙"，《四存月刊》作"开闽越"。

（四）终嫌：《四存月刊》作"究嫌"；笔画：《晚清四十家诗钞》作"笔墨"。

（五）四百余纸：《四存月刊》作"四百余叶"。

（六）竹垞董浦：《晚清四十家诗钞》作"竹垞董甫"。

（七）盗窃：《四存月刊》为"盗劫"。

（八）杌棿：《四存月刊》作"杌鼿"。

注：

①刘健之即刘体乾（1880—1940），字健之，安徽庐江人。毕业于江南武备学堂。辛亥革命后，历任苏州海关监督、金陵机器制造局总办、四川东川道道尹、署理四川巡按使、江西省政府委员兼秘书长、代江西省政府主席等。

②竹垞即朱彝尊（1629—1709），字锡鬯，号竹垞，又号驱芳，晚号小长芦钓鱼师，又号金风亭长。秀水（今浙江嘉兴市）人。康熙十八年（1679）举博学鸿词科，除检讨。二十二年（1683）入直南书房。曾参加纂修《明史》。博通经史，诗与王士祯称南北两大

宗。著有《经义考》《日下旧闻》《曝书亭诗文集》等。董浦即杭世骏（1698—1773），字大宗，号董浦，别号智光居士、秦亭老民、春水老人、阿骏，室名道古堂，仁和（今浙江杭州）人。雍正二年（1724）举人，乾隆元年（1736）举鸿博，授编修，官御史。乾隆八年（1743）因上疏言事，遭帝诘问，革职后以奉养老母和攻读著述为事。乾隆十六年（1751）得以平反，官复原职。晚年主讲广东粤秀和江苏扬州两书院。工书，善写梅竹、山水小品，疏澹有逸致。生平勤力学术，著述颇丰，著有《道古堂集》《榕桂堂集》等。

剑门[①]雨后黄瀑布最奇寄以诗

剑门崖陳双嵯峨，霾云泄雨漫兜罗。
缥丝须黄不须白，天孙濯手昆仑河。
大剑小剑青相磨，剑截不断垂滂沱。
蜀人但诧锦江锦，宁知神仙抛掷黄丝绖。
天台匡庐边幅窄，悬流仅拟天绅拖。
岂若裁量端匹袤十里，刬礜以染同臼科。
题诗更忆湘绮老[②]，黄绢幼妇[③]今如何？

注：

①剑门：位于今四川剑阁县北。据《大清一统志》："四川保宁府：大剑山在剑州北二十五里。其山削壁中断，两崖相嵌，如门之辟，如剑之植，故又名剑门山。"

②湘绮老：指王闿运（1833—1916）晚清经学家、文学家、字谜学家。字壬秋，又字壬父，号湘绮，世称湘绮先生。咸丰举人。《湘绮楼日记》光绪二十七年七月十日："看汉文，邯郸淳文入三国，《曹娥碑》仍宜人东汉，三国无此好碑也。"

③黄绢幼妇：典出孝女曹娥。相传汉安二年（143）农历五月初五，曹娥父曹盱驾船在舜江中迎潮神伍君，"为水所淹，不得其尸，娥年十四，沿江号哭，昼夜不绝声，旬有七日，赴水而死"。元嘉元年（151），县长度尚改葬曹娥于江南道旁，命邯郸作诔辞，并立碑、建庙，以彰曹娥之孝烈。诔文不加点，一挥而就。议郎蔡邕叹为奇文，在碑阴写了"黄绢幼妇，外孙齑臼"八字赞颂，但蔡氏题辞究竟是什么意思，颇引众议。原来，黄绢乃有色之丝，为"绝"；幼妇为少女，即"妙"；外孙系女之子，为"好"；齑是姜蒜类调料碎末，味辛。捣烂这些东西的捣臼就是"受辛之器"，"受"旁加"辛"即为"辞"字的异体字。因了这段故事，由《曹娥碑》引发的蔡邕题辞就成了中国最早的字谜。

吴三桂① 伪玉玺拓本②

渑池盗弄明祚移，守关之将来乞师。
申包存楚非所期，开门已竖迎降旗。
狐埋狐搰竟倒施，寇仇故国恣芟夷。
异王册命恩不訾，耿尚勋旧肩相差。
贵极富溢人所惎，而况悖逆为枭鸱。
白头作贼信可嗤，晚窃帝号聊娱嬉。
衡湘蹉踔力已疲，倖贷齐斧仍舆尸。
竖立凶孽强扶持，终焉一炬靡孑遗。
蛮荒无地埋枯骴，五华山麓临滇池。
潴宫榛棘留余基，筑墙掘土众愕眙。
登玉玺一光陆离，历年三百无人知。
投弃瓦砾填荒陂，当年捧出登轩墀。

盖署伪命狂僛僛，豺狼谨噪兼狐狸。
呜乎！西南之产媲美珣玗琪，污於盗贼宁非俱！
篆文虽僭勿磨治，留为鉴戒垂来兹。

注：

①吴三桂（1612—1678），字长伯，一字月所，辽东人，祖籍江南高邮（今江苏高邮）。明崇祯时为宁远总兵，后退守山海关，封平西伯，镇守山海关，后封汉中王，济王。1644年降清，引清军入关，封平西王。1661年，杀南明永历帝。1673年，发动三藩之乱。1678年3月23日（农历三月初一），吴三桂在衡州（今衡阳市）称帝，国号大周，建元昭武，改衡州为"应天府"，1678年在衡州病逝。

②自注：文曰"勅命之宝"。

红人菁(一)

宣武城南吾敝庐，荒园数亩埋榛芜。
新霜一夜能染濡，中庭遍插红珊瑚。(二)
却疑海水今年枯，千树百树森扶疏。
王恺石崇寒乞奴，眼中才见六七株。
不须更到狮子国，也应笑杀波斯胡。
天公播弄有意无？龙宫宝藏肯畀余。
釜中更有丹砂饭，不是麻姑抛掷余。(三)

校：

（一）《晚清四十家诗钞》题为"红人菁菜"。

（二）染濡：《晚清四十家诗钞》作"染擩"；中庭：《晚清四十家诗钞》作"庭中"；遍插：五卷刻本作"乱插"。

（三）"釜中更有丹砂饭"句，五卷刻本作"新炊更有丹砂饭"，《晚清四十家诗钞》作"更炊釜底丹砂饭"。

李莘夫[①]山中读书寄以诗

读书何所似？政似访名山。
游山何所似？又似涉猎万卷开襟颜。
况有山中人，非樵非隐非神仙。
插架之书屹如四立壁，君乃栖迟偃仰于其间。
韩家岭上月未落，琅琅夜半书声作。
山魈窃听舌舐腭，也羡先生读书乐。
先生政事天下闻，当官不受尚书嗔。
南浮瘴海一万里，廉州父老称其循。
入山不深林不密，他时恐为苍生出。
经史纷纶岁月间，文章跌宕烟煴逸。[(一)]
奸人造作诳群寓，涂饰耳目能须臾？
改常易古可叹吁，李夫子相汝岂是山中癯？
障川要挽狂澜倒，不负生平所读书。

校：

（一）岁月间：五卷刻本作"岁月闲"。

注：

①李莘夫即李经野（1855—1943），字莘夫，号曹南钝士，曹县龚楼乡土地庙村人，光绪九年（1883）进士，官至廉州知府。与徐继孺、姚舒密、陈继渔为莫逆之交，曾共同组织曹南诗社，后又亲领门人姜儒卿参与编修曲阜、单县县志，并指导姜编写《汉儒学案》。

徐榕生^①以郎山诗见示题其后

郎山三十六石笋，昔与王孙赋招隐。
鲰生一误登践期，回首荣枯感朝菌。
逎屏县里十日留，寻山虽远看山近。
西逾涞易愿未偿，马首尘埃徒衮衮。
谁如徐侯健且敏，凌厉风云轶高隼。
鸟翅参差剑杪尖，一卷新诗尽苞攫。
平生笑杀刘静修，枉费雕镂苦肝肾。
天下何曾有仿佛，马耳双尖堪一哂。
哲兄^②胆力亦坚刚，十年竟负芒鞋捆。
岂独山灵笑顽懦，万事无成坐濡忍。^(一)
何当共读惠连^③诗，酒酽茶香浇渴吻。

校：

(一)"岂独山灵笑顽懦"之"懦"：五卷刻本作"惰"。

注：

①徐榕生，原籍山东临清，徐坊胞弟，徐延旭次子。

②哲兄：对兄长的敬称，后多指称他人之兄，犹言令兄、贤兄。此指徐榕生兄长徐坊。

③惠连即谢惠连（407—433），南朝宋文学家，祖籍陈郡阳夏（今河南太康），谢灵运族弟。"幼而聪敏，年十岁即能属文"，深得谢灵运赏识。惠连以文才名世，与谢灵运、谢朓合称"三谢"。

◇蓼园诗钞◇

戚武毅刀为王廉生祭酒作

将军昔往东海渍,海中精怪光有煴。
歕涛喝浪厥首坟,鱼龙腾掉不敢群。
占以火攻利用焚,谁其畀余沧海君。
腰絙而泅召水军,铁锚曳出逾千斤。
丰隆扇炭歕浮云,铁丝髻手来并汾。
锻之淬之殚厥勤,鱼皮之鞘缠牛筋。
南征岛夷北戎獯,一扔勍敌腰领分。
事奇语诡搜前闻①,君得其一世所廑。
凉堂置酒众未醺,兴酣露拍当高旻。
禁中颇牧天下闻,逝欲从君返乡枌。
刳剔凶妖寨祲氛,岂无猛士育与贲。
看汝先登摄头幩,持以杀贼追往勋。

注：
①自注：事出《青藤纪闻》。

伯希游小五台归示纪游诗八首① 以长句题之

广昌之路通飞狐,长山大谷峻且纡。
篮舆挽上七十里,五台涌出莲花趺。(一)

◇柯劭忞诗集校注◇

山中八月白草枯，昨日单衫今複襦。（二）
有泉不冻酾两渠，金源铁板可拓摹。
暝投山寺依毘庐，星斗忽与平时殊。
纤萝不动万籁息，空气浩浩长鲸呿。
北渡桑乾历军都，阶梯上下犹坦途。（三）
出塞入塞十日余，探怀示我千骊珠。
吁嗟先生绝世无，天潢贵胄人楷模。
高名奕奕擅八区，数进忠规撼谠谟。
扶持正直排奸谀，宜登帝廷赞都俞。
宁知爱作山泽癯，鲸鲵跋浪稽讨诛。（四）
宰相非人四海痛，吾不必为屈左徒。（五）
吾亦不为折槛朱。迩来白发堕满梳，
壶中有药能扫除。腾身且与卢敖俱，
朝晞榑桑暮柳谷，蓬莱清浅水可逾。
驭风骑气非舟舆，我当拥彗为前驱。

校：

（一）莲花跌：《晚清四十家诗钞》作"莲花跗"。

（二）白草枯：《晚清四十家诗钞》作"百草枯"。

（三）北渡桑乾：五卷刻本作"北逾桑乾"。

（四）山泽癯：《晚清四十家诗钞》作"山泽臞"。

（五）吾不必为：五卷刻本及《晚清四十家诗钞》作"君不必为"。

注：

①伯希游小五台归示纪游诗八首：光绪二十三年（1897）九月，盛昱与徐坊等游小五台山，作《游小五台山诗》八首，即《定兴道中》《自南滩至王安镇》《水云乡寄鹿乔笙太守》《黑石岭》《四十里峪即飞狐口同徐梧生作》《煖泉书院》《小五台即水经注倒刺山也》《居庸关》，这八首诗均载盛昱《郁华阁遗集》卷二中。1924年，王

◇蓼园诗钞◇

国维曾手书此诗（缺后两句，个别文字稍有差异）赠给当时日本驻华使馆副武官竹本多吉，现在被完好地保存在"爱新美术馆继承会"（在日本广岛县竹原市）。

延子澄^①来蝶轩

昔年僦宅王恭厂^②，乔木荒原剧森爽。
仙人亦爱草元庐，飞去飞来集书幌。^(一)
鼎新革故运中兴，万事推迁感不胜。
太常修礼应无地，学士论交尚有朋。
城东巷子车箱狭，药栏花坞相周匝。
主人饮酒谁同醉？日日开轩酹仙蝶。
长安二月春事妍，祇有仙蝶如当年。
辽东一鹤归华表^③，洛下双鹅起道边。
来蝶轩中纂蝶史，自古忠臣原不死。
君不见，胶西亦有匡侍郎^④，搜罗故实书盈箱。

校：

（一）草元庐：《晚清四十家诗钞》作"草玄庐"。

注：

①延子澄即延清（1846—1920），字子澄，又字紫丞，号铁君，晚年自号搁笔老人，清末著名的八旗蒙古文人，蜚声于清末文坛的蒙古族汉文诗人。

②王恭厂即北京光彩胡同，从前称棺材胡同，因其名不雅而改为今名。这里的前王恭厂、后王恭厂胡同，便是明代王恭厂的故址。

③辽东一鹤归华表：典出陶渊明《搜神后记》卷一："丁令威，本辽东人，学道于灵虚山，后化鹤归辽，集城门华表柱。"后以"辽

东鹤"来表示怀着思恋家乡的心情久别重归，慨叹故乡依旧，而人世变迁很大。

④匡侍郎即匡源（1815—1881），字本如，号鹤泉，胶州人。咸丰十一年（1861），匡源被任命为赞襄政务大臣，成为清王朝权力最大的决策高官。这一年，咸丰皇帝临危托孤，匡源成为顾命八大臣之一。辛酉政变后，被慈禧革职罢官。后受聘担任济南泺源书院的山长，讲学17年，培养了诸多像潍县曹鸿勋、福山王懿荣、胶州柯劭忞等著名后生。

为罗叔言①题攻吴夫差鉴拓本②

勾吴伯业狐庸开，兵车辙迹日北来。（一）
晋好初修越难作，麋鹿终上姑苏台。
复仇未雪醉李耻，占梦已告章明灾。
天与不取自贻患，长颈鸟喙非雄才。
十年生聚获一逞，为虺弗顾虺宁摧。（二）
锦衣战士气凌厉，电扫劲敌如崩隤。（三）
范金制器纪功烈，宁为栖甲湔尘埃。
区区战胜自矜伐，蛮夷得志良可咍。
基扃未固国旋圮，世次谲舛畴能推。
名从主人虽不易，重器迁徙遗民哀。
嬴颠芊蹶又相踵，渚宫草没阿房灰。（四）
岂知神物有呵护，田夫竟发千年薶。
君藏拓本最精好，片纸价抵英琼瑰。
赤堇之铜若耶锡，乃辟乃灌皆良材。
大刑小刑世罕觏，湛庐轶事尤奇恢。

· 84 ·

◇蓼园诗钞◇

吉金铸鉴不铸剑，风胡欧冶应徘徊。
请君装池此本压归棹，定见前胥后种涛头回。

校：

（一）勾吴：《晚清四十家诗钞》作"句吴"。

（二）虵：《晚清四十家诗钞》作"蛇"。

（三）崩隤：《晚清四十家诗钞》作"崩颓"。

（四）芉：《晚清四十家诗钞》作"茾"。

注：

①罗叔言即罗振玉（1866—1940），字式如、叔蕴、叔言，号雪堂、永丰乡人，晚号贞松老人、松翁。祖籍为浙江省上虞市永丰乡，出生在江苏省淮安县。罗振玉在政治上十分保守，始终效忠清室。九一八事变后追随溥仪，出任满洲国参议府参议、满日文化协会会长等职。近代农学家、教育家、考古学家、金石学家、敦煌学家、目录学家、校勘学家、古文字学家，中国近代考古学的奠基人，一生著作达189 种，校勘书籍642 种。

②自注：器出咸阳县当是楚得于越秦灭楚又迁于秦。

郭湘帆①听松草堂

听松堂前风谡谡，卷作秋涛能撼屋。
门闲径僻无三伏，连墙薜荔缘阶竹。（一）
谁与主人共幽独？垂绥饮露鸣蜩宿。
良夜开轩萤照读，时来松下同棊局。
鹿皮翁住符山麓，主人问谁今二陆。
君家平原气如龙，十年读书草堂中。
先生见我比终童，昆刀出匣截蛟鸿。

棠梨夜雨春山空，我亦憔悴如转蓬。
桑条贯牛马受笼，岂若北窗听松风。
卞和不用泣龙钟。

校：

（一）门闲：五卷刻本作"门间"。

注：

①郭湘帆即郭杭之（1838—1908），山东潍县人，字子方，号湘帆，又号止园氏，咸丰年间山西布政使署理巡抚郭梦龄之五子，同治庚午（1870）举人。系丁善宝表侄，素与孙葆田、柯劭忞及邑人刘抡升等友善。有《青铜轩诗集》二卷。

高翰生金泉校书图

尚书丁公昔开府，经始金泉翦榛莽。
姚江传习有渊源，济济诸生列堂庑。
吹竽纵说齐客滥，甄拔终能十得五。（一）
三十年来日凌替，场屋时文矜纠组。
朝廷捄弊议更张，记诵陈言弃如土。（二）
埽除黉舍为书局，学津揭厉非无补。
丹铅雠订要得人，戈戈束帛盛①筐筥。
先生博综艺文略，文章仿佛晁公武。
拥书万卷尽名城，金石旁掺椎拓古。（三）
区区撰集何足论，史谬经譌辨鱼鲁。
淹中耆旧旋凋丧，海上鼌鼍正蟠互。
先生早赋归去来，自葺蓬茅蔽风雨。
园林箸述承平事，昔年宾馆今无主。

◇蓼园诗钞◇

我亦金泉问字人,地老天荒尚羁旅。
劝君不用写丹青,且抱遗经守环堵。

校:

(一) 甄拔:五卷刻本作"选拔"。
(二) 弃如土:五卷刻本作"弃如上"。
(三) 拥书万卷尽名城,金石旁捼椎拓古:五卷刻本作"卷帙纷纶拥百城,鼎彝斑驳尊三古"。

注:
①自注:平声。

徐鼐霖①省长为其尊人追绘山居课子图属作诗

松花江滨长白麓,考槃硕人咏薖轴。
一经教授笑桓家,不为通经为干禄。
山中宰木已笼葰,仗节还乡昼锦同。
蒿蔚余生谁似我,归号松柏梦秋风。

注:
①徐鼐霖(1865—1940),原名立坤,字静宜,又字敬芹,号憩园,晚号退思永吉尚礼人,民国八年(1919)任吉林省长,他精诗文、善书法,文化艺术成就很高,被誉为"吉林三杰"之一。

匡鹤泉[①]侍郎画竹

　　侍郎法书见已罕，画笔森森攒密竿。
　　兴来濡墨无深浅，桂箭桃枝纷满眼。
　　论诗早契张诗舲[②]，夺换诗格为丹青。
　　邱山零落三十载，济南尚有筼筜亭[③]。(一)
　　文宗侧席求贤日[④]，侍郎儤直登枢密[⑤]。
　　几馀挥翰赐近臣，布叶分枝用丹笔。
　　庚申之变[⑥]那可论，鸱鹠夜啸东华门。
　　陟方不返苍梧狩[⑦]，但馀竹上之泪斑斑痕。
　　金泉书院留宾客，曾见先朝御画册。
　　宁知白发老门生[⑧]，箧内珍藏铁钩勒。
　　雪节霜根出岁寒，笔端倪遇箨龙蟠。
　　可怜一代君臣契，留作金泉遗事看。

校：

（一）邱山：王国维作"山邱"。

注：

①匡鹤泉即匡源。

②张诗舲即张祥河（1785—1862），清代画家，字元卿，号诗舲，娄县（今江苏昆山）人，嘉庆二十五年（1820）进士，官至河道总督。工书画，能诗，画长于山水，私淑文征明，又学石涛，花卉近徐青藤，笔意健举，苍劲有力，亦流露出书卷气。著有《铜鼓斋论画集》《小重山房集》《诗舲诗录》等。

③自注：先生主讲金泉，悬御笔画竹于小斋，以"筼筜亭"额之。

④文宗：指清咸丰皇帝爱新觉罗·奕詝。侧席，空着席位的一侧（左侧）以待客人。《后汉书》："光武侧席幽人，求之若不及。"

⑤爆直：一作"豹直"，官吏连日值宿。《玉海》："开宝舍人院，在中书致敕院内，初入者有爆直。"枢密：指枢密院，唐代宗始置枢密使，掌承受奏表。至宋权力越重，中书省与枢密院分管文武二柄。清时已废此署名。这里喻重要官署及官职（匡源曾为军机八大臣之一）。

⑥庚申之变：1860年（庚申），英法联军攻陷天津，侵入北京，咸丰逃奔热河避难。

⑦陟方：指帝王殁。狩，本指打猎，为帝王出征、逃奔等的委婉说法，此指咸丰出走热河（今河北承德），且崩逝。

⑧老门生：柯劭忞曾在匡主讲之书院就读，所以称"老门生"。

戴海珊①墓庐读书图（一）

昔我扁舟出三峡，盛山屡访仙真栖。
风亭月岫俱胜绝，回崖沓障穷攀跻。
卅年往事剧弹指，梦寐尚到夔门西。
君家精舍傍先陇，千章乔木使径迷。
江山蟠郁氧象古，而我不获游相携。
长安城中冠盖薮，独君与我甘尘泥。
论交但恨握手晚，时人环堵骞蓬藜。
迩来士论益纵诞，讪侮忠孝腾狂诋。
天心未厌祸乱膴，会见裨海横鲸鲵。
羡君至性丽曾闵，蓼莪久废仍馀凄。
一官脱屣不返顾，精研六艺谁与齐！

誓墓早学王会稽，夜鲱经史朝扶犁。

请假此图为息壤，访君他日逾彭溪。

校：

（一）戴海珊：五卷刻本目录作"戴海山"，正文为"戴海珊"。

注：

①戴海珊即戴锡章，字海珊，四川开县人，民国时期著名史学家，曾入清史馆参与编纂《清史稿》。

刘梓谦[①]建南行役图(一)

邛崃之险天下无，云梯石栈盘空纡。
王蛇欻鼋如椀盂，毒雾熏人僵路隅。
大渡河深不可逾，纵横黑水交灌输。
崖倾路滑并两跌，行人招手云中呼。
回视九折犹坦途，猓猡毂弩腰胡卢。(二)
虎豹甘人竖毛须，井邑牢落榛芀芜，
道傍狼藉血与肤，遂绕禹同至邛都。
西南众水潴为湖，父老之言怪又迂，
鱼头戢戢皆人颅。鳅生万里身羁孤，
冒历险涩仆马瘏，回头往事隙过驹，
梦到黎雅心瞿瞿。何人舐笔调铅朱，
蛮烟瘴雨能染濡。茕灯逆旅忘饥劬，(三)
壮哉刘侯我不如。越巂西连打箭炉，(四)
苞以卫藏如周陛。猾夷逼处猝可虞，
先几之事慎衣袽。山川险易随时殊，
他年负羽缨曼胡，请君为作筹边图。(五)

· 90 ·

校：

（一）《晚清四十家诗钞》题为"题刘梓谦建南行役图"。

（二）胡卢：《晚清四十家诗钞》作"壶卢"。

（三）染繻：《晚清四十家诗钞》作"染擩"。

（四）箭炉：《晚清四十家诗钞》作"箭垆"。

（五）请君为作筹边图：五卷刻本及《晚清四十家诗钞》作"请君为作从军图"。

注：

①刘梓谦即刘锡玲，字梓（一作粹）谦，号聋道人，别号自闻居士，光绪时浙江人。官中书。工指头画，40岁后，刘锡玲弃笔而以五指和手掌作画，涉及山水、花鸟、人物等，画风简练苍劲，不求形似，近于神似，表现出笔所难到之妙，卓然而为一代指画大师。

嘉祥县①

九十九峰龟曳尾，左倪右倪俱相似。
中有一龟蟠不起，首戴城垣履廛市，
俯饮南旺湖中水。十室之邑君勿鄙，
宝书负出天畀姒。洪范九畴文在此，
锡以嘉名告千祀。

注：

①嘉祥县：属山东济宁市。

叶焕彬[①]丽楼藏书图

昔余持节来衡湘，访旧再登君子堂。
元钞宋椠恣评量，十五万卷森琳琅。
湘潭袁氏巴陵方，叶家书城与颉颃。
石林以后称文庄，津逮后学源流长。
有贤子孙企前良，聚书能读兼能藏。
覃覃经史为文章，旁搜百家箈秕糠。
虞初小说穷荒唐，百川归海流汤汤。
聿余学步踣且僵，思殚疑问病未遑。
十年一别经沧桑，掺袪京华心惋伤。
闻君卜筑菱洲傍，危楼百尺凌空苍。
左揖岳麓蟠崇冈，七十二峰岌相望。
右吞百顷陂汪汪，名曰丽楼达四窗。
珍函秘籍排千箱，中有隙地支绳床。
朝吟夕讽声硠硠，校雠细字分丹黄。
运穷百六遭抢攘，鹔罗不及能高翔。
蚌蜂毒蛰真豪芒，元龙意气终扬扬。
敩门著述古所臧，老於枕葅乃吾乡，
展卷题诗意慨慷。吁嗟乎！
秦燔之后书再亡，此楼应作鲁灵光[②]。

注：

①叶焕彬即叶德辉（1864—1927），字焕彬，号直山，别号郎园，清湖南湘潭人，祖籍苏州吴县洞庭东山。光绪十八年（1892）进士，授吏部主事，不久就以乞养为名，请长假返乡居住。生平长于

经学，尤精通目录版本，所著及校刻书达百数十种。著有《书林清话》《六书古微》等，汇编校刻有《郋园丛书》《观古堂汇刻书》《双梅景闇丛书》等。丽楼系叶氏藏书楼，《丽楼藏书图》系日本画家兼本春篁（俊興）所画。

②鲁灵光即鲁灵光殿，汉代著名宫殿名，在曲阜。诗中比喻硕果仅存的文献。

圈 鱼①

松花江上古扶余，獻人岁贡秦王鱼。
腹甲如龙竟受刳，乾余之骨充苞苴。
登筵不数鱐与脠，晶莹照椀如车渠。
贱子东游北沃沮，使君邀我来观獻。
朔风棱棱九月初，冰澌未合寒沙淤。
长纲截江纲目粗，百夫力拽謹且呼。（一）
潜龙移穴鼋鼍俱，势欲簸荡阳侯居。
身横九亩获乔如，寻常所得犹专车。
受人牵鼻翻纡徐，区区自护无乃愚。（二）
连江桴木为周阹，蹭蹬泥沙跮不舒。
一涔之水徒相濡，垂头折尾甘执拘。
象齿焚身可叹吁，羹才第一羞庖厨。（三）
不为骨鲠为甘腴，波涛一失咫尺殊。（四）
萧樊缧绁韩彭葅，出入弗慎遭网罛，
看汝万里行头颅。

校：

（一）纲目粗：《晚清四十家诗钞》及王森然《柯劭忞先生评

传》作"纲目麓"。

（二）牵鼻：《晚清四十家诗钞》作"穿鼻"。

（三）羹才：《晚清四十家诗钞》作"羹材"。

（四）波涛一失：五卷刻本作"波涛已失"。关于"不为骨鲠为甘腴"句，《晚清四十家诗钞》有吴闿生诗末注：戊戌政变以后，张香涛有《劝学编》之作，端午桥亦进太后圣德之颂。"不为骨鲠为甘腴"，殆谓是邪？

注：

① 《晚清四十家诗钞》于题后自注曰："吉林网鲟鳇鱼，梏木綦於江中，名圈鱼。戊戌冬追为此诗。"

徐梧生宅看牡丹

徐家牡丹赢百株，纷纶大朵如碗盂。^{（一）}
胡红赵紫颜色好，花当叶对庄而姝。
都人岁宴崇效寺，士女络绎城南隅。
祗园盛丽亦何有？十朵五朵真区区。
南皮相国老诗伯，重来仿佛游玄都。
声名炜烨宾客众，俯仰今昔犹长吁。
岂知陵谷一朝变，城郭不异风景殊。
香车宝马昔来玩，流落道路俦亡逋。
徐侯且倒花前壶，看花得似前年无。
繁华未必胜蕉萃，明朝风雨知何如？

校：

（一）碗盂：《晚清四十家诗钞》作"盘盂"。

◇蓼园诗钞◇

青檀寺[①]

　　青檀寺里青檀古，石上盘根无寸土。(一)
　　崖崩石裂根能补，旁穿孔洞相撑拄。(二)
　　上拂崟岩蔽云雨，抱石为瘿突为乳。
　　恠树鬖髿垂线缕，轮囷不才无比数。(三)
　　穷俱殚丑翻媚妩，或瘣而偃耸而偻。
　　籧篨戚施能仰俯，龙头菌蚕豕腹臌。
　　熊彪顾眄夸腰膂，蟠蛇结虺蚴螑怒。
　　髬髵乱发山獠舞，诡形殊状觙未睹。(四)
　　连豿塞壑森盘互，盛夏飕飗冬雪冱。
　　我来停车日傍午，贪奇嗜怪穷深阻。
　　双崖回合如堑堵，架构巉岩作堂庑。
　　神渊渍沦涌阶础，帝命青虬为洞府。(五)
　　不教野火烧林莽，木魅山妖敢陵侮。
　　拳曲拥肿逃斤斧，自全其天圣所与。
　　杞梓梗枏自荆楚，毋过雷门持布鼓。

校：

（一）寸土：五卷刻本作"寸上"。

（二）相撑拄：《晚清四十家诗钞》作"相撑柱"。

（三）垂线缕：《晚清四十家诗钞》作"悬线缕"。

（四）觙未睹：《晚清四十家诗钞》作"諉未睹"。

（五）涌阶础：《晚清四十家诗钞》作"涌砌础"。

注：

①青檀寺：位于山东枣庄市峄城西3.5公里，楚、汉两山的窄谷

中，始建于唐代，寺院由大殿、配房、长亭组成。为鲁南地区规模较大的一座佛教寺院。

严绍光① 西湖雅集图②

古来图画难俱述，谁似符头孤列勿③。(一)
镜中鉴物能留物，十有三家皆阁笔。
先生七十犹矍铄，胜日开筵宾秩秩。
一谈一笑一拍浮，写影空明见毛发。
红藕初看瑞萼开，紫泉又报荣光出。
甘瓜磊磊实如骈，老柳疏疏丝似栉。
洞房五架穿砏礋，飞阁三层凌突兀。
管弦入夜转凄清，风露迎秋已萧瑟。
稻田垂颖稍畏旱，使君勤雨占箕毕。
置酒将无往事同，寻碑还惜苍苔没④。
图中宾客尽豪翰，独有鲰生惭薄劣。
珍藏箧笥压归舟，定卜沧江虹贯月。

校：

（一）俱述：王国维作"具述"。

注：

①严绍光：曾任贵阳知府，其他不详。

②自注：西湖在贵州臬使署。

③"符头孤列勿"后作者自注曰：译言撮影。按："撮"应为"摄"之误。"符头孤列勿"即英文 Photography 之音译。

④自注：康熙中，抚军讌客於此，明日大雨，有碑记。

◇蓼园诗钞◇

为李一山①题黄小松②所藏唐拓武梁祠画像

访碑环宇穷渔猎，眼底何曾见唐拓。
黄家旧物传弥甥，宝气英光出灰刼。
虾蟆蚀月剩内壤，十有四册遗三叶。
六丁下取不敢收，欲纵郁攸气还慑。
唐家父子始藏弆，上盖提督官印押。
国初诸老益标榜，后先跋尾纷稠叠。
赏奇析秘有渊源，道咸上与乾嘉接。
就中词翰谁第一？老猿笔力尤遒捷。
先生昔为运河倅，嗜好平生在毡蜡。
武梁石室既再完，此本宜归此老箧。
五十年来陵谷变，岁月才如煮羊胛。
九经文字尚芟除，何况区区说碑帖。
宁知老卧紫云山，鲁国诸生犹汉腊。
李侯好古能敏求，五世缥缃纂前业。
楚弓楚得岂天意，喜色津津溢眉睫。
昔余采访逾东瀛，片石居然珍什袭。
过门抲簨图隐逸，躇阶搏獒表义侠。
奸人媚外宁足诛，席里毡包佐谄胁。(一)
劝君扃钥慎守宝，藓苔穿窬莫嚅嗫。
壁书幸免秦煨烬，赵璧终归蔺怀挟。
题诗更欲践嘉招，潋滟清尊快一呷。

校：

（一）谄胁：五卷刻本作"謟胁"。

注：

①李一山（1905—?），民国期间青岛市人，上海新华艺专毕业，历任中学美术教师，擅雪景山水。

②黄小松即黄易（1744—1802），清代画家。字大易，号小松，浙江杭州人。篆刻醇厚渊雅，为"西泠八家"之一。唐拓武梁祠画像指明嘉靖唐顺之的武梁祠画像拓本。

徐梧生鹊山寒食图①

人生莫作辽东鹤，满目萧条旧城郭。
敝庐蜷卧如荒村，有客携图来叩门。
主人略识图中意，鹊山寒食年年事。
谁将涕泪溅莺花？顿觉湖山风景异。
君不见，元裕之，泰和尚及承平时。
汴州大去蔡州灭，济南客是南冠羁。
吴儿洲渚等闲好，先生别有伤心诗。
又不见，徐矩庵②，画师为汝画晴岚(一)，
十年游宦返乡井，大堤杨柳仍毵毵。(二)
眼中陵谷已迁改，青鞋布袜霜髭髯。
振衣日观峰，濯足东海水，不如问舍求田归故里。(三)
躬耕何必耕郦亭？卜居何必居临篁？
嗟君四十九寒食，阅水成川非夙昔。
芦殿衣冠未寂寥③，石门霜露还萧瑟。(四)
大河滔滔竹箭流，济南云树连章邱，登山临水可以消烦忧。
安得年年寒食节，与君同作鹊山游！

校：

（一）画睛岚：五卷刻本及《晚清四十家诗钞》均作"图睛岚"。

（二）十年游宦：五卷刻本作"十年仕宦"。

（三）不如问舍：五卷刻本作"不及问舍"。

（四）还萧瑟：《晚清四十家诗钞》作"仍萧瑟"。

注：

①鹊山寒食图：壬子（1912）夏耆龄胞弟耆苿民为徐坊画，内容主要展示的是幼年徐坊、徐埴侍立父亲徐延旭身边的景象。

②徐矩庵即徐坊。

③自注：清明日君奉命奠德宗帝梓宫于行殿。

为周养安①题其尊太夫人篝灯教子图

子欲养，亲不待，此事谁能填恨海？
周侯扬历二十载，麻衣血泪痕犹在。
吾闻周侯文学绝世无，九苞之凤翔天衢。
独恨不为返哺鸟，母也嫠，儿也孤，
荒江老屋城西隅。家徒四壁无斗储，
母也停机授儿书。儿能勤学母忘劬，
一穗油灯青闪闪，寻思往事肝肠断。
他日蟠胸书万卷，金章紫绶累累绾，
不及膝下孤儿心婉娈。君不见，
机声灯影洪家楼，百年图画今尚留。
谁其继者绍兴周，两家节母贤相俦，
而我蒿蔚余生已白头！口谈忠孝空悠悠。

展卷题诗涕泗流，寒窗夜雨风飕飕。

校：

此诗曾发表于《国闻周报》1927 年第 4 卷第 32 期，署名"凤荪"。

注：

①周养安即周肇祥（1880—1945），中国近代书画家，字嵩灵，号养庵，又号无畏，别号退翁，室名宝觚楼。浙江绍兴人，清末举人。晚年潜心金石书画，为京津画派领袖。曾任团城国学馆副馆长、东方绘画协会干事、委员。与金城等著名画家创办中国画学研究会，自1926年起任中国画学研究会会长。

◇蓼园诗钞◇

卷三　五言律诗

对　月

飞光升碧海，流影下遥天。乌鹊惊犹起，劳人应未眠。
徘徊清汉外，演漾绮窗前。别有高楼妇，盈盈正抚弦。

真源寺遇文二丈端甫

野寺将迎少，停车憩午阴。蝉声高柳合，龙气绿潭深。
邂逅纡官事，栖迟悦道林。苏门兴不浅，鸾凤悦遗音。(一)

校：
（一）悦道林：五卷刻本作"惬道林"。

鹿邑①道中

朔吹晚逾劲，严冬觉路长。雪云轻重白，沙日浅深黄。
贳酒高辛里，寻碑下濑乡。当年裘马客，逆旅认清狂。

注：
①鹿邑：古称"鸣鹿""苦""真源""谷阳""仙源"，元朝至

· 101 ·

元二年（1265）改为鹿邑县，县名沿用至今。鹿邑位于豫皖交界的河南省东部，属河南周口市，该县太清宫镇为老子诞生地。

遂平[①]城外送孙佩南

客路衣裘薄，朔风吹不禁。寒云带芜野，雪意满中林。
沙鸟清淮晚，山程郾厄深。知君扳盖望，俯仰独沾衿[②]。(一)

校：

（一）俯仰：五卷刻本作"俯俯"。

注：

①遂平：位于河南省南部，今属驻马店市。西周为房子国，春秋改吴房，汉置吴房、灈阳二县，北魏改遂宁，唐元和十二年（817），李愬雪夜入蔡州，平定吴元济叛乱，唐宪宗敕改县名为遂平至今。

②自注：君有季弟之丧。

寄景缦史[①]

见说张公子，亲迎百两齐。梁园三尺雪，春水过金堤。
旭日雍雍雁，明星喔喔鸡。知君偕老计，早筑百泉西。

注：

①景缦史即景筱楠，生平不详。

◇蓼园诗钞◇

早 行

雪路下成皋，川平觉望遥。晨霞烧似火，宿雾卷如潮。
辘冻车声远，冲寒马意骄。田家应早起，灯影闪团焦。

西平县裴晋公祠[①]

裴相屯兵地，行祠亦壮哉！水从洄曲合，道自郾城来。
天子元和圣，凉公大将才。淮西问遗事，寥落不堪哀。

注：

①裴晋公祠：指斐度祠。位于河南漯河市郾城区裴城镇裴城村。裴度（765—839），唐代文学家、政治家。宪宗元和时拜相，率兵讨平淮西割据者吴元济，封晋国公，世称裴晋公。

访刘惠卿金泉精舍[①]

淹卧避人事，冲泥问汝归。水云槛外暝，萤火雨中微。
短榻侵书帙，闲门接钓矶。授时无许郭，谁与论铃机？

注：

①金泉精舍：位于山东济南的尚志书院，一名尚志堂，又名金泉精舍。原为宋代女词人李清照故居，亦为明进士谷继宗别墅。清同治

八年（1869）巡抚丁宝桢改建。院内有漱玉、金线等名泉，斋舍宽敞，环境优美。光绪十四年（1888），巡抚张曜改书院为校士馆，后又改为山东优级师范选科学堂。现为济南趵突泉公园一角。

刘子秀书斋

爱汝精庐好，寺门尽日关。孤村连积雪，众木秀寒山。
放梵随僧起，迷矄看鸟还。^(一)三冬文史业，拨置傥余闲。^(二)

校：

（一）放梵随僧起，迷矄看鸟还：五卷刻本为"客有寻碑至，僧余乞米还"。

（二）余闲：五卷刻本作"能闲"。

故吏部侍郎胶州匡公挽诗（二首）

一

昔者木兰狩，公为扈从臣。未传玉几命，曾挽翠旗巡。^(一)
隐忍求纾国，艰难敢乞身。永贞前日事，涑水义谁陈？

校：

（一）曾挽：五卷刻本作"尚挽"。

二

诸生问礼乐，一老卧邱园。浩荡江湖兴，萧条揭厉恩。
故乡胶水涘，哀挽历城门。尚有遗书在，文章孰讨论？

寄梧生

我念子徐子，林居无世情。一官真敝屣，万卷尽名城。
点勘淹中礼，周旋稷下生。买邻知有地，待汝卜临黉。

晓发正定府

严城树色分，滹水带沄沄。晓月连霜没，寒钟殷地闻。
北行穷朔易，西上历并汾。独有虺聩马，临歧恋旧群。^(一)
校：
（一）独有：五卷刻本作"尚有"。

井 陉

险绝井陉路，崟岩自昔闻。星辰疑倒入，土石划中分。^(一)
寂寞陈余垒，悲凉广武君。宁知千载后，领上祀将军。①

校：

（一）划中分：五卷刻本作"划崩分"。

注：

①自注：白面将军祠相传为赵时死敌者。按：五卷刻本自注中，"赵时"作"赵将"。

彭山舟中作①

瘴雾晓凄凄，高林春唤啼。雨添棕缆重，水拥筰桥低。^{（一）}

夜爨舟中火，晨耕垄上泥。生涯差底拙，不用叹栖栖。^{（二）}

校：

（一）高林：五卷刻本作"寒林"；春唤啼：五卷刻本作"杜宇啼"。

（二）叹栖栖：五卷刻本作"叹羁栖"。

注：

①彭山：四川彭山县。

石门驿

毵灯照无睡，信宿石门关。夜雨寻孤枕，乡愁惹乱山。

崎岖憎梦罥，流宕觉身闲。不用窥明镜，松乔傥驻颜①。^{（一）}

校：

（一）窥明镜：五卷刻本作"窥清镜"。松乔傥驻颜：五卷刻本作"安期傥驻颜"。

· 106 ·

注：
①自注：与盖凤西论摄生之术。

越嶲① 道中㈠

连山莽无极，百里入哀牢。寥落人烟断，参差虎迹高。
凉关严壁垒，邛海壮波涛。远向旄牛徼，吾生何太劳。

校：

㈠ 嶲：五卷刻本作"雋"。

注：
①越嶲：东汉时蜀汉南中四郡之一（行政中心在今四川西昌）。越嶲郡辖地为：今凉山州攀枝花市宜宾地区的屏山及云南省的丽江地区和楚雄州的大姚、永仁。

清溪县①

险绝清溪路，征轺方北来。长河互黎雅，小县赘邛郲。㈠
拥树山魈立，杨桴候吏回。危途幸安稳，试酹客中杯。

校：

㈠ 互黎雅：五卷刻本作"亘黎雅"。

注：
①清溪县：四川省清溪县。按：诗中"邛郲"疑为"邛崃"之误。

嘉定府①试院小亭子为南皮张中丞②造有水木之胜记以诗(一)

使者登临地,嘉州尚有亭。推窗江雨白,覆槛海棕青。(二)
标榜经纶业③,渊源著作庭。诸生传轶事,篝火到岩扃。

校:

(一)五卷刻本题为"嘉定府试院小亭子为张孝达中丞造有水木之胜记以诗"。水木之胜:五卷刻本目录中为"水火之胜"。

(二)江雨白:五卷刻本作"江雨白",应为刻工之误。

注:

①嘉定府:地处四川省中部偏南。元升嘉定府为嘉定路,清雍正十二年(1734)升为嘉定府,以所辖乐山县为府治。

②南皮张中丞:指张之洞(1837—1909),字孝达,号香涛、香岩,又号壹公、无竞居士,晚年自号抱冰。清代直隶南皮(今河北省沧州市南皮)人,曾任四川学政。

③自注:用三国名臣赞。

予美寄郭蓉汀①

予美碧云端,高楼生夜寒。星疏榆历历,月隐桂团团。
叹息姮娥寡,悲凉织女单。无由问青鸟,竟夕倚阑杆。

注:

①郭蓉汀即郭恩孚(1846—1915),伯尹,号蓉汀、果园居士,

自幼好学，工诗词，与高密傅绍虞、平度白澄泉、掖县董锦堂并称胶州四大诗人。有《果园诗钞》十卷、《贵诗》一卷、《果园枕戈集》二卷、《鸡肋啜醴集》一卷、《天中鸟》八卷。

凌云寺①（二首）

一

凌云天下寺，展眺亦雄哉！水合三江去，山蟠五屼来。
佛城纤胜迹，劫烬吊遗灰。历历元明事，凭高首重回。

二

西崖释迦像，经始海通师。舟楫波涛失，蛟龙窟穴移。
佛财人可得，吾愿世宁知。江水自今古，遗踪欲待谁？

注：
①凌云寺：位于四川乐山岷江东岸，俯临岷江、大渡河、青衣江，寺旁是天下闻名的乐山大佛。

凉　山

猎猎戍旗风，凉山列格重。蛮江蟠大笮，瘴雨暗邪龙。
断木求三丈，清醪献一钟。永怀西部事，徼外正传烽。(一)

校：

(一) 徼外正传烽：五卷刻本作"羅落正传烽"。

同顾复初^①钱王廉生即席作

帐饮江亭外，移尊稍放船。夕阳枫柏寺，秋水蟹螺田。
杖履陪真率，湖山惬静便。自惭留落意，分袂独潸然。

注：

①顾复初（1800—1893），字幼耕，一作幼庚，又字乐余、子远，号道穆、听雷居士，又号罗曼山人，晚号潜叟，亦作静廉居。长洲（今苏州）人。拔贡生，以州判仕蜀，入完颜崇实幕。同治年间纳资改官光禄寺署正。工诗、古文词，通辞章、擅楹对、工书画，光绪中被推为蜀中第一书家。著有《罗曼山人诗文集》《乐静廉余斋文集》等。

泊归州^①

扬舲下巫峡，登胪已秭归。月上女嬃庙，荒城闻捣衣。
山寒猿狖静，夜永霜露霏。谁言家万里，井臼梦依依。

注：

①归州：今湖北秭归县归州镇。

梅花(二首)

一

新繁龙藏寺，昔款雪堂师。丈室丛花外，闭门春雨时。
寒香撩入定，妙悟发临池①。自与东湖别，何由寄一枝！

注：
① 自注：雪师善行草。

二

敬事堂前树，缃苞带雪看。牂柯袁太守，为我拂冰纨。
凌乱分丛密，高疏写影寒。空余图画在，掩袂泪汍澜。

山海关(二首)

一

前朝锁钥重，辽蓟此雄关。地窄填沧海，城欹倚断山。
如何百战将，不见只轮还。感慨兴亡事，时清徼卒闲。

二

风云接沛上，郡县画辽东。不用四夷守，应知万国同。
野花开辇路，丛树锁行宫。欲献时巡颂，生涯尚转蓬。

松　山[①]

昔者文皇帝，长围堑海隅。秉旄麾勇决，衅鼓释累俘。
灌木疑兵势，平沙想阵图。士犹齐六伐，王本用三驱。
圣主威棱远，降臣礼数殊。松山隆碣在，驻马独踌躅。

注：
①松山：地处燕山山脉的军都山中。

乌拉街[①]

塞垣聚落少，望驿税檀车。雪路兵讥酒，春江吏案鱼。
交邻犹事葛，防水已亡徐。故国邱墟尽，宁论天造初。(一)

校：
(一) 防水已亡徐：五卷刻本作"伐叛已亡徐"。

注：
①乌拉街：吉林市龙潭区乌拉街满族镇（简称乌拉街镇），位于吉林省吉林市主城区以北15公里。

· 112 ·

◇蓼园诗钞◇

永平道中寄王石坞[①]

客路侵初霁,怅然感昔经。暮云临碣黑,春草入关青。
益部留王奂,辽东问管宁。县知归计远,短鬓莫星星。

注:

①王石坞,名季寅,原名伯鸾,字石坞,山东烟台福山人。幼时在集贤寺出家为僧,方丈赐名悟蕴。后还俗,曾任川北道道台,民国后隐居青岛。

耶律文正王[①]祠

昔在完颜季,真人起朔方。威能加四海,约未定三章。
亹亹宗臣画,隆隆大业昌。遗民还衽席,嗣服已苞桑。
伯仲身俱陨,君臣义敢忘?材原储晋用,兆已卜金亡。
梵宇三间屋,明禋一瓣香。旧墟披马鬣,新赛降蛇祥[②]。
呜咽高粱水,萧条曳刺庄。九京人可作,叹息慕周行。

注:

①耶律文正王即耶律楚材(1190—1244),又称耶律楚才,字晋卿,号湛然居士,又号玉泉老人。金末元初人,契丹族,仕蒙古30年。耶律楚材去世后被追封广宁王,谥文正。耶律楚材墓在明朝时被毁,清乾隆时修复,改建为祠,在颐和园昆明湖东岸,文昌阁之北,内有乾隆皇帝御诗墓碑,巨冢是耶律楚材及夫人合葬的坟墓。

②自注:有蛇出神座下。

· 113 ·

送胡寿山①之吉林兼寄吴清卿②太常(二首)

一

万里吉林州,严程畏滞留。雪中孤障没,冰下大江流。计吏圈鱼贡,军书置犬邮。尚余滕屦在,浩荡忆前游。(一)

二

北门委寇准,西事用韩琦。借问当关将,何如十万师?宾筵侵晓柝,候馆拂春旗。回首松江上,音书空后期。(二)

校:

(一) 计吏圈鱼贡:五卷刻本作"计吏圈鱼献"。

(二) 候馆拂春旗:五卷刻本作"候馆偃春旗"。

注:

①胡寿山即胡传(1841—1895),字铁花,号钝夫,原名守三(一作守珊、寿山),又字省三,安徽绩溪人。同治七年(1868)考入上海龙门书院,修舆地之学。光绪六年(1880),吴大澂以三品衔作为钦差大臣赴吉林督办防务。招胡氏入幕,胡寿山便于光绪七年(1881)应邀赴吉林。临行时柯劭忞以此诗题赠。

②吴清卿即吴大澂(1835—1902),初名大淳,字止敬,又字清卿,号恒轩,晚年又号愙斋,江苏省吴县(今江苏苏州)人。清同治七年(1868)进士,历任编修、河北道、太仆寺卿、左副都御史等职。光绪十二年(1886)擢广东巡抚。光绪十三年(1887)八月,署河南山东河道总督。光绪十八年(1892)授湖南巡抚。中日甲午

战争起,他率湘军出关收复海城,因兵败革职。一生喜爱金石,并工诗文书画。曾主讲龙门书院。

通州八里桥

路转危桥北,林皋弥望分。岭云齐树白,野日带沙曛。
故垒余兵气,荒陂散马群。休论鸣毂耻,七萃昔能军。(一)
校:
(一)休论鸣毂耻:五卷刻本作"宁论车右耻"。

夜坐朱子祠简丁少山[①]

林塘新雨定,落宿耿凉天。露气成帏幢,流萤到几筵。(一)
开轩娱遥夜,倚枕听鸣泉。却忆西斋客,高吟应未眠。
校:
(一)幢:五卷刻本作"幄"。
注:
①丁少山即丁艮善(1829—1893),原名丁扬善,字少山,日照县(今山东日照市东港区)人,清末著名小学家、校勘家、书法家。

简徐菊人同年

积雪满中园，寒林暖欲昏。檐晴乌啄瓦，巷晚客敲门。
甑为生尘溉，书因伐蠹翻。莫嫌疏懒甚，开径伫高轩。

傅衡堂[①]园居

步屧访茅茨，幽寻藉自怡。夕阳明雪屋，寒鸟定风枝。
颖秃嫌书拙，杯空愬酒迟。犹堪慰良夜，共读故人诗[②]。

校：
此诗与五卷刻本差异较大。径录五卷刻本原诗：

傅衡堂园居

步屧访茅茨，经过闲自怡。夕阳明雪屋，寒鸟定风枝。
饮客赊邻酒，怀人捡赠诗。皖南音问濶，又负买山期。

又：王国维将五卷排印本末二句"犹堪慰良夜，共读故人诗"更换为"力田询氾贾，更欲到临淄"。

注：
①傅衡堂即傅秉鉴（1851—1886），字衡堂，号晓湖，东昌府清平县人。光绪元年（1875）举人，十二年（1886）丙戌科三甲第三十四名进士。观政农部。光绪二十六年（1900）（庚子）扈随两宫西幸。第二年随邑回京，以知府分山西，改兰州，政绩颇著。三十四年

（1908）赏加四品衔，任新疆财政局监理官。著有《新疆政见》二十一篇。宣统二年（1910）奉调回甘肃。著有《甘肃财政说明书》四册八卷。

②自注：君方和徐梧生诗。

送子秀

莫惜醉颜酡，临觞感慨多。单车冲雨雪，十月渡滹沱。
逆旅如相问，书生近若何？饭牛似宁戚，不欲疾商歌。

新城书院①寄九弟②

书院事多暇，郊行暄日迟。初黄沙际柳，旧绿雪中葵。
兴减临觞觉，年侵揽带知。春耕已在眼，待汝共耘耔。(一)

校：

（一）春耕已在眼：五卷刻本作"料量生计短"。

注：

①新城书院：指河北保定市高碑店境（市驻地新城镇）内的书院。

②九弟：指徐世良（1880—1920），别字瓜农，徐世昌堂弟，在徐世昌从兄弟中排行第九，故称九弟。

卢沟早发和伯希作

翳翳膏灯烬,樽前良夜徂。不眠听枥马,送客起城乌。
流落从渔父,经过忆酒垆。卢沟桥上月,得似昔年无。

新城①道中寄梧生②

野饭日高舂,凄凄零露浓。虫声田有莳,秋色圃余菘。
已觉寒衣窄,仍愁病马慵。郎山三百里,羡汝蹑云峰。(一)

校:
(一)仍愁:五卷刻本作"还愁"。

注:
①新城:河北省高碑店市政府的所在地,位于北京南郊,紧邻房山区。
②梧生即徐坊,字梧生,详见前面相关注释。

伯希游百花山①归赠以诗(二首)

一

言从释道林,百里访云岑。野寺麋鹿入,寒溪松桧阴。
采山春尚早,听雨夜初深。羡尔耽幽事,栖栖感我心。

二

炳烛上厜㕒,僧毡对卧时。窗虚云气重,林密雨声迟。

野鹤晨听梵,山魈夜问诗。胜游思一往,更卜杪秋期。

注:

①百花山:地处北京市门头沟区境内,为小五台山支脉,在太行山北端,距北京市区 100 公里。百花山主峰海拔 1991 米,最高峰百草畔海拔 2049 米,为北京市第三高峰。百花山动植物资源丰富,素有"华北天然动植物园"之称。

寄敬孺长兄登州书院[①]

乱山行不尽,直到郡西门。地窄人烟少,天寒海气昏。

斋厨下鸟雀,巷路入郊原。更念春衣薄,朝来劝一樽。

注:

①登州书院:传教士狄考文在 1882 年建立,其前身是 1864 年建立的登州蒙养学堂。1902 年该校与设在潍县的另一所新教学校合并,更名为"山东联合大学"。

三哀诗(三首)

左忠壮公宝贵[①]

见说平奴溃,降人早漏师。遘亡空壁垒,荡决裹疮痍。

援绝心犹谅,城孤气不衰。向来激切疏,祇欲圣人知。

邓壮节公世昌[2]

水徙余皇去，风缠广柳悲。臣应徇官守，事已动蛮夷。
组练无颜色，蛟龙亦涕洟。可怜偾军将，地下漫相期。

壮愍公永山[3]

誓夺严城返，宁辞间道危。埋轮诚烈士，持戟本孤儿。
雪没县兵地，星沈蹶将时。人传草河渡，深夜见旌麾。

注：

①左宝贵（1837—1894），字冠廷，山东费县地方镇（今属平邑县）人，回族。甲午战争爆发，左宝贵率军援朝，战死朝鲜，光绪帝赐予他"太子少保、谥忠壮、予骑都尉兼一云骑尉"等封号。

②邓世昌（1849—1894），汉族，原名永昌，字正卿，汉族广府人，原籍广东番禺县龙导尾乡（广州市海珠区）。1894年中日甲午战争时为"致远"号巡洋舰管带，1894年9月17日在黄海海战中壮烈牺牲，谥壮节公，追封太子少保衔。

③永山，指袁永山，甲午中日战争，随兄奔袭凤凰城中遇伏，与日军激战，壮烈牺牲。"事闻，谥壮愍，予建祠奉天。"

送安小峰前辈（二首）[1]（一）

一

昔年胡忠简[2]，抗论绍兴初。四裔知名字，千金购谏书。

◇蓼园诗钞◇

先生真不忝，世事竟何如。感慨都门别，犹多长者车。

二

师友俱遗直，堂堂獬豸冠。犯颜臣语戆，贷死圣恩宽。^(二)
海国兵戈满，边城雨雪寒。县知青鬓改，子细镜中看。

校：

（一）五卷刻本题后有注："君得罪后西人以重金赠其疏稿。"按："赠"疑为"购"之误。赵万里于五卷排印本题后补录此注，将"赠"更换为"购"。

（二）俱：五卷刻本作"称"。

注：

①从该诗所涉事件看，应写于1895年初。小峰即安维峻（1854—1925），字晓峰（古人同音字混用，"晓""小"不分），号盘阿道人，甘肃秦安县人，清代著名的谏官。中日甲午之战前夕，安维峻支持光绪皇帝为首的主战派，在14个月内连续上疏65道，特别是光绪二十年（1894）十二月所奏《请诛李鸿章疏》折，斥责李鸿章平日挟外洋以自重，并指出了慈禧牵制光绪皇帝行使国家政权的隐私。因此得罪了最高统治者慈禧，被革职发派张家口军台。"朝命既下，安直声震天下，大侠王五身护之往，车驮资皆其所赠。"（《大清见闻录·上·史料遗闻》）临行前，安氏生平知交纷纷集会为其饯行并诗赋题咏。柯劭忞历来反对对日妥协，支持以光绪为首的主战派，出于对安维峻言行的敬重及其遭际的不平，写下了这两首诗。

②胡忠简即胡铨（1102—1180），字邦衡，号澹庵，南宋吉州庐陵芗城（今江西省吉安市青原区值夏镇）人。建炎二年（1128）中进士，授抚州军事判官。绍兴五年（1135），升任枢密院编修官。当时，朝中就金国入侵战和问题斗争十分激烈，胡铨闻知秦桧于1138年8月派王伦为计议使出使金国乞求和议，屈辱称臣，即以"冒渎

天威，甘俟斧"的气魄，写下著名的《戊午上高宗封事》，声明"义不与桧等共戴天"！宁愿赴东海而死，也绝不处小朝廷求活。因直言被贬。孝宗即位后，胡铨被起用，知饶州（今江西波阳）。不久又授予秘书少监、起居郎、侍讲、国史院编修、工部侍郎、兵部侍郎等要职，后以资政殿学士致仕。

九日宴江边即席有作(一)

炳烛成高宴，寒江转寂寥。酒香倾近坐，海气逼中宵。
雪糁茱萸鬓，春回芍药腰。中年哀乐意，拼付雨潇潇。(二)

校：

（一）江边：王国维作"珠江"。

（二）乐意：五卷刻本作"乐事"。

薄裕轩① 观音山后书斋

结构应无地，寻山路欲迷。古城蓑薜荔，阴涧钓虹蜺。
刻烛诗先就，传觞客屡携。安期还俟汝，邂逅问丹梯。

注：

①薄裕轩：所指不详。

◇蓼园诗钞◇

黄浦① 送朱鼎甫前辈

远送难为别,还登江上楼。乱山天破碎,沧海地沈浮。(一)
直道应三黜,余生但百忧。岭南多放士,羡汝卧沧洲。

校:
(一)远送:五卷刻本作"送远"。

注:
①黄浦:京杭运河沿岸一个重要码头,位于江苏省宝应县境内。

寄宋晋之

十载不相见,生涯亦可伤。著书连病榻,饮酒避欢场。(一)
学弊人宁信,才迂命亦妨。更饶儿女恸,洒泪遍初篁。

校:
(一)亦:五卷刻本作"益"。

邠　州①

二月寒犹壮,邠郊雨雪时。鸡翘春草短,雉雊冻雷迟。
叹息庞邱葛,悲凉漆室葵。如开钩党狱,宰相赐槃牺。(一)

校：

（一）开：五卷刻本作"闻"。

注：

①邠州：清代直隶州，治所在今陕西彬县，辖境相当于今陕西彬县、旬邑、淳化、永寿四县地。1913年降本州为邠县。

简管士修①（一）

祇园清旷地，邂逅税乘骢。高鸟青天外，深花绿树中。

移家居畏垒，扈跸上空同。倦返屠羊肆，栖迟待汝同。

校：

（一）简管士修：五卷刻本目录中"简"误为"管"。

注：

①管士修即管廷献（1846—1914），字士修。山东莒州北小窑村人。清光绪九年（1883）癸未科中一甲第三名（探花）。应考礼部会试，夺取会元。同年廷试，钦赐一甲第三人进士及第，授翰林院编修。后历任补江南道监察御史，署兵、刑、工科给事中，直隶永平府知府等。清亡后回乡闲居至卒，著有《莒州志稿》《梅园奏议》《梅园诗文集》等。

晚郊即事

片云回骤雨，衣上湿斜阳。紫阁岚阴重，青郊麦气凉。

寻涂趋梵刹，问渡上渔航。壁垒催严角，宁知野兴长。（一）

校：

（一）寻涂：五卷刻本作"投林"；上渔航：五卷刻本作"借渔航"。

昆明池①

不信山河改，昆明尚有池。胡僧认灰刦，织女象机丝。^{（一）}
渺渺前朝事，荧荧宿麦陂。石鲸今在否，输与牧童知。

校：

（一）认灰刦：五卷刻本作"辨灰刦"。

注：

①昆明池：此指北京颐和园内的昆明湖。

寄杜仲丹①

去帆兼雨重，来岸极天低。访旧登蒲首，移家问瀼西。^{（一）}
道消师友尽，世乱死生迷。昔日沧洲客，朱颜已改黳。

校：

（一）极天低：五卷刻本作"际天低"。

注：

①杜仲丹指杜贵墀（1824—1901），字吉阶，别号仲丹，先世自湖北嘉鱼县迁居湖南巴陵县，是为巴陵平恕堂杜氏。曾问业于巴陵名儒吴敏树。年51时恩科乡试中举，后两试礼部均不及第，故不再赴试。著有《郑氏经考学》《典礼质疑》《春秋浅测》《汉律辑证》《唐人旧书辑考》《歌麻韵正》《说文随举》《读史汇记》等30余种，合

为《桐华阁丛书》12 卷。

闻段西圃[①] 北归寄以诗

及到巴陵县，书迟君已回。平湖带青草，细雨正黄梅。
变革忧多术，艰难愧不才。无由问京辇，北望独伤哀。[(一)]

校：

（一）北望独伤哀：五卷刻本作"身世独余京"。

注：

①段西圃即段树榛（1836—1906），字西圃，济宁人。1886 年进士，历官永州府道州事，死后葬于济宁城北葛村，段氏好友宋书升为其撰《湖南永州府知府段树榛墓表》。

简朱纯卿[①] 太守

馆驿切岩隈，清溪缭复回。村闲门卧犊，稻获水生苔。
渐老知农事，为邦羡吏才。登临风日好，五马倘能来。

注：

①朱纯卿即朱益濬（？—1920），字辅源，号纯卿，江西莲花县人，清朝湖南最后一任巡抚，系末代帝师朱益藩之兄。光绪三年（1877）丁丑科进士，选翰林院庶吉士，散馆改湖南衡州府清泉县知县。官至湖南辰沅永靖道，护理巡抚，辛亥革命后归里，废帝溥仪追谥文贞。著有《碧云山房存稿》。

· 126 ·

◇蓼园诗钞◇

白鱼圻①

架屋厞羲项,维舟溟涬隅。乱帆争曲港,一塔卓平湖。(一)
恺悌神应劳,艰难道益孤。金钗当牲醴,肯说昔人诬。

校:

(一) 项:五卷刻本作"顶"。

注:

①白鱼圻:或称白鱼歧,位于湖南岳阳市湘阴县境内。

常德寄门人阎镇珩①明经

鼎州如鼎腹,梵阁独凌空。泽国鱼千亩,霜天雁一丛。
罘罳捎氆幕,窣堵挂雕弓。尚有论文暇,湖西访钓筒。(一)

校:

(一) 挂雕弓:五卷刻本作"倚雕弓"。

注:

①阎镇珩(1846—1910),字季蓉,湖南石门县人。阎镇珩出身贫寒,自幼笃志好学,补县学生。曾入幕浙江等地,长年往返湘、鄂一带,坐馆授徒。光绪乙酉年(1885),始主讲渔浦书院。柯劭忞湖南督学期间,推重阎氏之学,曾荐其担任湖北荆州训导,加国子监学正衔,阎婉言谢绝。

郴州[①]道中

百丈直如弦，拖舟欲到天。人烟带郴水，鸟路上骑田。

社鼓斜阳外，春城麦秀边。劳生知未已，一棹任沿缘。[(一)]

校：

(一) 社鼓斜阳外，春城麦秀边：五卷刻本作"社鼓收帆后，春城蓺稻边"。

注：

①郴州：即郴州市，位于湖南省东南部，地处南岭山脉与罗霄山脉交错、长江水系与珠江水系分流的地带。

澧州[①]阻雨

鼓角报严更，还疑解缆行。春秋同旅雁，风雨滞江城。

炳烛看鱼上，回船觉浪生。归期知不远，樽酒若为醒。

注：

①澧州：即澧县，隶属于湖南省常德市，因澧水贯穿全境而得名，位于长江中游，湖南省西北部，洞庭湖西岸。

◇蓼园诗钞◇

泊零子口

　　川平樯似栉,岸远树如苔。塞雁犹南遁,征帆已北来。
　　泥头开瓮酒,蜡瓣缀盆梅。自有栖迟兴,乡心莫更催。（一）
校：
（一）自有栖迟兴：五卷刻本作"旧岁堂堂去"。

颐和园值日道过张秀才书斋呈管士一[①]祭酒

　　辇路笼高柳,舟车并岸行。乱蝉风际断,疏雨日边晴。
　　枕簟能消暑,茶瓜况析酲。知君耽野趣,馆吏莫将迎。（一）
校：
（一）枕簟：五卷刻本作"庭馆"；馆吏：五卷刻本作"候吏"。
注：
①管士一即管廷鹗（1854—1907）,沂州府莒州人。字士一,号荐秋,廷献胞弟。光绪元年（1875）举人。二年（1876）丙子恩科二甲第三十五名进士。选庶吉士,散馆授编修。历任国子监祭酒,光禄、太常、大理寺卿,升署都察院副都御史。

会稽王子贻其尊人为鄞县学官母病子贻乞以身代自沈於鄞县之月湖母病竟愈此同治二年事也哲兄子献①属作诗(二首)

一

会稽王孝子，遗事至今存。不用笺河伯，真宜从屈原。
世人多不谅，此义敢轻论。援笔思为诔，寒灯夜雨昏。

二

蒿蔚余生在，如何折此人。遥知一抔土，应傍月湖滨。^(一)
野日迷红棘，春风泛绿萍。经过鄞县路，为尔一沾巾。

校：

(一) 折此人：五卷刻本作"殒此人"。抔土：原作"坏土"，依义径改。

注：

①子献即王继香（1860—1925），字子献，号止轩、醉颠、醉庵、英澜子，浙江会稽（今绍兴市）人。光绪十五年（1889）进士，曾官河南开封知府。善金石、篆刻。著有《越中古刻九种》《醉庵砚铭》《止轩诗集》等。

◇蓼园诗钞◇

耆寿民侍郎见山楼[1]

昔在承平日，中朝启倖门。王官犹市井，夫子独邱园。

扬历才名久，栖迟晚计存。满楼山色好，挹取到清尊。(一)

校：

(一) 名久：五卷刻本作"名大"。

注：

[1]耆寿民即耆龄（？—约1928），晚清藏书家。字寿民，一字长寿，号思巽。满洲正蓝旗人，监生出身，光绪三十二年（1906）任商部右参议，三十四年（1908）迁内阁学士。次年，改马兰镇总兵，后为总管内务府大臣。辛亥后曾奉溥仪之命，和陈宝琛、宝熙、袁励准等人整理宫廷中收藏的古书和字画。与京师大学堂监督徐坊（梧生）友善并交往密切，辛亥革命后，终日以古籍为伴，所藏精本后来均被上海藏书家袁克文购去。编有《东陵日记》《消闲词》。

东光县[1] 董子祠[2]

泛滥疑无地，荒祠水壅门。行人犹下马，野老独窥园。

命世材难用，传经道岂尊。公羊今屏黜，灾异莫轻论[3]。

注：

[1]东光县：今属河北省沧州市，明清时期曾先后隶属于景州和河间府。

[2]董子祠：即董仲舒祠，国内多地有建。此指位于今河北省衡水

市景县广川镇董故庄村的董仲舒祠。

③自注：大学士张之洞奏建经科大学，屏《公羊传》不用。

日本杂诗(十首)

一

少年轻万里，垂老尚乘搓。汗漫宁相待，瀴溟似可涯。

夜灯江馆雨，晨帆海门霞。览镜悲身世，羞看两鬓华。(一)

校：

《辽东诗坛》1927年第24期曾发表《日本杂诗二首》，署名柯劭忞，此诗为第一首。

(一)海门霞：五卷刻本作"海门楸"。

二

别国辀轩使，中朝侍从臣。一身成远客，连夜梦慈亲。

渺渺乡书断，萋萋陇树春。程符山下路，回首忆樵薪。

三

危樯试一临，沓浪际层阴。缥眇神仙事，苍茫国士心。(一)

人从徐市老，海为鲁连深。一掬书生泪，安能洒古今？

校：

(一)危樯试一临，沓浪际层阴：五卷刻本作"危谯时一临，沓浪自成阴"。

四

斗转海中湾，长崎互乱山。人烟浮溟涬，鸟路上孱颜。(一)

卓锡唐蓝在，乘槎汉使还①。枇杷新入市，带雨正斑斓。(二)

校：

（一）互乱山：五卷刻本作"亘乱山"；人烟浮溟涬：五卷刻本作"渔舟分溟涬"。

（二）卓锡唐蓝在，乘槎汉使还：五卷刻本作"窀堵唐蓝在，艨艟汉使还"。

注：

①自注：送杨星使东归。

五

海上伤心地，要盟在马关①。徒闻收旅顺，已见割台湾。

敌忾终虚憍，输平益懦孱。老成忧国泪，地下尚余潸。

注：

①自注：外舅吴挚甫先生题马关旅馆曰"伤心之地"。

六

何处看花好，樱冈万树樱。蒸霞初绽萼，扬雪旋霏英。(一)

畴昔观图画，题诗附姓名。一般夸眼福，也到鲁鲰生。①

校：

此诗为《辽东诗坛》1927年第24期曾发表之《日本杂诗二首》之二。

（一）看花好：《辽东诗坛》1927年第24期作"春光好"。

注：
①自注：曩为曹竹铭题《樱花图》有句曰"一般眼福谁能料？未见花如未读书"。

七

　　胜绝华严瀑，寻源直到巅。潴为千顷泽，洒作百重泉。
　　俯听崩雷殷，平看泄雨悬。谁言瀛海客，重过剑门前。^(一)
校：
（一）崩雷殷：五卷刻本作"砰雷殷"。

八

　　春阴江户重，林薄昼霏霏。野屋如簦笠，山田似衲衣。
　　铲崖分麦垄，叠步属渔矶。父老还惆怅，人从战后稀。

九

　　元兵赢十万，蹈死亦堪哀。未报青虬出，犹传白雁来。^(一)
　　山蟠三岛立，潮汩九洲回。更欲游前筑①，观沧酹一杯。
校：
（一）蹈死：五卷刻本作"蹈海"。
注：
①自注：元壁垒犹存。

◇蓼园诗钞◇

十

胜概推江户，当年幕府开。山头常戴雪，海上不闻雷。^(一)
阛阓灯为市，园林绣作堆。可怜歌舞地，尚有劫余灰。

校：

（一）"海上不闻雷"句后，五卷刻本有注"东京终岁无疾雷"。

黔中秋日书怀四十韵

不作栖迟计，还为浩荡游。挂帆归海上，揽辔到蛮陬。
薄宦宁多暇，劳生讫未休。风埃方顿洞，簿领亦优游。^(一)
地僻曾来鹤，身闲欲狎鸥。高斋陵灌莽，曲槛俯长流。
径叠莓苔厕，墙垂薜荔裯。斑皮苞稚笋，翠带曳文楸。
墨沈红丝研，茶香白定瓯。支离聊养疾，晼晚独登楼。
野阔町疃狭，山围俾倪周。一关分柱浦，众水汇旁沟。
泄雨涔涔暗，蒸岚浥浥浮。纷虹侵晚出，涨雾待晴收。^(二)
近访阳明洞，攀跻石磴幽。频过丞相庙，徙倚涧松樛。^(三)
老我无家客，生涯不系舟。吹竽齐士滥，献策鲁生鲰。
业向成均问，书从史馆雠。登衢思骋力，报主切分忧。
葵藿心宁改，桑榆愿莫酬。迂疏招诟谇，婞直集怨尤。
抗疏纡宸眷，移官忝使輶。驰驱将万里，契阔剧三秋。
异俗兼荒梗，危途信阻修。瘴云昏似墨，菵露腻如油。
夜枕江声恶，晨征虎迹稠。邮程经犴狘，译语辨嘲啁。
耆旧咸同接，渊源莫郑留。安能陶后进，只觉愧前修。
倚伏诚难料，张弛敢自由？草莱虽垦辟，户牖奈绸缪。

士论归调鼎，王纲拯赘旒。荆舒才自僻，赵孟语先偷。
掾吏寻梅福，江湖访魏牟。朋交真落落，身世益悠悠。
利涉何须筮，还丹不易求。程符邱垅远，昨夜梦潍州。

校：

（一）未休：五卷刻本作"小休"。

（二）纷虹侵晚出，涨雾待晴收：五卷刻本作"林藏闻碟格，江泛见蚴蟉"。

（三）频过：五卷刻本作"经过"。

过镇远[①] 谢秀山[②] 太守招游南山即席作

江蟠危石底，路蔽乱云间。地险关逾壮，时清吏自闲。
登楼春雨霁，扫洞古苔斑。却立嶔岩外，天梯信可攀。

注：

①镇远：即镇远古城，隶属黔东南州，距离州府凯里市190公里，位于贵州省东部武陵山区，是贵州高原向湘西丘陵过渡的斜坡地带，东界湖南新晃，南邻三穗、剑河，西毗施秉，北接岑巩和铜仁市的石阡，是贵州的东大门，素有"滇楚锁钥、黔东门户"之称。

②谢秀山：云南昭通人，清光绪进士。

贵阳署中作简吴梅孙[①]

地僻爱晴曦，初阳岁献时。疏黄垂梓带，嫩碧展蕉旗。
老懒思乡切，迂疏报政迟。北轩松韵发，待汝共栖迟。[②]

◇蓼园诗钞◇

校：

此诗五卷刻本题为《遣兴》，末句为"只有北江诗"且无自注。

注：

①吴梅孙即吴铠，江苏仪征人，曾纂修道光《如皋县续志》。著有《铁研山堂诗文集》。

②自注：洪北江诗"更喜开北轩，寥寥发松韵"，今之近山堂即当日北轩。

过河道口故居遂登畿辅先哲祠[①]高阁即事有作

旧识城西路，行行转觉遥。沙平埋断碣，林缺补危谯。
邻里犹相问，云山况见招。阑干频往复，未觉市尘嚣。

校：

本诗初发表于《四存月刊》1922年第10期，署名柯劭忞。

注：

①畿辅先哲祠：光绪五年（1879），为了祭祀畿辅先哲，直隶籍军机大臣、总理各国事务衙门行走李鸿藻与兵部尚书沈桂芬商定，在宣武门外下斜街创建畿辅先哲祠（今北京宣武门外下斜街40号），由张之洞负责操办，参与者有张佩纶、张人骏等直隶籍同僚。祠内正殿祭祀有历代畿辅圣贤、忠义、孝友、名臣、循吏、儒林、文苑、独行、隐逸共1458人。

丁巡卿[①]总督挽词(二首)

一

吏治能安静,当官有几人?先朝知悃愊,新政劼因循。
稠叠仍恩遇,蹉跎奈病身。犹思倾盖晚,东阁夜留宾。(一)

二

敦迫来京辇,垂垂两鬓皤。杨彪辞未允,王式悔如何?
朔雪无鸿雁,嵩云有薜萝。空余丹旐返,薤露咽悲歌。(二)

校:

(一)稠叠仍恩遇,蹉跎奈病身:五卷刻本作"殿上犹虚席,山中已采薪";东阁夜留宾:五卷刻本作"梵刹夜留宾"。

(二)"朔雪无鸿雁"句后,五卷刻本有注:"令弟阻雪未至。"

注:

①丁巡卿即丁振铎(1842—1914),字声伯,号巡卿,罗山县周党镇黄湖人。同治十年(1871)中进士,授庶吉士。先后任翰林院编修、武英殿功臣馆纂修官、国史馆总纂官、监察御史、京畿道台、布政使、云南和广西巡抚、云贵总督、协理资政院事兼弼德院顾问大臣等,为官以刚正不阿、秉公执政著称。

◇蓼园诗钞◇

即 事

远浦依依柳，含稊绿尚微。九门新雨霁，十刹早春归。
渐觉披裘重，县知栉发稀。山河终未改，不用惜芳菲。

姚邨[①]早发

秋潦欲迷津，停车夜向晨。鸡声风满野，马首月低人。
用世终迂阔，劳生但苦辛，谁言周道改，洙泗尚断断。

注：
王国维于此诗题下注曰：此下十余首皆辛亥冬督办山东团练时作。
①姚邨：此处指山东曲阜境内的姚村古镇。

金乡[①]道中(一)

十里金乡县，逶迤傍旧河。劳人霜鬓早，泽国卤田多。
小邑知藏廪，严城见植戈。桑榆思就暖，世乱竟如何。

校：
(一) 金乡县：五卷刻本作"金乡路"。
注：
①金乡：指山东济宁金乡县。

野 望

溪回陂垅断，野望转依依。亘水桥为带，苞村树作衣。(一)
杪冬寒日短，久客故人稀。腹痛思前约，高坟草已腓①。

校：

（一）亘水：五卷刻本作"亘水"。

注：

①自注：谓陈梅村阁学。

蒙山① 简饴山② 侍御(一)

望远能无兴，偏增岁莫悲。山城初动角，野寺共寻碑。
雪蔽牛羊路，天横雁鹜陂。衰迟能自遣，愧负故人期。(二)

校：

（一）蒙山：五卷刻本作"萌山"；简：五卷刻本作"呈"。

（二）衰迟能自遣，愧负故人期：五卷刻本作"北来消息断，况欲料归期"。

注：

①自注：嘉祥城内。

②饴山即王宝田，字饴山、仪山等，山东枣庄人。光绪六年（1880）进士，初授翰林院庶吉士，官至监察御史。柯、王为儿女亲家（柯劭忞的女儿嫁给王宝田儿子为妻）。民国后遁迹青岛，积极筹划清室复辟。

谒曲阜圣庙

兵戈挈未解,下马问祠官。言访金丝壁,苔痕上井干。[一]
庙中犹礼器,身上负儒冠。返税知何日,重来拜杏坛。

校:

(一)上井干:五卷刻本作"傍井干"。

子贡手植楷树

筑室问何地,森森宰木繁。枯槎终不死,元气至今存。
言语无枝叶,文章有本原。永怀千载后,此意与谁论。[一]

校:

(一)永怀千载后:五卷刻本作"宣城诗碣泐"。

寄徐梧生(二首)

一

近得江南信,龙蛇剧斗争。青衿尚佻达,白甲已纵横。
雪没将军垒,风摇使者旌。县知兵事亟,议论待荀卿。

二

虎踞龙蟠地，真能一战收？星辰天北极，江汉水东流。
国是诚难料，生涯不自谋。岂无廉蔺将，慷慨赋同仇。

历 历

历历三年事，何人裂纪纲。韬钤登将略，簠簋失官常。
灶下余鸡犬，山中纵虎狼。可怜箫管咽，犹自吊梁王。^(一)

校：

（一）虎狼：五卷刻本作"虎狼"。

注：

王国维于此诗末注曰：此谓宣统初亲贵用事也。《吴宓诗话》认为此诗作于辛亥年（1911），并于此诗题后注曰：宣统朝摄政王。

忆 昨

忆昨龙飞日，名儒在大廷。人才劳汲引，学术费调停。
变法无千古，征文有六经。空余佻达习，城阙子衿青。

注：

王国维于此诗末注曰：此刺张文襄。《吴宓诗话》认为此诗作于辛亥年（1911），并于此诗题后注曰：张文襄公之洞。

◇蓼园诗钞◇

叹 息

叹息成都乱，星星燎九州。徒劳言恻怛，不俟计绸缪。
夺业笼商贾，兴戎长寇仇。恨无王御史，请剑似朱旿。[一]

校：

（一）"恨无王御史"句后五卷刻本有注："谓王御史廷相。"

注：

王国维于此诗末注曰：此刺铁路国有之召乱也。《吴宓诗话》认为此诗作于辛亥年（1911），并于此诗题后注曰：辛亥四川铁路案引起革命。

昔 者

昔者曾丞相，戈船募习流。从来天作堑，不似壑藏舟。
鹅鹳能为阵，熊罴或作裘。逡巡俱倒戟，遗恨满江州。

注：

王国维于此诗末注曰：哀长江水师。《吴宓诗话》认为此诗作于辛亥年（1911），并于此诗题后注曰：辛亥武昌及沿江革命。

汉　家

　　汉家开幕府，三十六将军。借问千金笑，何如一战勋。
　　北城钟已动，西邸酒初釃。吏士诚劳苦，中枢日奏闻。

注：
《吴宓诗话》认为此诗作于辛亥年（1911），并于此诗题后注曰：辛亥三十六镇陆军之倒戈。

资　江①

　　资江流不尽，洒泪到资州。已返三军斾，犹行万里头。
　　觚棱归梦断，橐鞬赴车收。尚忆留宾日，钟山访旧游。

注：
王国维于此诗末注曰：哀端忠敏。《吴宓诗话》认为此诗作于辛亥年（1911），并于此诗题后注曰：哀端方。

①资江：长江支流，又称资水。左源赧水发源于城步苗族自治县北青山，右源夫夷水发源于广西资源县越城岭，两水于邵阳县双江口汇合称资江，流经邵阳、新化、安化、桃江、益阳等市县，于益阳市甘溪港注入洞庭湖，全长653公里。

◇蓼园诗钞◇

垂 帘

　　垂帘听政日，抗疏切忧危。出入先朝命，升沉国士知。
　　尧封音遏闷，周庙鼎迁移。咫尺青蒲近，云天洒涕洟。

注：
《吴宓诗话》认为此诗作于辛亥年（1911），并于此诗题后注曰：隆裕太后下诏逊国，宣布共和。

贾来臣邀集单父台① 赋呈三十韵^(一)

　　贾侯敬爱客，胜地足盘桓。泽国持龙节，林居访鹖冠。
　　兵戈连解鞯，身世入凭栏。远岸曾冰合，长郊积雪宽。
　　昔贤真卓荦，遗迹尚巑岏。大雅同时聚，高名异代看。
　　临觞歌慷慨，感旧涕泛澜。仆邈材终短，驰驱岁又阑。^(二)
　　江淮缠沴气，鄂郢肇兵端。未塞长河决，仍延曲突燔。^(三)
　　奸雄方睨鼎，部曲尽登坛。宿望期平勃，阴谋挟羿寒。
　　含沙凭蜮射，起陆见蛇蟠。逼胁迁钟虡，交通奉敦槃。^(四)
　　九重犹脆脆，万事益辛酸。力薄惭横草，名虚诮伐檀。
　　椎心遭板荡，侧目受抨弹。北望云横阙，西征雪没鞍。^(五)
　　双旌巡葛绎，一棹渡鉤盘。毕景林中税，侵星灶下餐。
　　征衣尘未浣，荐牍墨初干。比德人如玉，同心臭是兰。^(六)
　　相逢虽衮衮，惜别更博博。夙昔承嘉惠，周旋缔古欢。^(七)
　　匠门收杞梓，文囿集鹓鸾。潋滟清尊满，飘萧素鬓残。^(八)

· 145 ·

斯人宁落度，吾道正艰难。利涉须舟楫，高飞待羽翰。（九）

无缘酬造化，祗愧总师干。早起东山卧，苍生望谢安。

校：

（一）此诗题目与五卷刻本有异。五卷刻本正文题为："饮来臣园中赋五言古诗赠之越六日偕游单父台北来消息日棘再呈三十韵"；五卷刻本目录则题为"饮来臣园中赋五言古诗以献越六日偕游单父台北来消息日棘再呈三十韵以抒感怀"。

（二）临觞歌慷慨，感旧涕泛澜：五卷刻本为"不辞杯潋滟，已迸涕泛澜"；仆遨材终短，驰驱岁又闲：五卷刻本作"仆遨材诚短，驰驱岁又阑"。

（三）鄂：五卷刻本作"岳"。

（四）含沙凭蜮射，起陆见蛇蟠：五卷刻本作"机牙终再据，窟穴已深蟠"；逼胁迁钟虞，交通奉敦槃：五卷刻本作"逼迫迁钟虞，交通泜敦槃"。

（五）椎心遭板荡，侧目受抨弹：五卷刻本作"论兵戈未挽，养士铗空弹"；西征：五卷刻本作"南征"。

（六）征衣尘未浣：五卷刻本作"征衣尘已浣"；"荐牍墨初干"句后五卷刻本有注："疏荐君襄团练事。"

（七）更博博：五卷刻本作"奈博博"。

（八）潋滟清尊满：五卷刻本作"叹逝黄垆早"，且有注："君座主盛伯希祭酒。"飘萧：五卷刻本作"忧时"。

（九）吾道正艰难：五卷刻本作"时事正艰难"。

注：

①单父是春秋鲁国邑名，故址在今菏泽单县城南一公里处。春秋时期，孔子弟子宓子贱曾做单父宰，任期三年间，任人唯贤，万事为民先，单父因而大治。闲暇之余，宓子贱时常登上城边一高埠弹琴，抒发情怀。他卸任后，巫马施继任县宰，愈加勤勉，颇有政绩。为纪念两位县宰，后人在宓子贱弹琴处筑起一座高台，称为"琴台"，亦

称"子贱台""单父台"。

瀛 台[①]

四面浸沦涟,层宫独翼然。沧波犹太液,白日竟虞渊。
控鹤回銮地,鸣鸡问寝年。玉阶霜露重,秋草自芊绵。

注:

①瀛台:位于中南海南海中的仙岛皇宫。始建于明朝,清朝顺治、康熙年间曾两次修建,是帝王、后妃的听政、避暑和居住地。因其四面临水,衬以亭台楼阁,像座海中仙岛,故名瀛台。戊戌变法失败后,光绪帝曾被幽禁于瀛台。袁世凯称帝后亦曾将副总统黎元洪软禁于此。

团 城[①]

地傍觚棱近,城连蟠蛛低。白波秋淼淼,锦树晚萋萋。
佛现庄严相,天留纠缦题。百忧真可遣,拼付醉如泥。[(一)]

校:

(一)百忧真可遣,拼付醉如泥:五卷刻本作"金人徒迸泪,未忏六尘迷",并于"未忏六尘迷"后注曰"民国初迁佛像于居仁堂,后又迁之"。

注:

①团城:位于北海南门外西侧。原是太液池中的一个小屿。元代在其上增建仪天殿,明代重修,改名承光殿,并在岛屿周围加筑城墙,墙顶砌成城堞垛口,初步奠定了团城的规模。

北海[1]

朱楼兼白塔,林际带参差。欲访琼华岛,还经太液池。
棹犹萦藻荇,纲已尽鲲鲡。逝水前朝事,沙鸥汝岂知?(一)

校:
(一)逝水前朝事,沙鸥汝岂知:五卷刻本作"畴昔蓬莱浅,沙鸥料汝知"。

注:
[1]北海:即现在的北海公园,位于北京市中心区,城内景山西侧,在故宫的西北面,与中海、南海合称三海,曾为皇家后花园。

佛 寺

不尽登临意,言从象外游。青磷瑶殿瞑,红叶石潭秋。
梵宇通三界,神山傍十洲。周庐巡徼地,返棹莫淹留。

王饴山[1]京寓书斋

昔年相送地,雪路出临城。及尔同忧患,劳人问死生。
横窗秋树影,隐几午蝉声。近得经过便,商量下澤耕。

注：

① 王饴山即王宝田，见前注。

园中杂诗（八首）

一

卜居虽近市，蓬藋掩衡门。潢潦真成港，田庐只似村。^(一)
蚓泥封曲径，蜗篆缭颓垣。莫拟愁霖唱，林端看早暾。

校：

（一）衡门：五卷刻本作"柴门"。

二

老圃经年别，无人薙草莱。蒲桃垂浑乳，松子起楼台。^(一)
地迸新抽笋，门扃旧活苔。只应篱下菊，不似早年开。^(二)

校：

（一）经年别：五卷刻本作"经时别"。
（二）早年开：五卷刻本作"昔年开"。

三

萧疏红蓼晚，灌苇亦垂英。自有江湖意，况兼风雨声。
矶头垂钓近，岸际放船行。老我沅湘客，能无万里情！^(一)

校：

（一）垂钓近：五卷刻本作"垂钓返"；沅湘客：五卷刻本作"扁舟客"。

四

潦潦连日雨，闷倚灶觚看。避漏移书幌，冲泥竖药栏。
湿萤黏牖上，饥雀啅檐端。满酌休辞醉，无衣畏早寒。^(一)

校：

此诗五卷刻本为第六首。

（一）休辞醉：五卷刻本作"须同醉"；"无衣畏早寒"句后五卷刻本有注"约吕戒庵枉过"。

五卷刻本第四首五卷排印本未收，径录如下：

菀柳鸣蜩急，当年出塞游。黄云连大漠，白露迥高秋。
往事俱零落，归期但滞留。不堪怀旧意，岁暮听啾啾。

五

绿穗垂纤草，黄花卷落槐。夕阳初入户，秋潦欲平阶。
扰扰嫌封蚁，区区笑井蛙。世情愚不识，独爱晚晴佳。

校：

此诗五卷刻本未收。

六

林卧已经旬，萧闲病后身。晴檐虫胃网，午牖鸟窥人。
井涸淘寒甃，厨空晒湿薪。农书搜氾贾，真欲作齐民。

校：

此诗五卷刻本为第五首。

七

插篱周圃外，引笕过庭中。雨后浇菘本，霜前剥栗蓬。

荧荧荞麦雪，猎猎槲林风。寄语郫亭客，生涯若个同。^(一)

校：

（一）猎猎槲林风：五卷刻本作"飒飒苦鲍风"。

五卷刻本于此诗末有注"简徐梧生"。

八

不羡陶朱富，园官报有秋。籯金瓜五色，馈玉韭千头。^(一)

豆粥甘如酪，松醪浊似油。主人能展待，开径俟羊求。^(二)

校：

（一）"馈玉韭千头"句后五卷刻本有注"圃中栽泽蒜即薤也"。

（二）浊似油：五卷刻本作"湛似油"。

岁暮无憀感伤存没作怀人诗四首①

刘幼云②

昔上延英殿，同为侍从臣。无由攀獭尾，尚忆犯龙鳞。

雨雪山中晚，风涛海上春。咸池终浴日，不用泪沾巾。^(一)

◇柯劭忞诗集校注◇

罗叔言

老作东瀛客，无人记姓名。衣冠非夙昔，风义自平生。
学已攀三古，书还拥百城。名山藏著作，未克一身轻。(二)

王静安③

历历三千事，都归一卷诗。秦廷方指鹿，江渚莫然犀。(三)
管邴君无恙，唐虞我已知。文章零落尽，此意不磷淄。

郭蓉江④

避世从邱马，心难与众论。青蝇为吊客，朱鸟是归魂。
雨漏藏书簏，霜芜种菜园。寝门犹未恸，东望海云昏。

校：

王国维于此四诗题上眉批曰："凤老前寄初稿，稿略。字句略有异同。又第四首全异，附注行间。"王国维注于第四首（郭蓉江）行间之诗句照录如下：

问讯南坨竹，相期在岁寒。论交堪白首，避世竟黄冠。
笛弄空山月，杯浮大海澜。衰颜犹想驻，待汝乞金丹。

（一）咸池终浴日：五卷刻本作"掺祛知有日"。
（二）未克：五卷刻本作"未觉"。
（三）三千事：五卷刻本作"三年事"；江渚：五卷刻本作"吴渚"。

注：

①这四首诗除第一首"刘幼云"外，其余三首曾发表于《国闻周报》1927年第4卷第33期及《辽东诗坛》1928年第32期。《蓼

园诗钞》五卷刻本及中华书局五卷排印本均未加分标题,只在每首诗末小字注明该诗所涉人名。本次整理遂将各诗后所注人名列为题目。

②刘幼云即刘廷琛(1867—1932),字幼云,号潜楼,江西九江人,光绪二十年(1894)进士。历任翰林院编修、陕西提学使、京师大学堂监督、学部副大臣。曾于宣统元年向溥仪进讲,辛亥后侨居青岛。

③王静安即王国维(1877—1927),字静安,又字伯隅,晚号观堂,谥忠悫。浙江杭州府海宁人,与梁启超、陈寅恪和赵元任号称清华国学研究院的"四大导师"。著述甚丰,有《海宁王静安先生遗书》《红楼梦评论》《宋元戏曲考》《人间词话》《观堂集林》《古史新证》《曲录》《殷周制度论》《流沙坠简》等62种。

④郭蓉江:潍县(今山东省潍坊市)人。光绪年间隐居崂山太清宫,芒鞋布冠,飘然世外,徜徉山水之间。性嗜酒,因自号"啜醴叟",著有《啜醴集》。

晚过新民屯①饮王进士书斋

塞路夕漫漫,人家傍古阑。马毛蒸雪湿,虎眼射星寒。
邂逅逢投辖,栖迟羡挂冠。勿辞良夜饮,昔别在长安。

校:
此诗五卷刻本未收。

注:
①新民屯:即今天的新民屯镇,隶属于辽宁省沈阳市辽中县,地处辽中县东部,距沈阳市区35公里,镇政府驻北三台子村。

为丁黻臣[①]题召穆公太保鼎拓本

洺政分西陕，疏封启北燕。甘棠嘉荫在，乔木世臣贤。
拨乱中兴运，扬休大雅篇。无疆承历服，有命俾旬宣。
济美宜绳祖，明禋乃格先。旗常勋炜烨，圭卣赐连翩。(一)
懿彼同州鼎[②]，应陈历室筵。考文兼籀古，制器备方圆。
虎豹狰狞攫，蛟龙郁律缠。神工穷范冶，巧匠失雕镌。(二)
昔者宗周陨，终教胤子全。老臣心独苦，故国祚长延。
欲证汾王事，还疑摄政年。庙中彝器重，拓墨莫轻传。

校：

（一）炜烨：五卷刻本作"卓越"。

（二）虎豹：五卷刻本作"虎兕"。

注：

①丁黻臣即丁善宝（1841—1887），见《饮丁六斋园》注。

②自注：黻臣官同州知府。

卷四　七言律诗

七夕抵蒲州府① 偕韩二州登驿馆亭子②

小驿轩亭修竹间，主人留客共跻攀。
钩帘七夕初弦月，隐几中条一桁山。
簿领侵寻君未晚，风埃颒洞我应闲。(一)
明朝采药王官谷，莫放青崖白鹿还。

校：

（一）风埃颒洞：五卷刻本作"风埃迷宕"。

注：

①蒲州府：清朝时设置的府，治所在今山西省永济市。
②韩仲荆，山东安丘人，字二州，又字铁怀，号潍阳主人，光绪六年（1880）进士。有《韩二州先生文钞》《铁怀诗集》各一卷。

成　都

石郭金城倚断霞，成都地望最三巴。
刘璋自放山中虎，马援休嗤井底蛙。
漠漠人烟市桥水，萧萧春雨惠陵花。
英雄岂必论成败，不数王家与孟家。

登 楼

不上高楼已损神，昨宵梦见若为真。
离愁碧海蟾蜍晚，别路苍山杜宇春。
轧轧机丝清漏永，沈沈烛影翠眉颦。（一）
天涯踪迹休相忆，二月东风陌上尘。

校：
（一）沈沈：五卷刻本作"童童"。

舟中望佛图关简杨福孙[①]

巴县东南一都会，葱葱郁郁气佳哉！
万瓦参差切山上，双江回合抱城来。
当年地脉何曾凿？异日关门却自开。
篆刻羞称姚彦士[②]，知君独擅勒铭才。

注：
①杨福孙即杨积芳（1856—1938），原名芳，字馥笙，一字长孺，号福孙，晚年号寄篯，又号东渔。余姚周巷（今属慈溪市）人。光绪十四年（1888）举人，官国子监学正。杨积芳曾是朱逌然在姚江朱氏实获斋的门生。光绪七年（1881），朱逌然督学于四川，当时柯劭忞是一个久试礼部不售的举子，而杨积芳则还是个郁郁不得志的落第秀才，二人同游于朱逌然幕下，交情深契。
②自注：姚观察有佛画关铭。

◇蓼园诗钞◇

孙水关[1]

孙水关临孙水涯，白沙[2]浩浩似金沙。
巴歈调入猿声苦，邛竹烟笼鸟道斜。
猎猎溪风蛮洞火，荒荒塞日戍楼笳。
西来万里甘留滞，更为寒衣恐忆家。

注：

[1]孙水关又名泸沽峡，位于四川冕宁县泸沽镇约40公里的峡谷隘口中，为灵关道上的军事要隘，古代争战鏖兵之处。清咸丰四年（1854）建，形势雄壮险要，上有绝壁，下临深谷。

[2]自注：孙水即白沙江。

送杨福孙[1]（一）

我念恒农杨伯起，临歧握手倍依依。(二)
故乡已是三年别，之子今从万里归。(三)
蜀道群山尖似剑，巴州众水叠如衣。
山行水涉同留滞，他日相携愿恐违。

校：

（一）《姚江同声诗社三编》本题为"送杨福孙东归"，并于题后注曰："壬午在四川学署。"

（二）我念恒农杨伯起，临歧握手倍依依：五卷刻本作"我念馀姚杨伯子，倾君风义夙依依"；我念：《姚江同声诗社三编》本作

· 157 ·

"我爱"。

（三）故乡：五卷刻本作"庭帏"；三年：《姚江同声诗社三编》本作"经年"；之子：五卷刻本作"舟辑"。

注：

①光绪八年（1882），朱逌然因病卒于四川学署，悲痛的杨积芳在料理好恩师后事后，一时前景渺茫，意欲离蜀归乡。离别之时，好友柯劭忞依依相送，以此诗相赠。

泊峡口寄宋晋之

北风蔌蔌摇船旌，虎牙桀竖寒峥嵘。
天高明月当峡出，夜静白云从水生。
皋家有庑容羁旅，纶氏无田负耦耕。
梦里相邀定相失，东方未显霜猿惊。

宜都城①外作

鄂岳东南向此分，津舻延伫倚微醺。
江流近束荆门阙，雪意遥低楚泽云。
海上鲸鱼犹跋浪，天边鸿雁已迷曛。
蓬心不用惭菲薄，岁暮相期有使君②。

注：

①宜都城即今宜都市，位于湖北省西南部，江汉平原西部，素有"楚蜀咽喉""三峡门城""鄂西门户"美誉。

②自注：谓乡人李子青观察。

金山寺①（二首）(一)

一

扁舟晚泊瓜州渡，便访三山兴已豪。(二)
斗觉天香飘法雨，如闻水剑泛腥涛。
青磷白骨纵横散，贝塔珠楼突兀高。
差喜登危筋力健，江天俯仰见秋毫。(三)

二

高宗法驾昔东游，水上黄龙负御舟。
百年遗老垂垂尽，万里沧江淼淼流。(四)
天回日月题银榜，地转河山驻彩斿。(五)
尚有葱茏佳气在，扫除劫烬换林邱。

校：

（一）该诗收在《蓼园诗钞》五卷刻本和五卷排印本及《蓼园诗续钞》（不分卷）排印本中，未收入《蓼园诗续钞》二卷刻本。金山寺：五卷刻本及续钞排印本作"金山"。

（二）晚泊：续钞排印本作"晚过"。

（三）差喜登危筋力健：五卷刻本作"倚赖登危旧腰脚"，续钞排印本作"停赖登危旧腰脚"。

（四）百年遗老：五卷刻本及续钞排印本均作"百年耆旧"。

（五）天回日月题银榜，地转河山驻彩斿：五卷刻本及续钞排印本均作"虞书巡狩惟绳祖,贡谚勤民但赉休"。

注:

①金山寺:位于江苏镇江西北的金山(古名浮玉山)上。

过廉南湖申江别业①

峭帆迤逦拂轩楹,欹枕前窗送橹声。
竟日壶觞留客住,满川风雨看潮生。
著书岂为文章事,遁世终羞市井名。
记得香山萧寺晚,共披梵夹爇松明。

注:

①廉南湖即廉泉(1868—1932),见前注。其住宅称小万柳堂,故廉氏又被称为小万柳堂主人。清人端方在《小万柳堂藏画记》中说:"营别业于春申江上,曰小万柳堂,比又徙于浙之西湖。"从中可知,廉氏小万柳堂有两地,一在上海,一在杭州。申江别业:位于上海黄浦江畔的小万柳堂。黄浦江别称申江。

玉真阁(一)

城南阁子三百尺,碧瓦琼榱俨洞霄。(二)
下界鱼龙偃潮汐,中天鸾鹤载笙箫。
星辰不改三阶正,日月常临万国朝。
却对沧溟醉卮酒,还乡准许伴渔樵。(三)

校：

（一）玉真阁：五卷刻本作"玉皇顶"。
（二）三百尺：五卷刻本作"褰云上"。
（三）"却对沧溟醉卮酒"句，五卷刻本于"沧"后夺"海"字。

郭湘帆同年招饮即席作

柝静重门街鼓迟，初筵莫问夜何其。^(一)
人来峡束江盘地，岁入风饕雪虐时。
且拂征衣深劝酒，更烧官烛细论诗。
十年重忆追欢事，草色西池定问谁？①

校：

（一）莫问：五卷刻本作"不问"。

注：

①自注：哲兄靖侯先生昔饮劭忞兄弟于此，赋诗云："西堂春草色，已见入帘青。"

送孙六皆①

十年流宕孙公子，往事伤心那可论。
门前车马风尘色，枕上诗书涕泪痕。
青苔雨漏三间屋，白草霜栖半亩园。
负耒躬耕他日约，题书早问陆平原。

注：

①孙六皆即孙龙章，字六阶，号御翩，安徽阜宁人，例贡生，考授山西主簿，原籍山东济宁，父辈于明洪武年间迁安徽。

丙午过胶州故居作（四首）

一

枯榆无柄剩盘根，犹带当年劫烧痕。
江总还乡寻草市，陆机去国忆衡门。
春来乳雀巢堙井，日莫饥鼯窜坏垣。^(一)
不用茕茕吊孤影，凄凉往事得重论。^(二)

校：

（一）乳雀：五卷刻本作"鸟雀"。饥鼯：五卷刻本作"鼯鼪"。

（二）茕茕：五卷刻本作"伶俜"。凄凉往事得重论：五卷刻本作"比邻老圃与重论"。

注：

《吴宓诗话》于"丙午过胶州故居作（四首）"题后注曰："德人取占胶澳地。"

二

龙蛇惨淡岁三阴，地入青徐杀气深。
沧海东浮云似墨，孤城北望火如林。
夜阑秉烛间关梦，岁莫登楼感慨心。
已断根荄任蓬转，十年流宕到如今。

三

尚书昆弟遗民在[①]，零落东林旧党家。[②]
避地初来沧海上，移居更傍墨溪涯。
百年故宅余乔木，十亩荒陂哢晚鸦。
记得断桥流水外，父兄持我看蒹葭。(一)

校：

(一) 记得：五卷刻本作"尚忆"。

注：

[①]自注：先忠卿府君名在东林复社，为明大司马夏卿从父兄弟。

[②]柯劭忞家祖籍浙江黄岩县，乃元朝学者画家柯九思（1290—1343）之后裔。传至明末，柯夏卿之弟柯忠卿，其后亦迁居胶州沧口镇即墨河附近。柯劭忞祖父柯培元即为忠卿之后。

四

周垣一带缭逶迤，广厦修庭认故基。
插架图书同浩劫，焚巢燕雀竟前知。
樵人已斧园中杏，游子还烹井上葵。
邻里萧条各何在，山阳闻笛未应悲。

安阳城外作

羸马荒陂意正慵，旌竿远掣戍楼风。
两行官柳平沙外，一片孤城落日中。

漳水东流怀往昔，铜台北望吊英雄。
十年不到趋庭地，又向三河问转蓬。

团 山①

团山庙子山之东，孤云落日相童童。
牛羊万点雪路外，鸿雁一行沙海中。
将军铜柱分疆界，使者珠槃涖会同。
山河尺寸慎爱惜，侧身北望天无穷。

注：
①团山：或指云南安宁团山？存疑，待考。

观音岭和韩人金君平作

观音岭下税羸骖，又向山僧借一龛。
落日欲低岭西北，乡心已落海东南。(一)
断蓬绁碛风声急，古木攒云雪意酣。
衮衮相逢缘底事，要将身世问瞿昙。

校：
（一）已落：五卷刻本作"应落"。

◇蓼园诗钞◇

书院秋雨兼旬排闷裁诗寄郭蓉汀

松花江上秋多雨，北雁衔芦尽向南。
隐几诗书寒女织，窥窗鸟雀病僧庵。
县知乐岁足供给，可忆清尊从笑谭。
蹑屐嬴縢料归事，便求十亩共桑蚕。

送王惺斋

幕府栖迟鬓已斑，又从塞上使车还。^(一)
白登云起疑楼橹，青冢风来想佩环。
雁过西隃乡信少，人耕北假战场闲。
知君不作登高赋，一障功名料遽悭。

校：
（一）又从塞上：五卷刻本作"杪秋又送"。

九日偕徐伯缙登昆卢阁①

层城积雾晓阴阴，羸马冲泥问梵林。^(一)

十度重阳九风雨,百年身世几登临。
东浮峡口啼猿合,北上云中断雁深。
往事裁如吹一呗,相看宁有去来今?

校:

(一)积雾:五卷刻本作"氛雾"。

注:

①徐伯缙:生平不详。昆卢阁:位于北京檀柘寺内。

寄孙佩南

暮天霜紧雁来迟,万里秋风入鬓丝。
时事纷纭遂如许,故人流落竟何之。
芙蓉晚菊色常好,络纬寒螀心苦悲。
回首西园已陈迹,只应旧学不磷缁。

真定大佛寺阁子①

又拂征衣谒梵宫,羸骖小住亦匆匆。
寒云窣堵盘雕外,断岸滹沱落木中。
胜日登临朋辈少,悲歌感慨古今同。
珠楼贝塔俱零落,只有当年圣藻雄。

注:

①真定,即历史上的常山真定,今河北正定,清朝为避雍正(爱新觉罗·胤禛)皇帝名讳而改称正定,是国家历史文化名城,与

北京、保定合称"北方三雄镇"。古城正定有我国著名的十大佛教寺院之一的隆兴寺,当地人又称为大佛寺。该寺是国内现存时代较早、规模较大而又保存较完整的佛教寺院之一。始建于隋开皇六年(586),原名"龙藏寺"。宋初,太祖赵匡胤敕令在龙藏寺内铸造铜佛,并盖大悲阁,遂大兴土木,以大悲阁为主体的一组宋代建筑先后告成。到了清康熙、乾隆年间,又两次大规模维修和增建,寺院发展到鼎盛时期。清康熙四十八年(1709),改龙藏寺为隆兴寺,俗称大佛寺。

寄李寿林

大明湖上昔追欢,伫看青云刷羽翰。
冀北马空思伯乐,淮南木落感刘安。
狂来抵掌轻余子,老去垂头作泠官。
见说廞门诗境好,药栏花坞足盘桓。[一]

校:

(一)诗境:五卷刻本作"诗兴"。药栏花坞足盘桓:五卷刻本作"荠盐如蜜褐衣宽"。

紫泉行宫[①]

城南城北无十里,紫水环为百顷陂。[一]
春草萋迷唐绣岭,白云缥缈穆瑶池。

石船荇藻萦文枅，扣砌莓苔卧断碑。(二)
秃袖弓衣亲较射，甸人能说猎围时。(三)

校：

该诗收入《蓼园诗钞》五卷刻本和五卷排印本及《蓼园诗续钞》（不分卷）排印本，《蓼园诗续钞》二卷刻本未收。诗题自注：邑人相传高宗为回妃建。五卷刻本及续钞排印本无此注。

（一）百顷陂：五卷刻本及续钞排印本均作"千步陂"。

（二）石船荇藻萦文枅，扣砌莓苔卧断碑：五卷刻本作"石船荇藻封淤港，梵刹榛芳没断碑"，续钞排印本作"石船苔藓封淤港，梵刹榛芳没断碑"。

（三）秃袖弓衣亲较射，甸人能说猎围时：五卷刻本及续钞排印本均作"父老犹传同辇事，天临两淀猎园时"。

注：

①紫泉行宫：乾隆帝于1736年在河北高碑店市新城镇紫泉河边所建，咸丰九年（1859）改建为紫泉书院。

沪上山东会馆落成祀至圣先师恭纪以诗

曙色初分明尚黎，礼堂释奠获攀跻。(一)
庙中如见东家孔，海外犹称大国齐。
秩秩宾筵陈酒醴，瞳瞳旭日丽桼题。
尚书能译侏离语①，曾到昆仑月窟西。

校：

（一）曙色初分明尚黎：五卷刻本作"百堵宫墙亘彩晲"。

注：

①自注：泰西人观礼致颂词，吕镜宇尚书答之。

◇蓼园诗钞◇

三河道中寄崇文山[①]前辈

萧萧槲叶送新凉，缓步林皋税笋将。
白雁南飞霜信早，虺龙东走塞云长。
侧闻新政颁条画，自愧微官恋稻粱。
色树庄前秋树色[②]，幅巾一老独徜徉。

注：

①崇文山即崇绮（？—1900），字文山，清代唯一一位旗人状元。阿鲁特氏，满洲镶黄旗人，同治三年（1864）一甲一名进士，状元。迁侍讲，光绪间历任吏部、礼部尚书，八国联军入京时，随荣禄走保定，自缢死。

②自注：先生别业在三河色树庄。按：五卷刻本此注中，"先生"作"公"。

简蔡崧甫[①]

国子先生两鬓丝，十年留滞去何迟。
力田未必常逢岁，识字安能暂疗饥。
雪路初晴湖上刹，膏灯欲烬夜深棋。
身闲地远堪乘兴，不用相招泺水陂。

注：

①蔡崧甫：生平不详。己酉年（1909）三月，柯氏将此诗及《寄徐梧生》诗一起录于扇面赠江瀚（字叔海），题款"旧作录呈叔

海尊兄先生教正，己酉三月孟夏，胶州弟柯劭忞"。

涿州王家店和伯希

涿易东西三百里，君方东辙我西辕。
一城春雪人烟湿，双塔夕阳铃语喧。
霡霂初褰犹滉漾，冰澌暂解已奔浑。
筇枝画里寻常事，野店还能共一樽。

从平谷至盘山宿僧寺①

斗下悬崖即梵宫，振衣犹在最高峰。
虚窗象纬窥三界，短榻波涛枕万松。
石栈天梯应仿佛，毾巾丝履且从容。
山僧已订明朝约，挂剑台边拄短筇。

注：

①平谷：位于北京和天津两大中心城市之间，北京的东北部，天津的西北部，属北京市辖区。盘山位于天津市蓟县城西 12 公里，南距天津市区 110 公里，西至北京 90 公里。

◇蓼园诗钞◇

和伯希寄王山人作

朔风猎猎吹寒晴,晓来雨洗霜林赪。
平谷山如阳马出,沟水船为丘蚓行。^(一)
已知乐岁无并鬲,又羡高人简送迎。
三泉寺中吾定①汝,千头世代双牛耕。^(二)

校:
(一)丘蚓:五卷刻本作"邱蚓"。
(二)世代:五卷刻本作"柿代"。
注:
①自注:抗定也。

书伯希四上舍生诗后①

昔年巾卷知名子,凛凛风裁迥出群。
我向诗中逢伯乐,君从门下得朱云。^(一)
三经取士颁新法,六馆尊师肄旧闻。
早晚相携恒岳麓,勒移不俟北山文。

校:
(一)门下:五卷刻本作"校内"。
注:
①自注:其一王御史廷相也。

· 171 ·

寄徐梧生⁽一⁾

种竹三年已出墙，北窗偃卧晚风凉。
齑盐无分竟何似，薄领有程殊未央。
抱叶新蝉儿诵涩，投林宿鸟妇机忙。
尘埃马首终嫌剧，不羡迺屏近故乡。

校：

（一）寄徐梧生：五卷刻本作"寄梧生"。己酉年（1909）三月，柯氏将此诗及《简蔡崧甫》诗一起录于扇面赠江瀚（字叔海）时，又题为"即事寄梧生"，诗后落款为"旧作录呈叔海尊兄先生教正，己酉三月孟夏，胶州弟柯劭忞"。

展舅氏李吉侯先生墓[①]

孝子村西负郭田，重携麦醴奠新阡。
芃芃旅谷春风里，寂寂行楸落日边。
碧洛青蒿非故国，素车白马忆当年。
外家遗事凭谁问，泪洒南云一泫然。

注：

①李吉侯，字丰纶，莱州掖县人，柯劭忞之母李长霞之弟，李图（时人称少白先生）之子。

◇蓼园诗钞◇

宿霍家坡①

柱蕝为庐蔽坏垣，主人留客已黄昏。
泥行百里龙蛇窟，野哭千家雨雪邨。
开岁定知农事晚，伏流犹怕水泉浑。
蠲租贷税年年诏，叹息今无郑监门。

注：
①霍家坡：具体位置无考。

旅夜遣怀

屃赑春寒析酒醒，夜阑犹傍短灯檠。
十年留滞长安客，万感凄凉画角声。
宰相荐贤终误国，书生决胜尚论兵。
从今不信王夷甫①，努力中原乱易平。

校：
王国维于此诗眉批曰：此是甲午年作，谓翁常熟用其门人张謇策，力主与倭战也。

注：
①王夷甫指晋代王衍，字夷甫。《晋书·石勒载记》："晋王衍，字夷甫，位望隆重，有识鉴。石勒年十四，行贩洛阳，倚啸上东门。衍见而异之，谓将为天下患。长而为群盗，归刘渊，屡将兵陷州郡。晋太兴中，自称赵王，旋杀刘曜称帝，建立后赵政权，于十六国中最

为强盛。"后世以"王夷甫识石勒"喻能预识心怀异志者。本诗则以王夷甫表达作者对荐"贤"宰相的不满。

赠李莘甫①

我羡曹南李莘甫,郎替矫矫独风棱。
丸衢车马成氛雾,万卷图书作友朋。
云海苍茫愁剡楫,雪窗寂寞忆挑灯。
知君不是耽奇古,共辟荆榛访羽陵。

注:

①李莘甫即李经野(1855—1943),字莘夫,号曹南钝士。详见前面《李莘夫山中读书寄以诗》注。

偕梧生赴定兴①道中作简伯希(一)

策蹇相招有底忙,瓜畴芋陇已新霜。
寒禽磔格上乔木,秋潦纵横明夕阳。
欲向农家询要术,还从学士辑良方。
生涯不用饕微禄,底事庄生哂撒囊。

校:

(一)五卷刻本此诗题中无"作"字。

注:

①定兴:今属河北保定市,是一个具有悠久历史的古城,清代中期以后成为京城政要及其家眷战乱时期的避乱地。柯劭忞、徐坊都曾寄居定兴。

◇蓼园诗钞◇

过元达小园①

滑滑街泥雪已晴,儿童扫径习将迎。
红窗暖日自春色②,白石寒花非世情。
砚滴冰消鸜眼活,琴弦沙乱蟹行清。
饮河满腹宁无分,更为弹冠愧友生。

注：
①元达：所指无考。
②自注：元达新纳姬人。

咏史（三首）

一

莫向胡僧问劫灰,旃檀一炬化烟埃。
城边地裂双鹅出,海上风多六鹢回。
左道黄巾成底事,清流白马亦堪哀。
当年只有苌宏血,溅作东华井底苔。

注：
王国维于此诗末注曰：末二句谓王文敏。《吴宓诗话》于《咏史》（三首）题后注曰：庚子之乱。

二

昨夜欃枪彗紫宫,九门投钥剧匆匆。
铜驼陌上闻传角,玉女窗前见倚弓。
野散周庐屯贯市,天回辇路出居庸。
伤心一掬昆明水,落叶哀蝉恨不穷。

注:
《吴宓诗话》注此诗曰:末句指珍妃。

三

潼关北去走京华,撮笠都人尽忆家。
秋色初辞温室树,春风又落上林花。
珠槃玉敦终修好,旅矢彤弓已拜嘉。
老病儒生挥涕泪,不随战士化虫沙。

抵陕州闻车驾西幸已至长安①

迤逦山城带迥楼,红旗卷雪朔风遒。(一)
地分二陕桃林隘,水迸三门竹箭流。
望气应知行在所,论都早建帝王州。(二)
潼关近得平安报,父老迎銮涕泪收。(三)

校:
(一) 迤逦山城带迥楼:五卷刻本作"嶙嶓双崖抱郡楼"。
(二) 早建:五卷刻本作"再建"。

(三) 五卷刻本 "銮" 后衍一 "銮" 字。

注：

①陕州即今三门峡市陕县，东据崤山关连中原腹地，西接潼关、秦川扼东西交通之要道。该诗写于两宫西行途中，时间在1902年9月。1900年（光绪二十六年）是农历的庚子年，八国联军从天津塘沽登陆，向北京打去，慈禧和光绪帝及慈安太后向西安逃难。出京城向西北，经太原而抵达西安驻跸。条约签订后，光绪二十八年（1902）八月二十四日两宫圣驾自西安行宫启跸，经河南返回北京。九月初八到达陕州，两宫驻陕州度重阳节。因连日阴雨泥泞，车行艰难，辗转八天，方离开陕州境。据徐一士言：见柯劭忞 "用纨扇写所作七律三首见赠，诗甚佳，录之左方"。三首诗除本首（题名 "陕州作"）外，还有《家兄敬儒入觐以诗送之》，另一首为《过定兴谒鹿文端公墓》已收入《蓼园诗钞》。

送端午桥①之河南

朱节曾临崤渑西，中州父老望云霓。
荣光已奏黄河出，兵气应占太白低。
最忆梁园三尺雪，休论函谷一丸泥。
春生腊尽襄城野，七圣重来路不迷。

注：

①端午桥即端方（1861—1911），字午桥，号陶斋。托忒克氏，满洲正白旗人，金石学家。光绪八年（1882）中举人，历督湖广、两江、闽浙，宣统元年（1909）调直隶总督，后被弹劾罢官。宣统元年起为川汉、粤汉铁路督办，入川镇压保路运动，为起义新军所杀。谥忠敏。著有《陶斋吉金录》《端忠敏公奏稿》等。

送夏伯定①

　　殿前折槛尚嶙峋，欲挽滔滔又乞身。
　　百二山河奉得地，五千甲楯越无人。
　　论都计大关宗祐，抗疏名高动搢绅。
　　见说曹羁三谏去，不堪西望属车尘。

校：
此诗《一士类稿》又名"送夏伯定乞假归"。

注：
①夏伯定即夏震川，浙江省杭州府富阳县人，光绪三年（1877）参加丁丑科殿试，登进士三甲第四名。

人日偕徐菊人集安觉寺①

　　路转城隅梵刹开，一袈裟地劝深杯。
　　故人恰并青春至，往事争如噩梦回。
　　精卫冤沉终有海，昆明劫冷但余灰。
　　伤心此日逢人日，屈指东湖又放梅。

注：
①安觉寺：坐落在四川康定城中，折多河畔，将军桥头，是藏传佛教中的一所黄教庙宇。自注：追忆壬午与王文敏集东湖事，故诗及之。

◇蓼园诗钞◇

送官士修①之永平府②任

岂知雪虐风饕夜，茧足寒窗对榻眠。
野马尘埃看世事，蠹鱼文字说神仙。
先生去国五百里，贱子从游三十年。（一）
准拟相从资一噱，东临碣石海云边。

校：
（一）从游：五卷刻本作"论交"。
注：
①官士修即管士修，曾任直隶永平府知府。
②永平府：包括现秦皇岛大部地区，唐山大部地区，辽宁西南部地区，明朝始称永平府，清代属直隶省，辖一州六县，即滦州、迁安县、抚宁县、昌黎县、乐亭县、临榆县、卢龙县。

浮 云

浮云苍狗事俄空，百六分明眼底穷。
江左才人名似锦，河西老将气如虹。
纷纷王吕谈新法，籍籍陈甘讼旧功。
剩有开禧遗恨在，南园零落夕阳中。

老犍坡①阻雨寄文仲恭②

山行十日五日雨，早觉平生忧患多。
领上人家分巩县，马前云气蔽黄河。
官斋留客已投辖，暮府论兵犹枕戈。
莫谓机牙形胜地，哀劳泽雁近如何？

注：
①老犍坡：在河南省巩县东20里，古称横岭。上有营垒曰磨盘寨，累石为门曰巩关。
②文仲恭即文悌（？—约1900），字仲恭，满洲正黄旗人，瓜尔佳氏。以笔帖式任户部郎中，出为河南知府，改御史。

病起登后园阁子

泽国阴多秋雨繁，偶扶藜杖趁朝暾。
湖山尽入三层阁，竹树全屏十亩园。
碍路苍藤尤偃蹇，冲人白鸟忽飞翻。
骊山馆驿分明似，只欠良朋劝一樽。(一)

校：
（一）劝一樽：五卷刻本作"共一樽"。

◇蓼园诗钞◇

寄白澄泉[1]

白云如帆渡湘水，我初闻之白旷庐。
清湘今买千里棹，白云便为十幅蒲。
沙汀宿鹭翩初起，石壁空青断欲无。
可怜几静窗明地，徙倚江天不共渠。

注：
[1]白澄泉即白永修，字澄泉，号旷庐，晚号方壶子，山东平度人。光绪年间曾任拔贡、候选直隶州州判。其诗兼综汉、唐、宋而自成一家，有《旷庐诗集》。

岳州旅次初见二毛寄梧生[1]

岳阳楼上独凭栏，昨夜新霜镜里看。
欲塞黄河终有土，要除白发更无丹。
䌷书满架春灯晚，较射连场腊雪干。
一笑故人双鬓改，他年握手在长安。

注：
[1]岳州：属湖南省，治巴陵县，民国废府，改县为岳阳。

辰龙关①

辰龙关在辰溪东，双厓鬐鬐双蟠龙。
白云到地无一尺，青山截天有万重。
罙入疑探猛虎窟，斗上直躐飞猱踪。(一)
溪蛮凿壁开户牖，行人俯踏炊烟浓。(二)

校：

该诗收入《蓼园诗钞》五卷刻本和五卷排印本及《蓼园诗续钞》（不分卷）排印本中，《蓼园诗续钞》二卷刻本未收。

（一）罙入：续钞排印本作"罙入"。

（二）"溪蛮凿壁开户牖，行人俯踏炊烟浓"句，续钞排印本为"一夫底用奋长戟，百年古戍无传烽"，并于句末自注曰"吴三桂死其部将据关抗王师历年余始克之"。

注：

①辰龙关：位于常德与怀化的交界地沅陵县官庄镇境内，古属界亭驿，是由京都通向滇、黔、川等地的必经之道。

旅夜书怀寄敬孺家兄

候馆宵严急柝催，山城风雨亦悲哉。
十年心事灯前碎，半夜滩声枕上来。
浩荡江湖漂短褐，峥嵘岁月抵深杯。
题书已报楼船将，早晚从君买棹回。

校：

此诗五卷刻本排在卷四《送杨福孙》之后，正文题为"旅夜书怀寄王子封"，目录题为"旅夜书怀"，正文字句也略有差异，录此备考。

旅夜书怀寄王子封

候馆宵严急柝催，杪秋风雨亦悲哉。
十年心事灯前碎，半夜滩声枕上来。
浩荡江湖漂短褐，峥嵘岁月抵深杯。
明朝又上功邾坂，可是王导叱驭回？

又，此诗在《姚江同声诗社三编》（见戟锋主编《同声舒怀报——姚江同声诗社总编》，浙江古籍出版社2012年版）中题为"书清溪书院抒怀"，题后注时间为"辛巳"，即1881年。文句亦有差异，录此备考：

琐院沉沉急柝催，荒城风雨亦凄哉。
十年心事灯前碎，半夜滩声枕上来。
浩荡江湖漂短褐，峥嵘岁月抵深杯。
明朝又上功邾坂，可有征人促驾回。

晚泊镇江寄张华臣[①]（一）

参旗掩没斗垂杓，独倚危樯眺沉寥。[二]
岸火微分京口树，江风直送海门潮。
鄂君憔悴回青翰，季子凄凉敝黑貂。
不用江湖愁落魄，临甍返税共渔樵。[三]

校：

（一）镇江：五卷刻本作"瓜步"。

（二）独倚：五卷刻本作"独夜"。眺沆寥：五卷刻本作"倚沆寥"。

（三）临黉返税共渔樵：五卷刻本作"临黉尚有故人招"。

注：

①张华臣即张敬舜，字华臣，安徽省霍邱县人，皖系军阀张敬尧（勋臣）之弟。

颐和园值日道中简管士一祭酒

簿领侵寻莫惮劳，经行处处傍林皋。
芰荷香里渔村远，杨柳阴边辇路高。
雨后云山尤历历，晚来车马尚滔滔。
从君共乞丹棱沜，不著蓑衣也自豪。

校：

五卷刻本此诗题目中无"祭酒"二字。

即　事

辇路委迟傍禁墉，瓜区麻陇绿重重。
夕阳乱树鸣蜩沸，野渡孤邨立马慵。
瓦砾荒园霾劫烬，弓刀袯服换军容。[一]
祇应检校齐民术，挂甲村中伴老农。

◇蓼园诗钞◇

校：

（一）祓服：五卷刻本作"宿卫"。

即墨诸生韩君以所居划入租界自缢以诗吊之(一)

老病儒生卧一廛，硁硁自矢独贞坚。(二)
汉家纵有中行说，齐国宁无鲁仲连！
肯为要盟争旧畔，如闻埋骨卜新阡①。
鲫生枉洒忧时泪，抗疏安能达九天②。

校：

（一）韩君：五卷刻本作"宫君"。
（二）硁硁自矢独贞坚：五卷刻本作"区区横陨亦堪怜"。

注：

①自注：遗命勿葬租界。
②自注：以租界事草疏请院代奏事寝。按：五卷刻本无此注。

颐和园值日晚步湖上作

陂塘暑气未全收，昼永还为炳烛游。
爓爓疏星县树杪，垂垂凉露亚禾头。
牛羊自返知邨路，蚱蜢群飞占岁秋。
负耒躬耕吾夙愿，直庐拥被数更筹。

· 185 ·

简莘甫[①]

廉州太守真廉吏，投劾还乡天下闻。
五十未衰今胜昔，寻常不去我惭君。
诗清独掩书帷月，墨老频淤砚渚云。
定有文章娱岁莫，奴星结柳最殷勤。

注：
①莘甫即李经野，字莘甫。见前注。

镇雄关[①]

百粤雄关此建瓴，乱山回合抱重扃。
雷轰翠峡江声怒，雨渍黄茅虎气腥。
垂老犹冲南纪瘴，勒移深愧北山灵。
使君辛苦劳相问[②]，又枉篮舆税远坰。

注：
①镇雄关：国内有多处。从诗的内容及自注所及"谢秀山"来看，应是黔东南自治州境内的镇雄关。在镇远城西10公里相见河东，崇山峻岭，石磴嶙峋，备极险阻，为滇黔古驿道要塞之一。
②自注：谢秀山太守。

自题来鹤楼

伏枕常忧肺病侵，北轩秋气正萧森。
山城鼓角寒逾壮，水阁帘栊晚更深。
抱瓮园中频入梦，堕车醉后总无心。^(一)
凭栏莫纵登高目，触杵乡愁恐不禁。

校：
（一）醉后：五卷刻本作"酒后"。

簿　领①

簿领抽身料有期，且从疏懒养衰迟。
卷帘暝色留书幌，览镜秋霜惹鬓丝。
了了鸡虫分得失，区区草木误差池。
稻粱忝窃宁吾分，输于阶前病鹤知。

注：
①簿领：官府记事的簿册或文书，亦称"簿领书"。

简吴梅孙

社瓮初开浊似胶，宾酬主劝若为豪。^(一)
已怜稚子通蛮语，尚畏春江泛鹢毛。^(二)

樗茧光阴春未老，芦笙村落月初高。
冗官自有栖迟兴，俯仰谁能似桔槔？

校：

（一）初开：五卷刻本作"新开"。

（二）春江：五卷刻本作"晴江"。

镇远城外作

山为睥睨江为濠，江流洞洑山周遭。
鼋鼍曝日沙洲出，蟛蛛偃水石梁高。
洞中觅路如旋蚁，岩边架屋犹粘蚝。^{（一）}
中元阁上一杯酒，柴翁去矣谁能豪？^{（二）}

校：

（一）犹粘蚝：五卷刻本作"疑粘蚝"。

（二）一杯酒：五卷刻本作"一尊酒"；柴翁去矣：五卷刻本作"此翁逝矣"，并于此后注曰"郑子尹先生"，五卷排印本无此注。

出城送客简谢秀山

祇园揪带绾乘骢，邂逅相邀返辔同。^{（一）}
瘴雨涔涔蛮树黑，春人粲粲氄衣红。
风花过眼清明后，岁月惊心卧病中。
北去京华犹万里，不须归梦诉悾偬。^{（二）}

校：

（一）衹：五卷刻本作"祇"。

（二）北去京华犹万里，不须归梦诉侘傺：五卷刻本作"一事输君规措早，沅江东下买蓬笼"。

酬泽之[①]居士

瘴雨泠泠逼腊残，沅江东会潕江宽。[(一)]
青冥直上缘危径，白勃相持放恶滩。
簿领抽身今日晚，江湖行路古来难。[(二)]
皋桥尚有梁鸿庑，老我无心赋考槃。[(三)]

校：

（一）瘴雨泠泠逼腊残：五卷刻本作"百丈凌兢雨雪寒"。

（二）簿领抽身今日晚，江湖行路古来难：五卷刻本作"近日朝廷征史稿，旧时溪洞拜儒冠"。

（三）皋桥尚有梁鸿庑，老我无心赋考槃：五卷刻本作"征衣莫任尘埃涴，赁屋栖迟可是难"。

注：

①泽之：姓名及生平无考。

寄王葵园[①]前辈

箧中疏稿墨犹新，耆旧中朝孰比伦？
开拓莺花营小坞，鞭笞鸾凤乞闲身。

江湖自有垂纶地，诗礼还多发冢人。
见说沅湘归雁早，秋风萧瑟猎青苹。

注：

①王葵园即王先谦（1842—1917），字益吾，因宅名葵园，学人称为葵园先生。湖南长沙人。素有史学家、经学家、训诂学家、实业家等称号，堪称"清末学界泰斗"。曾任国子监祭酒、江苏学政，湖南岳麓书院、城南书院院长。

再入史馆简恽薇孙[①]学士

撮笠犹瞻旧国容，官曹朴邀获相从。
波涛有笔惭良史，耒耜无田负老农。
欹枕晚风鸣败箨，卷帘新月挂疏松。
饱谙世事成滋味，苦忆梁鸿庑下春。

注：

①恽薇孙即恽毓鼎（1862—1917），字薇孙，一字澄斋，河北大兴人，祖籍江苏常州。光绪十五年（1889）考中进士，历任日讲起居注官，翰林院侍讲，国史馆协修、纂修、总纂、提调，文渊阁校理，咸安宫总裁，侍读学士，国史馆总纂，宪政研究所总办等职。存世有《澄斋日记》，所记起于1882年，迄于1917年，计120万字，是恽毓鼎几十年工作与生活的全面记录，保存了晚清许多重要史料。

◇蓼园诗钞◇

八月二十三日奏封事待漏直庐简胡素堂① 御史(一)

斗柄垂天夜四更，觚棱金爵望峥嵘。(二)
缘槐翳户出灯影，清露沾衣闻鹤声。
敢谓回天诚可挽，预知填海恨难平。
人中屈轶风裁峻，只觉衰迟愧友生。

校：

（一）奏封事：五卷刻本作"奏事"。直庐：五卷刻本作"直虑"。

（二）夜四更：五卷刻本作"析四更"。

注：

①胡素堂：生平履历待考。

寄王饴山

东风已缘汶阳塍，远道怀人感不胜。
雨带冷岚醒宿酒，河添春涨走余冰。(一)
天门日观行行返，布袜青鞋昔昔曾。(二)
最忆论兵萧瑟地，雪窗永夜共挑灯。

校：

（一）雨带：五卷刻本作"雨挟"。醒宿酒：五卷刻本作"侵宿酒"。

（二）行行返：五卷刻本作"行行近"。

咏蝉和梧生

灌莽园中暑气微，鸣蜩嘒嘒送斜晖。
未抛纨扇秋还热，欲傍金茎露已晞。
木落淮南同此感，仙如丁令不堪归。
可怜素鬓俱飘瞥，茂草长林愿恐违。

奉天① 城外即事

百雉城边返照多，提封犹是昔山河。
沙霾墓道扶翁仲，草没围场放骆驼。
郏鄏卜年迁宝鼎，密崇伐叛杖天戈。
园陵松柏应如旧，一片昏鸦接翅过。

注：
①奉天即沈阳。

定兴鹿文端① 公墓下作

逎屏城外相公阡，宰木参差易水边。^(一)
人到九京思士会，车过三步忆乔元。^(二)
虞渊落日悲身世，蒿里秋风拜墓田。

◇蓼园诗钞◇

谁识梁园旧宾客，尘埃滚滚送华颠。(三)

校：

徐一士《一士随笔》、陈衍《石遗室诗话》又题为"过定兴谒鹿文端公墓"，陈衍《石遗室诗话》评此诗曰："次联工整，末联凄黯。"

（一）宰木参差易水边：陈衍《石遗室诗话》作"哀挽都门忆往年"。

（二）忆乔元：五卷刻本及《石遗室诗话》均作"愧乔元"。

（三）梁园：《石遗室诗话》作"平津"。

注：

①鹿文端即鹿传霖（1836—1910），字润万，又字滋（芝）轩，号迂叟。直隶（今河北）定兴人。徐坊岳父。同治元年（1862）进士，选翰林院庶吉士，光绪二十一年（1895）任四川总督，二十四年（1898）戊戌政变后由荣禄推荐任广东巡抚，次年调任江苏巡抚，兼署两江总督。二十六年（1900），八国联军攻占北京，鹿传霖曾募兵三营赴山西随护慈禧、光绪帝到西安，被授两广总督，旋升军机大臣。二十七年（1901）回京后兼督办政务大臣。宣统嗣立，鹿传霖受遗诏，加太子少保，晋太子太保，历任体仁阁、东阁大学士，兼经筵讲官、德宗实录总纂。

咏　史

质家统系继兄终，一代蒸蒸孝治隆。
凫雁未翔银海上，熊罴犹护翠微中。
荒唐泗水宁沦鼎，寂寞桥山尚瘗弓。
复土将军如昨日，园林萧飒起秋风。

读三国志董卓传

戡乱谁为不世才？区区健者亦堪哀。
桓灵板荡将倾厦，催汜飞扬未死灰。
毕竟老奸输孟德，何曾小戆属文台？
天心悔祸知无日，九域分争兆已开。

春日郊行即事

步屟寻芳底事寻，野桃落尽柳成阴。(一)
条条片片春如此，雨雨风风感不禁。
老去陶潜惟述酒，忧来阮籍但鸣琴。(二)
争如系日长绳好，不放斜阳没远林。

校：
该诗初发表于《四存月刊》1922年第10期，题名"春日郊外作"，署名柯劭忞，正文文句与五卷刻本同。
（一）底事寻：五卷刻本作"底处寻"。
（二）但鸣琴：五卷刻本作"独鸣琴"。

团　城

团城云物迥高秋，拍岸潆波淼淼流。

◇蓼园诗钞◇

尚忆沙堤鸣委佩,遥看画揖荡扁舟。
弓刀祓服千牛卫,楱柘朱门五凤楼。
又向昭华潭上过,疲驴破帽此淹留。

校:

此诗与五卷刻本差异较大。径录五卷刻本如下:

团 城

团城物色换新晴,潋滟湖波晚更青。
却忆沙堤鸣委佩,遥看画楫荡前汀。
缭垣迤逦分池籞,短毂珑珑出禁扃。
又向昭华潭上过,不堪衰白照星星。

十 年

十年不见宋夫子,马鬣今埋一代文。(一)
卧病自称前进士,论交常揖大将军。
漆书已订淹中礼,麦饭谁浇海上坟。(二)
记得扁舟相送地,獭河东下水沄沄。(三)

校:

本诗五卷刻本题后有注:间宋晋之返葬潍县。五卷排印本无此注。

(一)马鬣今埋一代文:五卷刻本作"马鬣荳藏一代文"。

(二)漆书已订:五卷刻本作"漆书零落"。麦饭谁浇:五卷刻本作"麦饭凄凉"。

(三)记得扁舟相送地,獭河东下水沄沄:五卷刻本作"未觉平

· 195 ·

生风义浅,几曾问字到刘棻"。

秋日园居即事寄通伯①

插槿为篱密复疏,篱边秋潦已成渠。^(一)
荒园斜入牛羊路,老屋平分燕雀居。
学似耕耘终卤莽,文余枝叶未芟除。
先生旧是沧州伴,梦饮三爻倪诲予②。

校:
(一)已成渠:五卷刻本作"自成渠"。
注:
①通伯即马通伯,生平见前注。
②自注:君方治费易。

简外弟吴辟疆①

桐城老辈渊源地,通伯文章叔节诗②。
贱子论交惭薄劣,郎君下笔擅雄奇。
相如气骨人间少,延令家声海内知。
一事还应差底近,昌黎岁莫送穷时。

校:
此诗曾分别发表于《国闻周报》1927年第4卷第32期,署名"凤荪",及《辽东诗坛》1929年第45期,署名"柯凤荪"。此诗五卷刻本未收。

注：

①吴辟疆即吴闿生（1878—1949），原名启孙，字辟疆，号北江，原籍安徽桐城会宫乡老桥村人，吴汝纶之子。诸生出身，候补知县。24岁入日本早稻田大学。民国初，任总统府秘书，教育部代部长。袁世凯阴谋称帝，辟疆事先告退。此后，专从事教育。辟疆继承其父汝纶之学，加之幼时先后师事桐城派姚永概、通州范当世、武进强贺涛，俱为海内文学巨子，因此，其诗文造诣很高，著有《孟子大义》《尚书大全》《诗文会通》《左传文法读本》《孟子文法读本》《文史征微》《古文教范》《古今诗范》《今体诗选》《汉碑文范》《吴门弟子集》《北江文集》《北江诗集》等。

②通伯即马通伯，生平见前注。"通伯文章"指马通伯博览经史百家之书，深得桐城派义法之要旨，刘大杰所著《文学发展史》称通伯之文如"孤桐绝响"。叔节即姚永概（1866—1923），字叔节，号幸孙，系马通伯妻弟。永概出身于诗宦之家，以工诗著称，故称"叔节诗"，与"通伯文章"对举。姚叔节有《慎宜轩诗》传世。

遣　兴

冻云解驳雪渐微，街头泥滑行人稀。（一）
风檐琤玜冰柱折，午窗丽娄寒鸟窥。（二）
朋比熏炉温旧语，流连棋局斗新机。
何如宴坐南荣下，绕屋梅花昼掩扉。（三）

校：

（一）冻云：五卷刻本作"宿云"。

（二）寒鸟窥：五卷刻本作"冻鸟飞"。

（三）何如：五卷刻本作"争如"。

寄庞劬庵①中丞

百六初交已挂冠，闲居岁月足盘桓。(一)
青山独往抽身易，沧海横流避世难。
畦水初平秧马健，箧书频晒蠹鱼干。(二)
从君林下犹无分，况作辽东管幼安。

校：

（一）闲居岁月足盘桓：五卷刻本作"昔趋幕府获骖鸾"。

（二）初平：五卷刻本作"平时"。频晒：五卷刻本作"曝处"。

注：

①庞劬庵即庞鸿书（1848—1915），字劬庵，又字渠庵，号鄅亭，江苏常熟人。光绪六年（1880）中进士，入翰林院，授庶吉士，历任天津道按察使，升湖南按察使，晋布政使，授巡抚等职。

送于梓生东归①

社酒酸齑共晚醒，樽前话别若为情。
悲凉世事兼身事，淅沥风声又雨声。
白首天涯新岁献，黄腄海上旧芜平。
东菑台笠宁无分，不羡同骑款段行。

校：

此诗五卷排印本未收，补自五卷刻本。赵万里将此诗眉注于《上元日作》之上。

注：

① 于梓生即于宗潼（1860—1934），字梓生，号西园。福山县（今烟台市福山区）汀河村人。官至四川劝业道。1912年回故里后，组织乡民疏通河道；开办药房、学堂；参与编修《山东通志》，总纂《福山县志》，著有《浣薇书屋遗稿》等。

上元日作

祴服春人笑语哗，市楼灯好看谁家？
四邻壁垒兵犹念，九陌尘埃梦自华。
社酒酸醨酬节物，书窗冻砚送生涯。
儿童尚忆黔中事，满放阶前火树花。

校：

此诗只见于五卷排印本，五卷刻本未收。排印本所附勘误中涉及此诗一条："祴服春人笑语哗"句自定本作"连袂春人笑语哗"。按：五卷排印本勘误中所谓"自定本"即《蓼园诗钞》五卷刻本的底本。但现存五卷刻本中未见。王国维在其所藏五卷排印本中，将"祴服"易为"连袂"，并将"儿童尚忆黔中事，满放阶前火树花"一句改为"身闲久已忘贞脆，不管霜毛镜里加"。

还潍县检孙佩南遗书得其未寄函题以诗

箧里遗书见故人，文章驳难苦龂龂。
伤心嗣祖宁非福，抵死黔娄未是贫。

寂历松楸高冢晚，凄凉薇蕨故园春。^(一)
可怜草草还乡梦，酌醴燔鱼问比邻。

校：

（一）松楸：五卷刻本作"松椒"。凄凉：五卷刻本作"荒凉"。

徐小山①中丞画像②

忆惜床前拜老成，知君许国一身轻。
何期公子朱颜改，已送虞渊白日倾。
图画犹能瞻气象，衣冠无复睹承平。^(一)
可怜江夏无双誉，老作经师侍迩英。

校：

（一）瞻气象：五卷刻本作"传僴伟"。无复：五卷刻本作"不复"。

注：

①徐小山即徐晓山。徐延旭，字晓山，徐坊（梧生）之父，官至广西布政使。

②自注：傍有侍立童子即梧生宫保也。

◇蓼园诗钞◇

卷五　绝句

唐明宗祠①

十载中原俭德临，朱邪终觉负恩深。
一盂麦饭无人奠，社酒鸡豚父老心。

注：
①自注：在程符山西南。

章丘道中（二首）

一

章丘城西风日闲，小车碾路何班班？
夕照人家绣江水，春祠箫鼓女郎山。

二

戎戎雨气鹅毛白，潋潋湖波韭叶青。
又过清明第三日，题诗尚在墨王亭。

新城书院即事

柿叶初丹槲叶黄，乱松高下绿千章。^(一)
笼烟冪雨寻常好，不及深秋一夜霜。

校：
（一）槲叶：五卷刻本作"櫷叶"。

敬孺长兄长江霁雪图（二首）

一

寒云叫鹤天萧瑟，断苇渔罾岸沉寥。
独倚舵楼望京口，夕阳微没蒜山椒①。

二

一生恐老江湖役，尺幅休论笔墨工。
谁念西园②旧昆弟，夜阑炳烛雪声中。

注：
①自注：时予客镇江。按：五卷刻本自注为"时予留镇江"。
②西园：指柯氏舅父李吉侯家。柯劭忞与其兄劭憼少居潍县，日随其舅吉侯习经艺。孙葆田曾在《李吉侯墓志铭》中记吉侯"所居在潍县西南十里，有屋数楹，别构一室曰西园，吉侯日与其甥柯劭憼

柯劭忞稽经讲艺于此，质疑辨难以为乐"。

叉鱼子[①] 简徐伯缙

同是东西南北人，天涯踪迹又相亲。
一生出入知何地，今日方过鱼泣津。

注：
①叉鱼子：岷江犍为县段一处著名险滩，在四川乐山市境内。

记梦（二首）

一

梧桐小院三更雨，络纬空房四壁灯。
枕敛衾推君不见，山长水远梦犹能。

二

箱帘寂寞青娥怨，縢屦凄凉素鬓愁。
涪万东浮犹万里，鸳鸯矶畔一孤舟。

校：
此二诗五卷刻本题为"即事"。

纤夫词(三首)

一

滩心乱石如乱麻,滩边削壁如削瓜。
攀跻尺寸不得上,日出搬滩到日斜。

二

巴中之峡连巴东,青山截天有万重。
猿猱趫捷吾羡汝,攀林挂石何雍容。

三

尺路蟠天一藕丝,直从涪万达荆施。
处处呕哑牵百丈,略似巴人唱竹枝。(一)

校：
(一) 略似：五卷刻本作"恰似"。

泸州(二首)

一

浩荡真成万里游,戎州①东下是泸州。
青山两岸中江口,碧瓦三层南定楼。

二

往事凋讹亦可哀,江干带藻复衣苔。
泸州最是新霜早,零落桴花孝子台。

注:
①戎州:今四川宜宾。

题袁锡臣[①]行草册子(二首)

一

敬事堂前西阁子,黄梅花下看临池。
兰亭笔法何人得?恐是当年智永师。

二

草书苦学董香光,仿佛蛾眉镜里妆。(一)
绝代娉婷风韵老,更教诗格近渔洋。

校:
(一)草书苦学:五卷刻本作"学书早学"。

注:
①袁锡臣即袁思韠(1838—1888),字锡成、锡臣,号稚岩,瘫道人,青樗散人。双印斋主人,清朝贵州修文人。著名书法家。清同治八年(1869)举人。例捐内阁中书、保同知加盐运使衔,分发广西,先后入丁宝桢、鹿传霖、张之洞幕。能文工诗,擅长书画。

过湘阴县黄陵庙①

黄陵庙外雨潺潺,帝子魂归想佩环。
一棹但随湘水转,望中何处九疑山?

校:
此诗五卷刻本题为"湘阴县黄陵庙"。
注:
①黄陵庙:在湖南湘阴县黄陵山上,具体位于湘阴县三塘乡渔场堤外的湘江东岸,相传山上有舜的二妃娥皇、女英庙,故称黄陵庙。

岳州城外作(二首)

一

泛泛暗浪生柔橹,淼淼平湖上远灯。
何处双鱼问消息,天涯踪迹又巴陵。(一)

二

宣武城南古刹荒,梧桐月落吊寒螀。
无端又作巴陵客,斗觉今宵客梦长。

校:
(一)"天涯踪迹又巴陵"句后,五卷刻本有注:癸酉余在巴陵

◇蓼园诗钞◇

寄内子诗"莫遣双鱼断消息,洞庭北岸是巴陵"。

三绝句⁽一⁾

一

　　飞龙关①倚邛山下,蛮烟瘴雨埋黎雅。⁽二⁾
　　河中黑水不生鱼,坂上黄泥能没马。

二

　　晒经台前一片石,蜗牛涎络朱蝥丝。⁽三⁾
　　三十六旬终日雨,当年那有晒经时。⁽四⁾

三

　　巂州②四姓猓猡蛮,落日朱旍暗九关。⁽五⁾
　　谁似当年周达武③,横行独入大凉山。

校:

（一）三绝句:《姚江同声诗社三编》题为"越巂歌"。

（二）飞龙:《姚江同声诗社三编》作"邛崃"。

（三）晒经台前一片石,蜗牛涎络朱蝥丝:《姚江同声诗社三编》为"晒经台上石盘盘,苍苔没踝榛林宽"。

（四）当年那有晒经时:《姚江同声诗社三编》为"支那四部底时干",并于句末自注曰:"支那四部见南藏本《群经音义》。"

（五）朱旍:《姚江同声诗社三编》作"朱旗"。

· 207 ·

注：

①飞龙关：坐落在四川省雅安市雨城区的观化乡境内，是一座通往西藏、云南的交通要隘。

②巂（xī）州，古地名，南朝梁大同三年（537）武陵王萧纪置。北周天和五年（570）改为西宁州，旋又改严州，隋开皇六年（586）复为西宁州，十八年（598）又改为巂州。治越巂县（今四川西昌市）。辖境相当今四川省冕宁、越西、美姑以南，金沙江以西以北，盐源、盐井以东地区。大业初改为越巂郡，唐武德元年（618）复为巂州。旋置都督府，都督16羁縻州。至德二载（757）陷于吐蕃。贞元十三年（797）收复。太和五年（831）州治为南诏所据，六年（832）移治台登县（今四川冕宁县南）。咸通后全境入南诏，改置建昌府。

③周达武（1813—1895），字梦熊，号渭臣，湘军名将，湖南宁乡大屯营人。曾官蜀提督。同治七年（1868），受命统师征剿四川凉山，自冬至春，节节扫荡，俘斩数千。后于越西晒金关（今四川汉源）立碑纪其功。周氏工诗，善书法，有《益州书画录续编》。

涞水县① 石龟山②

辽家梵宇尚岩阿，嶙峋香台挂薜萝。
一事偏余千古恨，石幢年号纪宣和。

注：

①涞水县：位于河北省中部偏西，太行山东麓北端，东界涿州，高碑店，南与定兴，易县为邻，西与涞源、涿鹿、蔚县交界，北与北京市门头沟区、房山区相接。

②石龟山：位于涞水县西北部，旧有涞水八景之一"石龟洞天"。

◇蓼园诗钞◇

简郭子嘉[①]丈(二首)

一

嘉陵江路三百里，巫峡云山十二峰。
老去听渏亭上卧，一编金石且从容。

二

渏水西经渏薄涧，水经旧注记郦元。
渏源拟问听渏子，何似城东木茁村。

注：

①郭子嘉即郭麐（麟）(1823—1893)，字子嘉，自号望三散人，山东潍县人，幼承家学，酷爱金石文字，栖居乡间，悉心考古，精研六书。数十年搜罗金石不辍，鉴赏能力为陈介祺所推服。道光二十七年（1847），郭麐于城西杨家庄置薄田十余亩筑舍居住，名为"杨峡别墅"。与陈介祺共同整理《潍县金石志》共八卷，并另有《金石文录》一卷，当时未能刊行。在编纂"民国潍县志"时，将其纳入，成为《金石志》四卷。

和郭湘帆(二首)

一

灞陵射猎故将军，跃马弯弓百战身。(一)
不使樊郦遇高帝，封侯李蔡下中人。

二

早年曾拜陆平原，海内文章许共论。^(二)
十载蹉跎归计晚，青莎杂树满西园。^(三)

校：

（一）灞陵射猎故将军：五卷刻本作"少年占募数从军"。

（二）早年曾拜陆平原，海内文章许共论：五卷刻本作"梁园词赋盛邹枚，授简相如独后来"。

（三）青莎杂树满西园：五卷刻本作"又寻秋草上繁台"。

湖上晚兴（二首）

一

阏伯祠前钟满林，升仙台上天垂阴。
秋风欲傍白苹起，暝色偏从红蓼湛。^(一)

二

长镵雨雪冻皴客，短揖菰蒲豪横游。
曾向湖边问鱼钓，路人应识小丹邱。

校：

（一）红蓼湛：五卷刻本作"红蓼深"。

◇蓼园诗钞◇

成都杂忆(十首)①

一②

一枕春寒听子规,成都二月海棠时。
渭南老子堂堂去,只有王郎七字诗③。

二

王李诗名旧坫坛,齐梁格律等闲看。(一)
圆明争拟元才子,那及愁连绣被宽。④

三

甘泉乡人门下士,校勘丹黄胜著书。(二)
闻道君家献征录,而今流落饱蟫鱼。⑤

四

我忆南皮张侍郎,十年种树已成行。
巴蕉展雨纵横绿,橘柚含风渐沥黄。

五

子苾风流接燕庭，刁家钱肆事零星。
五铢合背从来少，独惜匆匆过瓮亭。^(三)

六

七十诗人顾复初，诗怀酒量总渠渠。
最忆相逢昭觉寺，樽前乞作八分书。^(四)

七

唐人写经天下少，新从佛寺得开皇。
六丁下取有残剩，流落人间称墨王。

八

载酒东湖问故园，梅花香里劝清尊。^(五)
文章一代周林汲，虎豹斑斑有子孙。⑥

九

来攀蜀道青天路，去骋梁园白雪词。
谁似馀姚杨伯子，能于抒写见雄奇。⑦

◇蓼园诗钞◇

十

新繁寺里雪堂师，万树梅花万首诗。
记得当年人日作，龛灯挑尽夜眠迟。

校：

（一）格律：五卷刻本作"风格"。

（二）甘泉：王国维作"甘泉"。

（三）五铢合背从来少：五卷刻本作"五铢合幣留传少"。

（四）乞作：五卷刻本作"为作"。

（五）问故园：五卷刻本作"雨雪繁"。

注：

①王揖唐著《今传是楼诗话》中，有"成都杂忆诗"条，对此诗背景析之颇详，录此备考：柯凤孙《成都杂忆诗》之一云："一枕春寒听子规，成都二月海棠时。渭南老子堂堂去，只有王郎七字诗。"为福山王文敏作也。文敏《子规诗》云："庭前老树因风响，窗外青山带雨横。一枕新凉天欲晓，北人初识子规声。"其时文敏以省亲入蜀，凤孙亦橐笔依人，清尊雅集，酬唱遂多。《杂忆诗》又一绝云："新繁寺里雪堂师，万树梅花万首诗。记得当年人日作，龛灯挑尽夜眠迟。"亦纪当日游事者。按文敏有《新繁龙臧寺雪堂和尚含澈，招同柯凤孙（劭忞）、邓文甫（质）两孝廉，家十五兄，游东湖观梅》诗云："蜀国东湖竟眼前，我来正是早春天。诗僧合作林间主，佳客能参句里禅。野饭味兼蔬笋下，新晴暖到裯袍边。寒山拾得终成佛，管领梅花十万年。"雪堂，蜀之诗僧，卓锡龙臧寺最久，擅长三绝，交遍胜流。文敏去蜀，惓惓雪堂，有《寄怀》二诗，其一云："忽忽一别两经年，坐对高秋意惘然。稚子碑前牵客日，鹿头关上寄书天。近从病里常生悟，自悔闲来不解禅。今古诗风真在蜀，雪堂旧字属坡仙。"其二云："八十余年老雪堂，五千里外古江乡。诗

·213·

情已逐亲朋散，春梦还连日月长。萧寺夜游成故事，东湖天暖正韶光。无端相忆便相寄，泥上飞鸿已渺茫。"

②此诗为柯劭忞和王懿荣之作。福山王懿荣生前曾以省亲入蜀，有《子规诗》："庭前老树因风响，窗外青山带雨横。一枕新凉天欲晓，北人初识子规声。"

③自注：王廉生诗：一枕春寒天欲曙，几人爱听子规声。五卷刻本自注中，"几人"作"北人"。

④自注：王壬秋。

⑤自注：钱浞江。

⑥自注：周少农。

⑦自注：杨馥孙。

馥孙①作雪里梅花扇面成都无雪戏作一诗

　　暖意初回腊向残，垂垂一树亚江干。
　　登楼望见西山雪，始信梅花破早寒。

校：

此诗五卷刻本排卷五，在《泸州》和《题袁锡臣行草册子》两诗之间。赵万里于此诗后注曰："此首刻本删，泸州二绝下。"并将下面《即事》一诗眉注于此诗之上。

注：

①馥孙即杨积芳，字馥孙，见《舟中望佛图关简杨福孙》一诗注。

◇蓼园诗钞◇

即 事

晚凉韭叶空床簟，斜日梧桐别院砧。
凭藉浊醪永今夕，镜中衰鬓莫侵寻。

校：
此诗五卷排印本未收，据五卷刻本补。

张韵舫①眠琴室填词图

莞榻筠疏清昼阴，自填箫谱自鸣琴。
无弦笑杀仇仁近②，那有成连海上心。

注：
①张韵舫即张僖，字韵舫，山东潍县人，光绪十二年（1886）进士，光绪二十二年（1896）任兴化府知府，著有《琴眠阁词》。
②自注：仇词名《无弦琴谱》。按：五卷刻本无此注。

寄梧生

恒阴不雨气沈顽，自策疲驴出近关。
语鹊今朝频送喜，青天白日看郎山。

赵伯康[①]画雨后秋海棠极零落之态作诗题之（二首）

一

十年不到王恭厂，最忆寒花傍砌垂。
小院回廊应似旧，却从画里见葳蕤。

二

夜雨寒灯一穗昏，虫声凄切与招魂。
无人更吊胭脂井，剩有红绡拭泪痕。

校：
（一）赵伯康：五卷刻本为"赵伯庸"。
注：
①赵伯康：河南卫辉人，晚清画家，其余未详，待考。

三绝句

一

暝色郊原归鸟疾，火云辽巢掩落日。
巾车不用趁新凉，挂甲邨边泥没膝。

二

树杪灯悬塔,天边斗挂城。云霞川涨晚,风露野香生。

三

葭菼晚苍茫,无风自觉凉。行人冲蚱蜢,草露满衣裳。(一)

校:

(一) 晚苍茫:五卷刻本作"晚苍苍"。

郭心正① 丈墓(一)

听渏亭上昔论文,触忤风怀趁酒醺。(二)
无数寒鸦宿衰柳,城西重过故人坟②。

校:

(一) 此诗五卷刻本题作"郭心正墓下作"。
(二) 趁酒醺:五卷刻本作"酒半醺"。

注:

①郭心正即郭麟,字子嘉,又字心正。见前注。
②自注:君诗"几树碧桃零落尽,空余衰柳宿寒鸦",为时所称。

莫送滩[①]词(二首)

一

莫送滩前鼓角悲,石人岭上路逶迤。
劝君莫送东西客,到处相逢怕别离。

二

雪涌雷奔莫送滩,江湖行路古来难。
分明二十年前事,只作滩头送客看。

注:
①莫送滩:位于湘西苗族自治州内酉水河上,是当地人所称北河河段诸险滩之一。

宝沈庵[①]上元夜宴图(二首)

一

酒为春寒潋滟斟,昔年宾客昔园林。
马行灯火寻常事,触忤东坡感旧心。

二

清欢一夕掷东流,老懒谁能遣百忧。^(一)
记得前年披画读,风灯过眼雪盈头。

校：

此诗曾发表于《国闻周报》1927年第4卷第32期,署名"凤荪"。本诗五卷刻本题后有注：图作于庚戌,癸丑属予补题。

(一) 老懒：五卷刻本作"老病"。

注：

①宝沈庵即宝熙(1871—1930),字瑞臣,号沈庵。见前注。

村居即事

十月田家已涤场,一群饥雀噪枯桑。^(一)
晓来海气沈沈紫,半是鱼龙半是霜。

校：

(一) 噪枯桑：五卷刻本作"啤枯桑"。

赵伯䌹① 画扇面^(一)

采采蒹葭夜有霜,平湖烟水迥苍茫。
画图仿佛陈家渡,一叶风帆过沔阳。

校：

（一）赵伯䌹：五卷刻本作"赵伯庸"。

注：

①赵伯䌹，生平未详。

徐总统①画江湖垂钓册子

箬笠蓑衣一钓竿，白苹洲②渚写荒寒。
不知渔父住何处？七十二沽③烟水宽。

注：

①徐总统即徐世昌。
②白苹洲：古代水路送别之地的泛称。
③七十二沽：水名，在天津有二十一沽，如丁字沽、东沽、西沽、三汊沽、塘沽、大沽等，其余在宝坻、宁河两地。

种胶州白菜

翠叶中苞白玉肪，严冬冰雪亦甘香。
园官不用夸安肃，风味依稀似故乡。

读北周书(二首)

王　罴①

将军鼾卧洛阳城，白梃能驱十万兵。(一)
一任焦梨来龁索，老罴空与貉相争。

韦孝宽②

玉壁威名天下闻，晚年又策相州勋。
关西男子笼东甚，也佐杨家盗宇文。

校：

此二诗原无标题，只在诗末分别注出所咏人名。本次整理将所注人名移作标题。

（一）洛阳城：五卷刻本作"华州城"。能驱：五卷刻本作"终驱"。

注：

①王罴（？—541），字熊罴，京兆霸城（今陕西临潼）人，南北朝时期北魏、西魏名将，死后追赠太尉，谥号忠。

②韦孝宽（509—580），名叔裕，字孝宽，京兆杜陵（陕西西安南）人，南北朝时期西魏、北周杰出的军事家、战略家。官拜大司空，封上柱国。死后赠太傅，谥号襄。

咏史（二首）

一

挽戈遽挽日西倾，社稷安危仗老成。
不信书生能误国，功名造次误书生。

二

车声过阙日辚辚，竟说旄头彗紫宸。
沾洒纵无嵇绍血，虎门端委又何人？

即　事

凤凰楼畔草如茵，帕首偏多系马人。
愁绝当年庾开府，江南风景又新春。

赠文星阶①阁学

鸡人䂿旦启彤闱，雪满貂裘傫直归。
一自鼎湖弓剑远，侍臣典尽旧朝衣。

注：

①文星阶即文鼎（1766—1853），字学匡，号后山，秀水（今浙江嘉兴）人，清代书画篆刻家。咸丰初征举孝廉方正，力辞不就，终生布衣。

沈咏孙[①] 画

　　江村迤逦带平芜，暝色楼台暗欲无。
　　怪底连翩沙雁起，一星渔火出蒹蒲。

注：
①沈咏孙：湖南岳麓人，画家，其余未详。

刘文清[①] 公槎河山庄即事诗卷子

　　芋粟园官岁入多，依山傍海筑槎河。
　　楼台鼎鼐休相拟，老作诗人占菜薖。

注：

①刘文清即刘墉（1719—1804），号石庵，另有青原、香岩、东武、穆庵、溟华、日观峰道人等字号，清代书画家，山东省高密县逄戈庄人（原属诸城），祖籍江苏徐州丰县。乾隆十六年（1751）中二甲第二名进士，官至内阁大学士，为官清廉。工书，尤擅长小楷。死后谥文清。槎河山庄故址在今山东省五莲县杨家峪村一带，是刘墉家族的别业所在。

题陈梅村①书札后

世运推迁剧转轮,箧中书尺墨犹新。
知君不是王夷甫,也识东门倚啸人。

注:
①陈梅村:湖南衡东县石湾镇人,其余不详。

题松小梦①残荷野鸭扇面

晚晴红芰斗娇娆,画里应添白鹭翘。
无限斜阳穿破绿,凫翁也自著风标。

校:
五卷刻本题为"松小梦残荷野鸭扇面"。

注:
①松小梦即松年(1837—1906),字小梦,号颐园,晚清书画家,姓鄂觉特氏,蒙古镶蓝旗人。自光绪二年(1876)始在山东昌邑、汶上、博山、单县、长清等地任知县或代理知县。著有《颐园论画》《清画家诗史》《八旗画录》《榆园画志》等。

◇蓼园诗钞◇

挽奉新张忠武[①]公（二首）

一

白首论兵气益振，功名何必画麒麟。
可怜扩廓奇男子，百战终全牖下身。

二

连云甲第化烟埃，想见将军血战回。
呜咽菖蒲河里水，十年流尽劫余灰。

注：

①张忠武即张勋（1854—1923），原名张和，字少轩、绍轩，号松寿老人，谥号忠武，江西省奉新县人，清末任云南、甘肃、江南提督。清朝覆亡后，为表示效忠清室，张勋禁止所部剪辫子，被称为"辫帅"。1913年镇压讨袁军。后任长江巡阅使、安徽督军。1917年以调停"府院之争"为名，率兵进入北京，于7月1日与康有为拥溥仪复辟，但12日为皖系军阀段祺瑞的"讨逆军"所击败，逃入荷兰驻华公使馆。后病死于天津。

书沈子敦[①]侍郎书札后

一发谁将九鼎扶，议刑议礼总区区。
诸生枉自争盐铁，时论终归桑大夫。

注：

①沈子敦即沈家本（1840—1913），字子惇，又作子敦，别号寄簃，室名枕碧楼，吴兴（今浙江湖州）人。光绪九年（1883）进士，历任天津、保定知府，刑部右侍郎、修订法律大臣、大理院正卿、法部右侍郎、资政院副总裁等。

丁亥秋重过金泉精舍①留信宿而去追怀曩昔口占二绝句记之

一

独掩书帷剔短檠，竹窗萧槭送秋声。
可怜往事俱零落，老我金泉闲户生。

二

书卷成堆懒不收，天边新月上斜楼②。
谁知树影泉声里，别有当年一段秋。[一]

校：

此二诗五卷排印本未收，据五卷刻本补。赵万里于五卷排印本最后一诗《书沈子敦侍郎书札后》紧跟王国维跋语，用朱笔小楷将五卷刻本所收此二诗录下。并最后注明："乙丑冬十月以新刻本比勘一过。万里。"

（一）"谁知树影泉声里"句，原诗"影"后衍一"泉"字。

注：

①金泉精舍：尚志书院，柯劭忞曾于此读书。原为宋代女词人李

清照故居，亦为明进士谷继宗别墅。清同治八年（1869），巡抚丁宝桢以金线泉、柳絮泉等几处泉水为中心，建立了尚志书院，聘请耆宿讲学，以培育士子。书院大门悬匾，题"金泉精舍"，故亦称金泉书院。辛亥革命后停办书院，改建学校，此处先后曾设立师范传习所、实业专门学校、医学专科学校。新中国成立后扩建趵突泉公园，将原址规入公园，仍将一厅堂名尚志堂，作为纪念。

②自注：予昔肄业所居。

蓼园诗续钞

◇蓼园诗续钞◇

蓼园诗续钞题词

徐世昌

谱出云韶天半听,鞭龙走虎下苍冥。
纵横河岳英灵气,驱使离骚草木经。
仙吏功名留玉案,诗人才调画旗亭。
回头多少东华梦,夜夜长看南极星。

校:

本题词系整理者据徐世昌《海西草堂集》中《凤孙同年新录蓼园诗钞成属为题辞》一诗所加,原《蓼园诗续钞》二卷刻本和不分卷排印本均无。

卷一 古体诗

一 五言古体诗

舟中望忠山^(一)

昔闻泸峰秀,今棹泸江浒。一径出篷蒿,千山藏雾雨。寺门不知处,但闻铃铎语。

校:

(一)忠山:续钞排印本作"出山",当为排印之误。

忠 山

献岁汩南征,新阳始晏温。言从马湖口,遂骋泸江原。
寅缘攀石磴,峁嵝排松门。佛城矗金界,斗上倚棂轩。
江关信重复,川陆尽开寨。青郊郁葱葱,浥露晃朝暾。
连山氛雾合,幂历无堐垠。槃槃形势地,双江汇东奔。
船樯密如栉,阛阓为篱藩。旅游嫌侘傺,信美非思存。
泳鳞忘浩荡,倦翮谢飞翻。曷以遣羁怀,法鼓中林喧。

◇蓼园诗续钞◇

过大于河[①] 追忆与刘子秀宋晋之游此作诗

朝霜映白日，原隰何皑皑。朔风卷地起，弥望但黄霾。
言从西山麓，迤逦清漪涯。茅茨三两家，暖客酤村醅。
留我缓缓行，为我拂尘埃。宁知车马客，夙昔争渔隈。
我有素心人，邂逅笙镛谐。欢言载春酒，并岸移樽罍。(一)
嘉肴荐莼鲈[②]，举网获鲞鳃。飞鸟不遗音，转蓬无根荄。(二)
贱子西南征，万里今归来。勿为桑下恋，刎恒使心哀。(三)

校：

（一）载春酒：续钞排印本作"展游眺"。

（二）举网：续钞排印本作"垂纶"；飞鸟不遗音，转蓬无根荄：续钞排印本作"孰谓班荆别，出处久分乖"。

（三）万里：续钞排印本作"岁暮"。

注：

①大于河：位于山东潍坊境内的一条季节性河流。

②自注：渏水产鲈鱼。

赠景缦史

在昔明祚圮，真人出辽东。建州为丰沛，万里风云从。
君家先将军，毅毅丈夫雄。闻风自远至，仗剑逾卢龙。
有司严逮捕，仓卒伏深丛。道旁有翁仲，欹侧蹯榛茂。
约誓为兄弟，患难永相同。区区飞走地，竞脱虞罗中。

来奔行在所，攀附获从容。明人方旅拒，荡决为前锋。
夜出鸦鹘关，月黑天蒙蒙。军行陷泥淖，失路迷前踪。
俄有向导人，蹩躠一跛翁。始知畴昔分，意气能感通。
章皇践大宝，螭均侍九重。上殿刃阉奴，刎血溅苍穹。
御题褒执法，盛烈垂无穷。君为七叶孙，犀角犹丰隆。
白衣应乡举，章句事雕虫。下笔能千言，岂如十石弓？
君家阀阅在，缅邈怀英风。定知城西阡，剑气薶长虹。

善果寺①

崆峒访道后，鹿苑昔临轩。澹忘鱼鸟静，茂对蓂英繁。
法筵今寂寞，玉座上苔痕。

注：

①善果寺：坐落在广安门内广义街东侧，是一座历史悠久，建筑规模宏伟的北京外八刹之一。始建于五代时期的后梁乾化元年（811）。

送伯缙

鸡鸣窗已白，翳翳青灯暗。开门送客行，广庭雪没骭。
相像共维舟，斧冰夜中饭。(一)

校：

（一）相像：续钞排印本作"想像"。

◇蓼园诗续钞◇

晚　眺^(一)

野色换新晴,潒泱冰雪释。千林雾凇花,夕阳霏淅沥。^(二)
村闲鸡犬静,地迥风烟集。不见牧人归,寒鸦牛背立。^(三)

校:
(一) 此诗续钞二卷刻本有诗无目,目录依续钞二卷刻本正文。
(二) 雾:续钞排印本作"霿"。
(三) 地迥:续钞排印本作"地迴"。

长春道上作(二首)

一

塞路夕漫漫,天寒催饮马。篷兼野火飞,雁背江风下。

二

榆柳边城晚,风沙塞日曛。江千垂钓者,能说故将军。^(一)

校:
续钞排印本于诗末加自注曰:"近得陈庆云消息。"
(一) 江千:续钞排印本作"江干"。

九日偕荔岩^① 丈登麓台^②

杪秋风日佳，步屧兼清旭。青林始摇落，已觉野容肃。
台迥傍岩阿，弥望但平陆。渺渺认园廛，依依辨樵牧。
杖策拨丰榛，扱衽搴芳菊。荣枿间枯條，霜崖无全绿。
缅怀前日事，壶觞俨在目。旧迹荡烟埃，重来犹踯躅。
丈人物外兴，撄宁无感触。更欲展嘉招，台上披书读。

注：

①荔岩即郭荔岩，见前注。

②麓台：位于潍坊浮烟山东北麓，相传为汉公孙弘墓，台高约7米，占地400多平方米。日暮时烟云缭绕，似身临瑶台仙境。台南有元代状元张起岩《麓台秋月》诗碑。"麓台秋月"在元代就是潍州八景之一。明代尚书潍坊人刘应节在此建书院，麓台一带遂成为明清潍坊地区文化教育中心。

廉惠卿^①小万柳堂图用伯希祭酒原韵

岛夷猾东夏，海上无人战。余家古根牟，遂恐桑田变。
可怜嚄唶将，邂逅惊麏窜。还乡途益梗，目断南飞雁。
君来相慰藉，语默宁分判。手携新画图，荒陂带林灌。
君非泉石士，岂为猿鹤怨。答云先文正，爰立九州奠。
庭趋折降将，门谒登儒彦。有菀万株柳，胜地张文谦。
彬彬卢与赵，过从日无间。至今畏吾村，种人留赤县。

◇蓼园诗续钞◇

功名载惇史，弟兄俱列传。昨出右安门，冲泥腰脚健。
苍苍葭菼合，渺渺凫鹥乱。欲寻留客地，只有藏经院。
归来兴遐想，仿佛图中见。吾观子廉子，卓为南士冠。
图成记亦成，高怀写篇翰。典型俨在兹，望古增今恋。
君家异姓王，讲学绌离畔。夔魖匿影走，烨烨轰震电。
自从同治初，未雪先集霰。变夏而用夷，阴阳错昏旦。
逡巡邪慝作，浸淫南北偏。昌言蔑周孔，诋宋兼排汉。
六蓺悉陈言，弃若沟中断。余欲呼将伯，矧子为亲串。
童骏易诖误，奔走逾传箭。救燔虽烂额，陷淖将没骭。
伊川见被发，辛有为三叹。余实谫劣人，咻一宁及万。
颇思返敝庐，海国方多难。未雪侵陵耻，须划诐淫患。
君家遗训在，不愧先登岸。下士何足论，钧弋赏所愿。
大人亦荧惑，曷不直言谏？中宵不成寐，扼腕忘愚贱。
乌乎孔子戒，金人所不便。君芘嘉树荫，儒林资卫捍。
庶几障横流，薄海归清宴。司成余故人，宗室推桢干。
骍子送诗来，狞飙搅雪片。剪镫呵冻笔，罪言余所擅。

原　作
盛　昱

北人入中土，始自黄炎战。营卫无常处，行国俗未变。
淳维王故居，不同不窟窜。长城绝来往，哑哑南北雁。
耕牧风俗异，壤土咫尺判。唐家一代贤，代北殷士祼。(一)
辽金干戈逗，岛索主奴怨。真人铁木真，一怒九州奠。
畏吾廉孟子，秀出中州彦。烟波万柳堂，裙屐新荷谰。
诗书泽孔长，胡越形无间。色目盛贤才，耦俱散州县。

汴中石田集，淮右廷心传。终怜右榜人，不敌怯薛健。
台省无仁贤，天下遂畔乱。沙顿亦名家，凄凉归旧院。
文正孔子戒，哲人有先见。至今食旧德，士族江南冠。
孝廉尤绝特，翩翩富文翰。薄宦走京师，故国乔木恋。
堂陉柳尚存，憔悴草桥畔。当年歌骤雨，今日车飞电。
绘图属我题，铺卷泪凝霰。我朝起东维，出震日方旦。
同此神州民，昏姻柯叶遍。小哉洪文襄，强分满蒙汉。
阛阓生齿繁，农猎本业断。计臣折扣馀，一兵钱一串。
饮泣持归家，当差赎弓箭。乞食不宿饱，敝衣宁蔽骭。
壮夫犹可说，倚门娇女叹。奴才恣挥霍，一筵金钜万。
从龙百战馀，幽絷同此难。异学既公言，邪说真隐患。
兴凯入彼界，铁轨松江岸。北归与南渡，故事皆虚愿。
圣人方在上，草茅谁大谏。起我黄帝胄，驱彼白种贱。
大破旂民界，谋生皆任便。能使手足宽，转可头目捍。
绸缪在根本，薄海归清宴。武肃园中松，百亩垂条干。
万柳补成阴，春郊绿一片。载酒诗人游，嘉树两家擅。

校：

（一）壤上咫尺判：续钞排印本作"壤土咫尺判"。

注：

①廉惠卿即廉泉，见前注。

洞庭舟中苦热

久为南纪客，旅涉愁炎敲。弭棹白鱼圻，火云正岩峣。
祝融司夏令，仿佛感邱樵。汇此沅湘流，沃彼焦原焦。（一）
郁为釜鬵蒸，沸作鼎铛潮。鱼龙呿涎沫，偃蹇不敢骄。

蟠藏穴窟底，如避烊与枭。日车曳其轮，没就中流浇。^(二)
蕴隆气弥炽，歊薄凌穹霄。仰视天河星，铄铄流光销。
登舻长叹息，屡瞰北斗杓。玉衡倘毁裂，四序何由调。
挥汗不成眠，纤绤逾重绡。缅思清凉境，盘山卧僧寮。
君看南溟鹏，六月息扶摇。谁令凫与雁，秃尾音嗷嗷。

校：

（一）"仿佛感邱樵"，续钞排印本作"毒热如燔烧"。

（二）如避：续钞排印本作"思避"。

集定王台①即席呈王益吾②祭酒叶焕彬吏部并寄王壬秋③山长

病起苦无惊，戒徒事登践。嘉宾虽庚至，樽前岁方晏。
屯云翳落日，未雪先成霰。早梅始的皪，晚树犹葱蒨。
怅然览遗迹，徙倚雕楹畔。周旋地岂小，襟带穷江汉。
上相昔经纶，功名塞九县。英髦弥骏发，蒸蒸遂一变。
牖户慎绸缪，迨时尚清宴。后来贤达士，谁嗟复谁惋。
凭高恣骋望，云天但荒远。更欲酹清尊，目送衡阳雁。

注：

①定王台：位于湖南省长沙市浏正街南侧的小巷，为西汉景帝之子长沙定王刘发所筑。他每年都要挑选出上好的大米，命专人专骑送往长安孝敬母亲，再运回长安的泥土，在长沙筑台。年复一年，从长安运回的泥土筑成了一座高台。每当夕阳西下之时，刘发便登台北望，遥寄对母亲的思念之情。所以，"定王台"也被人们称为"望母台"。

②王益吾即王先谦（1842—1917），字益吾，湖南长沙人。因宅

名葵园，学人称为葵园先生。曾任国子监祭酒、江苏学政，湖南岳麓书院、城南书院院长。治学重考据、校勘，荟集群言。著有《汉书补注》《水经注合笺》《后汉书集解》《荀子集解》《庄子集解》《诗三家义集疏》等。编有《皇清经解续编》《十朝东华录》《续古文辞类纂》等。有《虚受堂诗文集》存世。

③王壬秋即王闿运（1832—1916），字壬秋，又字壬父，号湘绮，世称湘绮先生。湖南湘潭人。咸丰二年（1852）举人，曾任肃顺家庭教师，后入曾国藩幕府。1880年入川，主持成都尊经书院。后主讲于长沙思贤讲舍、衡州船山书院、南昌高等学堂等。授翰林院检讨，加侍读衔。辛亥革命后任清史馆馆长。著有《湘绮楼诗集》《文集》《日记》等。

来鹤楼雨后作①

将子好楼居，邂逅招鸾鹤。余非十赍人，摄官获棲托。
蒸岚相溟洞，泄雨欻喷薄。云从衣袂生，虹傍栏楹落。
后日宥清尊，水花开绰约。

注：
①自注：楼为前学使赵编修维熙所建。

小　园

小园觅径入，积绿疑无地。细草织莓苔，蒙茸厚如罽。
连墙借竹阴，并岸通荷气。不须新月上，伫看萤光递。

◇蓼园诗续钞◇

北　轩[①]

欲聆松韵发，良夜开北轩。单怀辏众响，寥閴自成喧。
唧唧露阶蛩，嗷嗷霜林猿。商飙卷丛薄，宿鸟各飞翻。
旅人易感伤，尤来不可谖。浊醪虽酪酊，未抵苏与萱。
问年筋力惫，摄官簿领繁。曷日整归装，寤寐在邱樊。

注：

①自注：洪稚存编修诗最喜开北轩萧条发松韵即今学使署之厅事。

武侯祠宴赵孝愚[①]户部

言寻丞相祠，暄郊风日美。交流瀬澹合，叠嶂参差起。
澜澳浸櫺楹，云山傍阶戺。地胜旷周旋，嘉宾忻戾止。
羽翼接英髦，辉光瞻肤使。管弦林籁答，筵几石苔倚。
兹邦虽荒陋，图牒垂千祀。不知宴衍游，昔人曾有几？
松乔不为寿，南江当酒醴。宾筵迭酬酢，邂逅俱乡里。
更欲送君归，返税从兹始。

注：

①赵孝愚：山东安邱县人，清末曾任京天九门提督。

◇柯劭忞诗集校注◇

过盛伯希祭酒故居作

寒城颓白日,车马骛中逵。旧邸掩重扃,伫望有馀悲。
王孙昔高蹈,泰运未凌夷。奸雄睨龟鼎,邂逅哲人萎。
吾观刘子政,不逮哀平时。但馀彭薛辈,逡巡避贴危。
符命日纷纭,贤者尚诡随。勿俾维城坏,斯言匪吾欺。^(一)
俯仰二十年,宰木郁参差。东逾盘山麓,西临易水湄。^(二)
迟君宿帝郊,相象载云旗。^(三)

校:

(一) 符命日纷纭,贤者尚诡随:续钞排印本无。
(二) 俯仰:续钞排印本作"俛俯"。
(三) 相象:续钞排印本作"想象"。

病起至南洼

春晴众色妍,邂逅咸可悦。荧荧隙麦披,粲粲园桃发。
言作招提游,凭高眺林樾。连甍兼辐辏,九陌交轮辙。
夕阴带宫雉,云端辨双阙。直庐清切地,今是鼪鼯穴。
彼黍未离离,匪车犹揭揭。古人获我心,龙钟已白发。
常恐先朝露,久与青蒲别。迢迢析木津,望远心忉怛。

◇蓼园诗续钞◇

答王静安

朝耕陇上云，新苗未逾寸。暮读室中书，夜长灯已烬。劳君相慰藉，怀抱何由尽。

雨后抵临城

雨馀返照敛，树杪犹残滴。远天雷虺虺，小溪流瀮瀮。车行湮轨迹，改道纤登陟。蟾蜍拖墨带，首春方启蛰。岁月不淹留，慨然念行役。还应投逆旅，一醉排岑寂。

张振卿[①]前辈以劳山[②]诗见示奉寄

闻君挟逸兴，一棹凌沧波。沿缘得碕岸，登顿憩岩阿。寻涂或抱松，觅磴亦扪萝。俯瞰收溟涬，仰陟攀嵯峨。琳宫凭绝巘，万象忽骈罗。扶疏绛气映，窈窕云房邃。斋坛降鸾鹤，法鼓朝鼋鼍。瑶林信葱蒨，金涧复潭沱。晨挥涧水盥，晚送林飙哦。昨枉山中赠，顾我非羊何？寇攘尚纷纭，年力愈蹉跎。逝将税征鞅，披拂随行窠。采药青粘秀，泛瑟朱弦和。何用酬嘉贶，赓我劳人歌。

注：

①张振卿即张英麟（1837—1925），字振卿、笠农，号藩沼。山东历城人，同治四年（1865）乙丑科进士，选庶吉士，散馆授编修。光绪年间历任福建、云南乡试主考官，国子监祭酒，充经筵讲官，詹事府詹事，奉天府丞兼学政，晋升内阁学士，奉天学政，擢为吏部侍郎，授京旗、蒙古副都统。官终都御史。清亡后远归。

②劳山：即青岛崂山。

明宏治中家廷言明府昌为阳江令封宋太傅张世杰墓并建祠①陈白沙②先生寄诗贺之先生裔孙垣③得其诗卷属作诗

宋祚沦波涛，君臣俱蹈海。昔年张太傅，独有英灵在。
崖山庙已隳，而况赤坎宰。阳江家明府，挽回二百载。
新祠起闲闼，古陇禁樵采。白沙未觏面，馨香已相待。
走诗署心贺，如贺三军凯。自然声气应，岂但观听改。
大贤有胄裔，学派百川汇。楚弓宜楚得，璧返何庸绐。
聿予谫劣人，攀援嗟已狠。窈冥栖鬼窟，展卷逢晁彩。
浣笔敬题诗，恐为前贤浼。

注：

①明弘治十二年（1499），阳江知县柯昌主持修建太傅墓，并于墓前建太傅庙。太傅庙座西向东，为一座三进砖瓦木石结构古建筑，占地面积450平方米，共三重院落，前为一座高数丈的牌楼（棂星门），横额上刻"捧天虞渊"四字；中为大殿，后座刻悬历代表彰太傅之碑文诗联；庙背对墓开有拱门相通。该庙红墙绿瓦，雕梁画栋，依山傍海，气宇非凡，成为名扬遐迩的重要庙宇，是明、清两朝阳江

著名的景区之一，可惜"文化大革命"中被毁。

②陈白沙即陈献章（1428—1500），字公甫，号石斋，别号碧玉老人、玉台居士、江门渔父、南海樵夫、黄云老人等，明代思想家、教育家、诗人，江门学派创始人。因曾在白沙村居住，人称白沙先生，世称为陈白沙。

③垣即陈垣（1880—1971），字援庵，又字圆庵，笔名谦益、钱罂等。广东新会人，历史学家、宗教史学家、教育家。主要著述有《元西域人华化考》《校勘学释例》《史讳举例》《南宋河北新道教考》《明季滇黔佛教考》《清初僧诤记》《中国佛教史籍概论》及《通鉴胡注表微》等。

卢慎之① 校书图

昔我客荆门，弭棹登黄蓬。北望沔阳州，郁郁何葱葱。
大邦盛俊彦，楚材信所锺。君家贤伯仲，云衢骧两龙。
长君为提学，术业蔚儒宗。次君尤博笃，扬㩳方雍容。
焉知二十年，载酒获相从。昨登君子堂，插架如崇墉。
丹铅不去手，六籍为飨饔。上农有高廪，始见芸锄功。
自从世乱膴，亲旧亦相同。杨家海源阁②，鞠为灌莽丛。
近者临清徐③，万卷又俄空。丽廔④溅冤血，噩梦昔占凶。
孰如慎始斋⑤，远俪小玲珑。晨星寥落后，吾子日方中。
卷图三叹息，回首忆前踪。

注：

①卢慎之（1876—1967），又名弼，湖北省沔阳县仙桃镇人。光绪三十一年（1905）留学日本，毕业于早稻田大学政治经济科。对《三国志》研究颇深，著有《三国志集解》等。亦精于版本目录之

学，协助其兄木斋收藏书籍，编校出版物。木斋的《湖北先正遗书》《沔阳丛书》《慎始基斋丛出》，均由他亲自收集、选择、校勘。

②杨家海源阁：晚清四大藏书楼之一，位于山东聊城市古城内，系清代藏书家杨以增（1787—1855）所建藏书楼。

③临清徐，指徐坊，其京城藏书楼为归朴堂。所藏图书在庚子之变中损失大半。

④丽廔：指叶德辉，号丽廔，近代藏书家刻书家，其藏书楼为观古堂，所刻有《丽廔丛书》等。

⑤慎始斋指卢靖（1856—1948），字勉之，号木斋，湖北沔阳（今仙桃市）人。私人藏书楼有"知止楼""慎始基斋"等，藏书有10余万卷。他不仅关注私人藏书，最为注重公共图书馆的建设，对近代图书馆事业发展有特殊贡献。光绪末在丰润所设书院中，附设两所图书馆。后又创办天津、保定、奉天图书馆，捐银数千。辛亥革命后，又出资兴办学校和图书馆。1927年捐款10万元兴建南开大学图书馆。

二　七言古体诗

陪朱詹师① 登建昌② 西山望卭海③ 作歌(一)

卭都县前养蛇妪④，县令杀之蛇能仇。
居民相视各惊怪，吾侪那忽戴鱼头。
一朝卭都为卭海，独有石马之石今尚留。(二)
欲从李膺问益州，先生招我登山游。(三)

◇蓼园诗续钞◇

回岸沓障凌高秋，下视邛海平油油。(四)
不知东西浸灌几万顷，俯仰可以消百忧。
自从越嶲来，所见良可羞。黄泥千仞坂，界画黑水流。(五)
泸溪深且浊，色如再染缁。(六)
又有孙水关，悬流喷沫鱼鳖不能游。(七)
槎枒深涧底，嫌其云霾雾塞枝撑幽。
宁知西南徼外人不到，天以胜地开蛮陬。
碧波丹巘两秀绝，颇思挂席无扁舟。(八)
父老向我言，下有长黄虬。不顾颔下珠，但守铁兜牟。(九)
纷纷攘夺世亦有，此地那复畏人求。(十)
落日欲落猿啾啾，奚奴相招骑牦牛。(十一)
相公岭上雹如碗，狂歌勿倚鱎生鰍。(十二)

校：

（一）《晚清四十家诗钞》及王森然《柯劭忞先生评传》题为"陪朱詹事师登建昌西山望邛海作歌"，据此看，续钞刻本题目中夺一"事"字。

（二）一朝邛都：王森然《柯劭忞先生评传》作"一朝邛州"；独有石马之石今尚留：《晚清四十家诗钞》及王森然《柯劭忞先生评传》作"独有石马今尚留"。

（三）先生招我：《晚清四十家诗钞》及王森然《柯劭忞先生评传》作"先生携我"。

（四）"回岸"：王森然《柯劭忞先生评传》作"回崖"；沓障：续钞排印本作"杳障"。

（五）越嶲：《晚清四十家诗钞》作"越巂"；黄泥千仞坂，界画黑水流：《晚清四十家诗钞》及王森然《柯劭忞先生评传》为"山童土尽赭，野水纵横流"。

（六）泸溪：《晚清四十家诗钞》及王森然《柯劭忞先生评传》作"泸江"。

· 247 ·

（七）喷沫：《晚清四十家诗钞》及王森然《柯劭忞先生评传》作"歕沫"。

（八）碧波丹巚：《晚清四十家诗钞》及王森然《柯劭忞先生评传》作"白波丹障"。

（九）黄虬：续钞排印本作"黄虮"；王森然《柯劭忞先生评传》作"黄蚪"。

（十）那复：《晚清四十家诗钞》及王森然《柯劭忞先生评传》作"宁复"。

（十一）落日欲落：《晚清四十家诗钞》及王森然《柯劭忞先生评传》作"落日未落"。

（十二）勿倚：续钞排印本作"勿使"。

注：

①朱詹师即朱詹事，指朱逌然（1836—1882），字肯夫，亦字肯甫，号味莲，室名孱守斋。浙江余姚人。同治元年（1862）壬戌科二甲进士。改庶吉士，散馆授翰林院编修。历任湖南、四川学政。官至詹事府詹事。于训诂、六书、毛诗、周礼、谷梁春秋都有很深的研究。

②建昌：即今天的西昌，位于四川省凉山彝族自治州。

③邛海即邛海：位于四川省西昌市，古称邛池。四川省第二大淡水湖，距西昌市中心7公里，卧于泸山东北麓，螺髻山北侧，邛海水质清澈透明，面积约31平方公里。

④自注：乌尤切。

成化鱼缸为盛伯希祭酒赋

郁华阁①内金鱼缸，乃是成化官窑之故物。
大龙缸窑始洪武，搏埴遗规应仿佛。

◇蓼园诗续钞◇

　　蟠龙左右双沃若，画手知名宋与郭。
　　西红宝石透晶莹，宣窑究逊成窑薄。
　　成化鸡缸世所知，重器尤尚鳞之而。
　　京师本无修内司，中官提调浮梁瓷。
　　麻仓白土掘又尽，制造无复宣成时。
　　康熙烧仿嫌茅蔑，售与西洋犹叹绝。[2]
　　六窑工匠夺官哥，万户差徭罄膏血。
　　呜乎！阉奴攉税四海痡，窑工催办宁须臾。
　　一缸有璺九掷碎，卖儿帖妇偿官逋。
　　童家仙人烈丈夫，吁天救众燔其躯。
　　厉民之政可叹吁，一缸犹抵千璠玙。
　　不与金瓯同破坏，浮沉苔藻泳红鱼。

注：
①郁华阁：盛昱室名。
②自注：康熙仿器已玷缺，西人以重价购之。

赠陈补山[①]同知

　　咸丰之末同治初，淮南盗贼无地无。
　　三河楚将方沦没，张龚连兵势票忽。
　　北军独有胜侍郎，十荡十决夸身强。
　　猘狗崖柴不可当，驱来就缚如牵羊。
　　清流关上书传矢，入笠终能驯突豕。
　　折棰招降第一功，运筹料敌无双士。
　　陈侯幕府老书生，睥睨樊郦众已惊。
　　握奇不用讐三略，制胜须看在两楹。

台章既劾郿琼叛，吾谋画饼终三叹。
陶公明睿亦相猜，流言苦诋熊文灿。
饮马河潼待济师，鲁阳不见挽戈时。
灞上良田王翦请，军中女子李陵知。
兜牟却为儒生累，薏苡宁论明主疑。
西台对簿空投帻，爱词十竹书何益。
顿首青蒲御史争，探怀白简尚书劾。
萧条请室缒累臣，北面衣冠谢主恩。
抗辩如闻张广泗，拥兵还忆纪承斌。
降酉昔念提携力，公子今逢感慨人。
可怜幕府知名士，病卧衡门汴水涘。
尚忆罩怀未解兵，抽戈结衽夜深行。
元戎握手亲行炙，意气千人皆辟易。
麒麟图画已萧条，狌犴家书空怆恻。
祸福从来不易推，知君悔作傅修期。
料量功罪输筐筴，野史荒唐待付谁？

注：
①陈补山：生平无考。

集蓬莱阁送孙六皆之闽

山城磐磐如伏鳌，昂头戴起城楼高。
城边山尽地亦尽，轩窗咫尺悬波涛。
病客登临逃畏日，折简相招尽乡邑。
槛外沙鸥送酒来，尊前海水浮天立。
孙郎礼学出淹中，褒衣博带常雍容。

一朝截海走万里,挥弦目送南飞鸿。
邂逅宾筵不称意,匣中宝剑丰城气。
钓龙台上望流求①,汉家又弃珠崖地。
火云辽巢天南风,雷车忽送声隆隆。
此时冯夷邀海童,变幻出没洪涛中。
投壶玉女才一鞭,俄看平地豗鱼龙。
紫金山下寻归路,尚有浮槎挂岩树。
吁嗟乎!男儿坠地忧患多,明朝分手知如何?

校:

王森然《柯劭忞先生评传》及《晚清四十家诗钞》又有《集蓬莱阁送于同人之广西》,并注明"此首集本失载",似指本诗,但词句差异较大,录此备考。

集蓬莱阁送于同人之广西

山城盘盘如伏鳌,骧头上载城楼高。
城边山尽地亦尽,轩窗咫尺悬波涛。
病客登临畏炎炽,折简相招俱撮笠。
槛外沙鸥并席来,樽前海水浮天立。
停杯借问君何之?廉州瘴疠尽蛮夷。
楼船载海行万里,簿书莫误军中期。
浊酒如油不辞醉,白首天涯为君喟。
他年人事哪得知,今日宾筵且相慰。
火云洒天天反风,雷车载雨声隆隆。
此时冯夷邀海童,鞭笞百怪洪涛中。
投壶玉女才一鞭,俄看陆地登鱼龙。
紫金山下寻归路,尚有浮槎拥拔树。
吁嗟呼!百年忧患真茫茫,归来归来守故乡。

注：
①自注：台湾元人名为流求。

韩昌黎落霞琴为张振卿[①]前辈赋

何人斫此枯桐枝，云是昌黎韩子之所遗。
断纹碎裂蛇蚹皮，流传乃自贞元时。
裁量匀密尺度宜，轸以美玉缅朱丝。
谁其抚者曰颖师，冰炭置肠为涕洟。
忠如羑里孝伯奇，龟山蔽鲁中心悲。
高张之弦柱又危，自抒怀抱喻者谁？
哲人既没文在兹，元音不坠神护持。
了翁先生昔得之，洞天岩下携自随。
夔魖魍魉不敢窥，尊尧稿本藏书帷。
历年三百无人知，宝物发见倾厘厘。
椒山手为镌铭词，文章气节相攀追。
呜呼！潮阳贬谪合浦羁，抗疏以死甘如饴。（一）
三君子者百世规，名从主人孰敢訾。
鲰生再拜跽陈辞，落霞天际暾朝曦。（二）

校：
该诗续钞排印本题为"韩昌黎洛霞琴拓本为张振卿前辈赋"。
（一）合浦：续钞排印本作"台州"。
（二）鲰生：续钞排印本作"披图"。
注：
①张振卿即张英麟（1837—1925），字振卿、笠农，号藩沼。见前注。

◇蓼园诗续钞◇

刘实夫[①]为蓉汀[②]画花卉十二帧曹中铭[③]题以诗蓉汀标曰海滨二妙属作诗

海滨二妙吾故人，作书作画名俱振。
明珠美璧世所珍，不同而同始等伦。
黄荃徐熙今罕有，吾乡又出丹青手。
十二屏风曲折开，素雪丹霞烂窗牖。
曹侯剖竹守永昌，东望海天思故乡。
留题书绝诗亦绝，从来妙意生颓唐[④]。
馆阁周旋十余载，文采风流炯犹在。(一)
他日君从万里归，海滨已恐桑田改。

校：

（一）周旋：续钞排印本作"相从"。

注：

①刘实夫即刘嘉颖（1861—1902），字实甫、石芙，潍县（今山东潍坊）人。自少精研绘事，家藏书、画甚多，日坐卧寝食其中，自题所居曰画隐轩。曾绘花卉小册，赠与潍县诗人郭恩孚，郭恩孚请曹鸿勋逐幅题以诗，自己题签署为《海滨二妙》，并请学者张昭潜作《海滨二妙图序》，继而在画册上题诗者有数十家之多，柯劭忞此诗即众题诗之一。

②蓉汀即郭蓉汀，字恩孚。见前注。

③曹中铭即曹仲铭、曹鸿勋（1846—1910），字仲铭，又字竹铭，号兰生，另号铭帛，室名益坚斋。山东潍县（今潍城区）西南关新巷子人。光绪二年（1876）进士第一（状元）。历任修撰、湖南学政提督、云南永昌知府，调云南府，授迤东道，官至陕西巡抚，任

上开办延长油厂,打出中国陆地中第一口油井,史称老一井。

④自注:君诗"老腕颓唐我总低"。

何吟秋[①]约泛明湖是日余与同人入千佛山作诗谢之

千佛山上看明湖,十顷荷花五顷水。
泛舟直到铁公祠,却见青山在水底。
水底看山山更佳,冲瀜倒影入诗怀。
人生行乐知谁是?已办游山新蜡屐。

注:

①何吟秋即何家琪(1843—1905),字吟秋,号天根,原籍河南封丘,以父官东阿、黄县等地知县,遂留寓济南。后以弟何家珍任莱阳典史,又寄寓该地。光绪元年(1875)中河南乡试,后应会试不第,遂改教职。光绪七年(1881)任洛阳教谕,光绪二十四年(1898)迁汝宁府教授,卒于任。学宗程朱,工诗文,有《天根文钞》(四卷)、《天根诗钞》(两卷)、《天根文法》(一卷)、《天根文钞续集》(一卷)。

阙特勤碑[①]拓本

唐家柱得默啜首,继起称雄彼有人。
徒何昔见慕容恪,突厥今推阙特勤。
御书贔屭韩蔡并,文章燕许尤殊伦。
当年庙算可推测,欲制东夷辑戎獯。

注：

①阙特勤碑：立于唐玄宗开元二十年（732），是毗伽可汗为纪念其弟阙特勤所立。"阙"是人名，"特勤"是突厥贵族子弟的称号。此碑19世纪末俄国学者发现于今蒙古国呼舒柴达木湖畔。碑文记述后突厥汗国创立者毗伽可汗与其弟阙特勤的事迹。阙特勤碑是突厥与唐友好关系的历史见证。

十里泉[①] 简王逸山[②]

乱山回合氶水西，斑斓土石婴虹霓。
圆周楕匝各有态，恰如绣领围蟠蛴。
春阴十日雪初霁，冷岚染出修眉低。
澄潭倒映尤胜绝，镜奁新拭青玻璃。
我来吟眺兴不浅，意往但觅樵人蹊。
沿洄崎岸弄沙磅，又践嶅确寻招提。
庄严七宝已煨烬，垣墙顿擗蘽馀基。
洳河以北水易涸，昔年漕挽防留稽。
千夫荷锸觅泉脉，一涔未敢轻牛蹄。
张官置吏讲疏浚，导引汔滥通山溪。
宁知海运替河运，崇朝湮沸淤沙泥。
云山鼋画犹夙昔，独君与我穷攀跻。
春塘水暖凫鸭乱，石田雨足禾苗齐。
髯茅我已卜佳处，迟君来访山中楼。

注：

①十里泉：位于山东省枣庄市区，原名许池泉，传说尧帝时许由曾隐居于此而得名，因距峄县城北十里而又名十里泉。古峄县著名的

八景之一。

②王逸山：生平未详。

赵婕妤① 玉印②

祸水西都熠末造，廿载前星光不曜。
谁叫燕燕啄黄孙，玉印犹传婕妤赵。
阳阿主家歌舞伎，姊妹俱膺美称号。
昭阳嬖幸尤殊绝，丰肌弱骨工言笑。
中庭彤朱殿髹漆，玉阶铜切涂金冒。
信是后宫未当有，尚方篆刻宜精妙。
孝成湛溺在燕私，临朝有光但容貌。
外家久窃帝威权，而况宫闱宠妒媢。
绿绨方底赫蹄书，逼戕允嗣尤凶暴。
陛下当言不负女，妖狐睐睗枭鸣噪。
叹息披香博士人，一唾安能抵忠告。
逡巡大统落旁支，夤缘藩妾能煬灶。
可怜祸福但须臾，竟使新都隳九庙。
入宫已携元后玺，此印区区宁足道。
金轮符宝出邠州，一代娥眉侪羿奡。
神奸盗国事不同，文字均堪裨史料。
陈家万印此第一，缪篆偏旁非典要。
书生揽涕亦何为？女祸滔天无再蹈。

注：

①赵婕妤：从诗人自注看，此指汉武帝所封赵婕妤（前113—前88），齐河间（今河北献县）人。汉武帝刘彻妃，昭帝刘弗陵生母。

初选入宫为妃,后封婕妤(后宫女官名),故称赵婕妤,因住钩弋宫,以宫因名,亦称钩弋夫人。

②自注:赵婕妤有三,孝武赵婕妤史称为钩弋婕妤,武帝赐名也。其私印宜称钩弋婕妤。此印非孝武婕妤明矣。

为成竹山[①]题澹厂图

忆昨旄蒙之岁游三辽,中丞筑馆殷勤招。
莘莘学子皆英髦,菑畲所获匪揠苗。
士风质朴淳未浇,投桃报我英琼瑶。
把犁御客驱狻猇,流连十日觞冬醪。
聿余求友谷迁乔,嘤鸣切直论久要。
有君子者才尤劭,失之觌面孰能料。
中丞相马九方皋,君也笯云轶其曹。
怀文抱质屏浮嚣,质能立干文垂条。
陵迁谷易犹崇朝,事往返於截路飙。
贤人沦逝道遂消,君亦图南倦扶摇。
盟鸥馆里侪朋僚,贱子白头君二毛。
松花江岸山之凹,意中想象开生绡。
清溪逶迤石嶕峣,槿篱沙栅相周遭。
松筠密处开窗簝,卜居仿佛雪与茗。
九流溷浊恣喧呶,如羹如沸如螗蜩。
清不待澄浊岂挠,棲於澹定游萧寥。
他日东归返林巢,一邱一壑寻渔樵。
我欲从之道路遥,图中为我增团焦。

注：

①成竹山即成多禄（1864—1928），原名恩令（恩龄），字竹山，号澹堪，室园名榆庐、澹园、十三古槐馆。吉林人，精诗文、书法，被喻为"吉林三杰"之一。民国初年任吉林省第二届参议院议员，民国教育部审核处处长，为官清廉，被誉为"清廉太守"。

李一山①新得华岳庙拓本属作诗

华碑宋拓世有三，如三峰矗俱崭岩。
李侯又获晚出本，始信四美今则兼。
展观奕奕发神采，毡椎造次犹精严。
书佐察书椽市石，昔年墨妙留镌劖。
李候笃嗜在碑帖，网罗散佚挥缯缣。
擎奇攫秘岂人力，至诚感动神明监。
携来夸示蓼园叟，口角流沫恣雄谭。
宋椠虽多拓本少，弃为故纸埋尘函。
收藏幸免蠹鱼厄，百年箱箧终縢缄。
定知物色待欧赵，耳目未可责庸凡。
走也与尒有同癖，源流派别粗能谙。
蒙叟题诗最雄鸷，服膺郭髯与赵崦。
四明长垣俱宋拓，左右上襄为两骖。
有大力者负之去，后先毕入宝华庵。
君从散出购其一，未偿所愿恒耽耽。
岂知意外有创获，较量不啻青逾蓝。
未经剪裂气象古，纵有剥泐锋铓铦。
彼旁观者或然疑，厄言无当无庸儳。

· 258 ·

中郎虎贲造翻本,松谈阁里僮奴惭。
为君呵冻写长句,夜阑戍鼓催纭纭。

注:

①李一山(? —1928)又名李益山,字汝谦,山东济宁人,清末留学日本,习法政,曾任民国泰安府知府、黄县知事、国务院法制局参事等职。工诗善书,富收藏,喜藏奸佞书画。民国徐一士在其《一士谭荟》中言其"喜诙谐,玩世不恭,而优于文学,甚有藻思,与谐谑之性相济,遂为滑稽之雄"。

布 谷

忆昔巾车洱水濒,春阴低覆天四垂。
青畴渿泱晨气湿,林端布谷催耕时。
人声不闻鸟声乐,意惬但愿行逶迟。
车轮换铁游已倦,悔不负耒趋东菑。
宁知汩没忧患里,卅年尚作京尘羁。
园居荒凉掩户卧,蓬蒿塞径无履綦。
忽闻此鸟三叹息,入林不密来何为。
戴侯尔雅读未熟,误认鸤鸠为子规。
白头顿忆昔年事,梦寐如到斟城陂。
陇头耕馌傥有日,已斫游龙之杖扶年衰。

名 园

名园近在朱邸旁,高槐菀柳何苍苍。

流连禊事集宾客，恨无曲水浮杯觞。
王孙身世能两忘，幽居嘿嘿如潜藏。
阿兄奔走忍羁旅，十年不见天一方。
昔在垂帘听政日，家相勤劳功第一。
内安外攘弼中兴，桑土绸缪有家室。
谁言三户竟亡秦，谶语传来二百春。
入宫未索元后玺，已挈神器归奸臣。
屏藩鲁卫犹尊重，雪涕蒙尘但馀恸。
中垒当年有谏书，九关隔阂终无用。
王家亭馆未全荒，缥马留宾易夕阳。
老病儒生徒迸泪，荆凡不用辨存亡。

题滨州杜文端①公和东坡雪浪石②及出定州诗卷子用原韵

吾乡冠盖如云屯，滨州独兼三达尊。
百年遗墨信瑰宝，晴窗雒诵忘朝昏。(一)
昔公览胜古中山，寓春园圮犹荒邨。(二)
赋诗再步雪浪韵，巧匠直闯般倕门。
坡公酹汝一杯酒，如从海外招羁魂。(三)
雪后归途载馀兴，城边犹访枯榆根。(四)
抽毫命牍前日事，侧釐已涴尘埃痕。(五)
可怜陵谷久迁易，故家乔木谁复论。(六)
郭家藏弆有诗册，斗蛩尚忆宣窑盆。(七)
后来视今犹视昔，勖哉宗子永宝存。

◇蓼园诗续钞◇

校：

本诗曾发表于《辽东诗坛》1931年第70期，题为"题滨州杜文端公和东坡雪浪石及出定州诗卷子用原韵为杜乐园赋"，署名"柯凤孙"；又发表于《国闻周报》1931年第8卷第1期，题目同《辽东诗坛》，但"原韵"易为"原均"，署名"凤孙"。

（一）晴窗：《辽东诗坛》及《国闻周报》作"展卷"。

（二）昔公览胜古中山，寓春园圮犹荒邨：《辽东诗坛》及《国闻周报》作"昔公访古来中山，万春园圮如荒村"。

（三）坡公酹汝一杯酒：《辽东诗坛》及《国闻周报》作"东坡老仙去已久"；如从海外：《辽东诗坛》及《国闻周报》作"如从瘴海"。

（四）雪后：《辽东诗坛》及《国闻周报》作"诘旦"；城边犹访：《辽东诗坛》及《国闻周报》作"意中仿象"。

（五）已浣：《辽东诗坛》及《国闻周报》作"拂拭"。

（六）久迁易：《辽东诗坛》及《国闻周报》作"已迁易"。

（七）斗蛮：《辽东诗坛》作"鬪蛮"；《国闻周报》作"鬥蛮"。

注：

①杜文端即杜立德（1611—1691），字纯一，直隶宝坻人，明崇祯进士，清初大臣。顺治元年（1644），授中书科中书。二年（1645），考选户科给事中。

②雪浪石：主要产于河北省定州市、曲阳县等地，为千万年来洪水溪流携带卵石流沙不断冲刷而形成，石面平滑，具有奇特的色彩和花纹。此指宋代苏轼《雪浪石》诗，写于元祐八年（1093）苏氏在广州任上。雪浪石是作者在定州得到的石，黑色有白文，白文如水在石间奔流，形似雪浪，遂以大盆盛之欣赏，并将其居室名为"雪浪斋"。

宋越州本小字麻姑仙坛记[①]为傅青之[②]先生故物作长句题之

霜红庵里收藏本,宋拓流传今未泯。
谁言缩地便成图,五岳真形讵能准。
小字知公弄狡狯,细筋入骨增遒紧。
鉴书蝯叟[③]最知名,附会淄渑恐未允。
越州石本信殊绝,寿阳相国经题品。
三百年来馀故物,老眼频揩涕横陨。
神仙阅世本须臾,一代兴亡抵朝菌。
而今沧海又桑田,白首遗臣嗟可悯。
崛围山[④]下道人居,临摹石墨耽高隐。
湔除俗气何足论,裸将殷士羞肤敏。
老子深惭笔画拙,前贤未觉风流尽。
还须径访王方平[⑤],偷息尘寰徒蠢蠢。

注:

①《麻姑仙坛记》全称为"有唐抚州南城县麻姑山仙坛记",是颜真卿楷书的代表作。该碑立于唐大历六年(771),后遭雷电毁佚,有原拓影印本行世,是后人学书临习的优秀范本。

②傅青之即傅青主(1607—1684),本名傅山,字青竹,后改字青主,别号公它、公之它、朱衣道人、石道人、啬庐、侨黄、侨松等,阳曲(今山西省太原市尖草坪区向阳镇西村)人。明末清初著名学者,精于哲学、医学、儒学、佛学、诗歌、书法、绘画、金石、武术、考据等,被视为明遗民中保持民族气节的典范人物。与顾炎武、黄宗羲、王夫之、李颙、颜元一起被梁启超称为"清初六大

师"。平生学书遍临百家，而颜真卿书法则是其主要临习范本之一。本诗所述其"故物"即傅氏于1650年代所临，全称为"临颜真卿麻姑仙坛记"。

③媛叟：指何绍基（1799—1873），字子贞，号东洲，别号东洲居士，晚号媛叟。湖南道县人，道光十六年（1836）进士。曾主山东泺源书院、长沙城南书院，诗、书、画俱佳。

④崛围山：位于太原市西北24公里尖草坪区柴村镇呼延村西，南北走向，海拔1400米左右。南有青峰，北有飞云峰。二峰高峻挺拔，夹一东西走向的深沟，隔沟对峙，势如入山门户。从山顶向下俯视，四周群山如涛似浪，宛转盘旋，形成一个巨大的旋涡，像倒立的喇叭，又如硕大的圆盘，"崛围山"之名由此而来。

⑤王方平，东汉时人，名远、字方平。汉桓帝时做过官，精通天文、河图、道谶学。后来辞官隐去，在丰都平都山升天成仙。《神仙传》有关麻姑的记载中，也提到了王方平。

卷二　律诗

一　五言律诗

古　意

佳人卷翠帷，薄莫出深闺。却望天边月，还如二八眉。
参差双凤翼，撇管不知吹。露下红芳晚，含情欲待谁？

校：

续钞排印本题为"古意寄子秀"。续钞刻本目录中排在《庄头埠追忆子秀旧游有感作》和《偕孟景范泛小清河》之间，且题名为"古忆"，与正文中此诗排序及题名有异，此诗在目录中的位置亦据正文中该诗实际排序及题名更改。

登　高

不纵登高目，焉知客路艰。浮云燕北树，斜日晋中山。
人倚层楼上，天晴一雁间。如何弹铗者，十载未知还。

◇蓼园诗续钞◇

峡　口

峡口暂维舟，江邨地转幽。灯前孤枕夜，岸上百虫秋。
落月依渔蓖，寒星抱戍楼。尘劳宁有暇，意惬此淹留。

归州① 旅次雨后作

落日傍船明，江寒朔吹生。岭云随石色，人语带滩声。
晚棹鱼虾市，春畲袯襫耕。谁言弹铗客，万里尚孤征。[一]

校：
（一）弹铗客：续钞排印本作"滕屩客"。
注：
①归州：今湖北秭归县归州镇。

晚宿朱留店

田家物候晚，贱子尚孤征。雪路东丹水，人烟北海城。
驼铃沙际语，驿树雾中迎。叹息嬴縢敝，劳劳稷下生。

雪夜泊宜昌郭外简伯缙

江程逾百里，弭棹雪纷纷。匝岸平欺月，连山莽入云。
龛灯低自照，津柝远相闻。独有清寒兴，推窗问夜分。

章邱道中寄曹仲铭

车马去闲闲，林皋弥望间。千家临绣水，片雨过龙山。
宝铗常萧瑟，清尊忆往还。定知经国业，润色待扬班。

洧川[①]晚眺

暝色郊原起，萧条清洧滨。寒星侵落日，宿鸟傍归人。
雨雪能留客，江湖莫问津。昔年官舍酒，尚忆吐车茵[②]。

注：

①洧川：位于河南省开封市尉氏县西南边陲。洧川古城为明朝景泰元年（1450）所筑，曾有"八保洧川，固若金汤"之称。

②自注：谓鹿滋轩中丞。按：鹿滋轩即鹿传霖。

◇蓼园诗续钞◇

辰州①道中晤刘中鲁即事奉呈

水程无近远，百丈转岩隈。木客连牌去，神鸦接饭来。
支离惟伏枕，邂逅且衔杯。剖竹非投贾，宁淹政事才。

注：
①辰州：此指今湖南省怀化市沅陵县，位于湖南省西北部。

江行寄朱益斋①观察

柂楼舟子饭，日暮问江程。水驲灯先上，风帆岸并行。
连翩归雁下，迤逦断蓬征。最忆双旌返，依依送我情。

校：
此诗续钞刻本有诗无目，目录系据正文添加。

注：
①朱益斋即朱延熙，号益斋，生卒年不详。同治庚午年（1870）中举，光绪丙戌年（1886）中进士，任翰林院编修近20年，后历任陕西主考官、湖北盐巡道、湖南关道等职。

庄头埠追忆子秀旧游有感作

旧日班荆地，重来感不胜。马嘶黄叶路，寺问白头僧。

宿草霾邱垅，生刍愧友朋。劳人如宿昔，尚忆憩担簦。

偕孟景范^① 泛小清河

鲁连陂上路，渔父旧知津。野水蒹葭淀，人家雁鹜邻。
移樽忘坐久，返棹觉凉新。两意泠泠重，翻愁垫客巾。

注：
①孟景范：生平无考。

霍家坡^① 送景范回章邱

鱼龙冬益骋，鸿雁暮何依。欹枕风吹牖，挑灯雪满衣。
且为良夜饮，又送故人归。父老应惆怅，何人拯苦饥。

注：
①霍家坡：此指山东邹平县孙镇境内的霍家坡村，时设霍家坡高等学校。

返潍县将抵里门追忆荔岩^① 二丈忾然有作

腊杪犹车马，始知行役劳。县楼风色迥，原树水痕高。
岁歉无三釜，人衰有二毛。涧阿差底窘，回首长蓬蒿。

注：
①荔岩即郭荔岩。见前注。

◇蓼园诗续钞◇

章价人[①] 太守铜官感旧图

昔闻曾相国，用拯在铜官。往事亦何有，湘波空自寒。

崎岖终堪乱，沾溉尽弹冠。合故开新意，从来汲引难。[(一)]

校：

（一）沾溉：续钞排印本作"辐辏"。

注：

①章价人即章寿麟（1832—1887），字价人，善化人，湘军将领，曾将跳江自杀的曾国藩救上岸船，官滁州知州、泰州知州，辑有《铜官感旧图题咏集》。

旅　怀

倚沼带枫林，登楼望远心。楚帆江路永，峡雨暮天深。

已动严城角，还催别馆碪。安排永今夕，待汝劝孤斟。[(一)]

校：

（一）别馆碪：续钞排印本作"别馆砧"。

晃州厅[①]

岸势曲如钩，洄川抱岸流。陂陀临水驿，容与上滩舟。

世乱轻危覆，身闲任滞留。瘴云含雨重，暝色满沧州。

注：

①晃州厅：指今湖南省新晃侗族自治县东南老晃城，1913年改为晃县。

集黄埔酒楼送王元达

津楼眺溟涬，暇日共追攀。乡思生云水，秋风动海山。
一樽邀客醉，万里羡君还。更有流连兴，沧波鸥鹭闲。

过镇远谢秀山太守迓以诗载酒游山极流连之乐赋诗答之(一)

岩际架楼台，斑斓夕照开。滩从长坂落，江与乱峰回。(二)
旧契中朝彦，新诗大雅才。安排良夜饮，侯吏莫相催。(三)

校：

（一）续钞排印本题为"将至镇远以诗代简寄谢秀山太守"。
（二）斑斓：续钞排印本作"斒斓"。
（三）安排良夜饮：续钞排印本作"不辞良夜饮"。

◇蓼园诗续钞◇

谢秀山太守言胡文忠公[①]守镇远时建碉堡以御贼后苗乱蜂起终不能至城下郡人至今颂之属作诗

昔有中兴佐，功名翊圣庙。当年留五马，遗爱在三苗。
蔓草萦濠堑，孤云傍丽谯。尚余形势在，隐患若为消。

校：

该诗不见于《蓼园诗续钞》二卷刻本，据《蓼园诗续钞》（不分卷）排印本补。

注：

①胡文忠公即胡林翼（1812—1861），字贶生，号润芝，晚清中兴名臣之一，湘军重要首领，汉族，湖南益阳县泉交河人。道光十六年（1836）进士。授编修，先后充会试同考官、江南乡试副考官。历任安顺、镇远、黎平知府及贵东道，咸丰四年（1854）迁四川按察使，次年调湖北按察使，升湖北布政使、署巡抚。死后谥文忠。

旧黄平洲

瘴雨涔涔暗，人披灌莽行。青磷能碍马，白骨尚填城。
战斗纷纭过，云烟渗澹生。犹堪慰羁旅，酒待使君醒。[（一）]

校：

（一）战斗：续钞排印本作"战门"。

·271·

家兄敬孺返太湖却寄

不作亲民吏，还疑悃愊非。声华今鼎鼎，父老旧依依。（一）
水驿风涛壮，山城狱市稀。如闻天语劳，岁暮莫言归。
校：
（一）声华：续钞排印本作"功名"。

意 园①

意园零落后，信宿尚依依。旧馆琴瑟在，新阡霜露晞。（一）
邱山宁复恨，城郭已全非。历历阶前竹，当年绁客衣。
校：
（一）旧馆琴瑟在：续钞排印本作"旧馆茶烟歇"；霜露晞：续钞排印本作"薤露晞"。
注：
①意园：盛昱室名。

海 淀

辇路经过少，泥深欲没辀。山桃侵雪发，野水上冰流。
卉木犹春气，陂塘记客游。谁言桑下宿，逸棹任虚舟。

◇蓼园诗续钞◇

集赵尚书别业

榆柳荫闲门，田庐衹似村。冲泥方继马，避雨更移尊。路曲缘瓜蔓，桥低藉树根。衹应看稼圃，独乐与谁论？

晚　晴

绿穗抽纤草，黄花卷落槐。夕阳初入户，秋潦欲平阶。扰扰嫌封蚁，区区笑井蛙。世情愚不识，独爱晚晴佳。

挽王静安

昔上延英殿，闻君伉直词。大臣终媢嫉，往事极颠危。自有皇天鉴，宁论国士知。怀沙仍怨怼，不欲比湘累。

园居简梧生

积潦平阶藓，悬匏满架风。碪声连蟋蟀，鸟毳下房栊。(一)未觉平生浅，还应寂寞同。一尊新秋酒，待汝过墙东①。

校：
（一）碪声：续钞排印本作"砧声"。
注：
①自注：谓逸山侍御。

蓼园晚兴

语鹊知人意，林端报晚晴。蚓泥封药臼，蜗篆上书楹。
寂寞垂帘坐，逡巡曳杖行。古人宁仿佛，祗觉负平生。

郊行寄郭松存①编修

不觉春寒重，耕人尚解衣。海风鱼信晚，谷雨楝花稀。
犬马心犹恋，渔樵梦已非。山中应寂寞，独羡蕨芽肥。

注：
①郭松存即郭恩赓（1864—?），原名恩贻，字伯飏，号松存，附监生。光绪二十四年（1898）戊戌科进士，钦点翰林，历任国史馆协修、翰林院编修，编书处详校。

小站①道中即事

夏木连邨合，新蝉时一闻。晒盐堆白雪，刈麦卷黄云。

壁垒陂陀在，田塍潆泆分。永怀投笔客，占募昔从军。②

注：

①小站：位于天津市东南，临马厂减河。以产优质水稻"小站稻"著名。19世纪末，袁世凯曾在此编练新军。

②自注：小站练兵，吴子玉以诸生入伍。子玉，吾故人也。

秦宥横① 来夜谭赠以诗

夜凉不俟月，风露自清明。酌酒荷香入，鸣琴竹籁生。

衰迟犹翰墨，披拂独柴荆。却忆盟鸥馆，更阑炳烛行。

注：

①秦宥横即秦树声（1861—1926），字宥横，一字晦鸣，号乘庵，河南固始人。光绪十二年（1886）进士，官工部主事，不久充会典馆绘图处《地理钧稽图志》总纂，后晋秩郎中、外务部传补御史。光绪二十九年（1903）再中经济科进士，后任云南曲靖知府、云南按察使、云南提法使，又调任广东提学使。辛亥革命起，秦树声避居上海。民国元年（1912），国民政府拟任其为河南提学使，秦树声不应，移居北京，清史馆聘为《地理志》总纂，直到成书。传世著述有《南北史》《唐书》《刑法会要》《乘庵文录》《清地理志》《西洋史》《续修河南新志》等。

挂甲邨①

挂甲邨前路，当年宰相来。可怜官厩废，又见野花开。

寂寞围碁墅，凄凉祖帐杯。生涯真逝水，回首独馀哀。

校：

此诗续钞刻本目录和正文题目均加自注：故相鹿文端公值庐在此。

注：

①挂甲邨：位于海淀区中部。东濒万泉河，西邻西苑中医院，北始颐和园路，南接北京大学。原称华家屯，后附会杨六郎在此挂甲得名。

意 行

意行坡垄远，夕照下通津。宿麦犹封雪，寒林已得春。
祇园行在所，周道属车尘。无复蓬莱仗，云天洒泪频。

蒙 尘

蒙尘仓卒变，沥血溅椒涂。涕泪思前事，河山尚故都。
五铢何日复，九鼎几人扶。叹息儒冠老，饥寒傍路隅。

欹 枕

欹枕长宵半，荒鸡喔喔鸣。闭门天酿雪，不寝柝传更。
衮衮材兼智，区区旅与成。岂无贤宰相，莫惜一身轻。

公 园

逦逦回廊转，风兼花絮飞。日长惟茗饮，春晚正罗衣。
焘土馀三尺，蟠松过百围。只应华表鹤，惆怅不堪归。

十刹海晚行

小市灯迟上，湖边已暝荫。冻痕交水草，暖意汩烟林。
留赏期如昨，扶衰力不任。水西楼十桄，载酒负登临。

十刹海

夕阴移枉渚，车马尚流连。水气侵衣袂，荷风送管弦。
卖菱残署后，沦茗晚凉前。不信山河改，游人似往年。

庚子秋予扈驾西安宋芝田[①]同年为作秦川晚眺图辛亥检阅书簏重得此图时事已非多可感者补题小诗记之

昔扈西征跸，来游素浐涯。宁知遗剑玺，悔不化虫沙。
野扫霜前薭，天张雨后楑。登临多物色，回首一长嗟。

注：
①宋芝田即宋伯鲁（1854—1932），字芝栋，一字芝田，亦署子钝，晚年又号钝叟，笔名别号九嵕山樵、瓶园老人、心太平轩老人等，陕西醴泉人。光绪十二年（1886）进士。对诗文、书法、绘画有很深造诣，著作达20余种，已刊印的有《新疆建置志》《新疆山脉志》《西辕琐记》《海棠仙馆诗集》《焚余草》《己亥谈时》《知唐桑艾录》等。

曹经沅[①]佥事春曹话旧图

昔年官制改，邂逅际颠危。祗有容台彦，犹怀载笔时。(一)
摧残文物尽，感慨画图披。反袂悲长逝[②]，空馀老泪垂。

校：
本诗曾发表于《国闻周报》1930年第7卷第5期，题名为"春曹话旧图纕蘅属题"，署名"凤荪"。
（一）祗有容台彦：《国闻周报》作"尚有容台彦"。

注：

①曹经沅（1891—1946），四川绵竹人。原字宝融，后字纕蘅，幼年从家读。12岁补邑廪生。后赴成都，毕业于四川法政专门学校。18岁乙酉科拔贡。入京朝考，分发礼部，任主事。民国成立后，就读于中华大学，获法学士学位。擅书法、诗文，著有《借槐庐诗集》。

②《国闻周报》有自注：谓郭春榆院长。

西单牌楼过文星阶阁学

步履市坊远，晚来车马稀。槐花兼雨落，燕子掠人飞。
胜负争棋局，新陈换舞衣。白头差底兴，邂逅独依依。

校：

续钞刻本目录题为"西单牌楼过文星阶阁学"，正文题为"西单牌楼遇文星阶"，此依目录。

咏　史

亳都迁徙后，车驾伫东巡。密勿交邻事，弛驱报国人。
封泥未谷口，设版已河津。莫谓朝廷小，如瞻气象新。
丕承仍旧物，夹辅况周亲。独溅忧时泪，龙钟忝老臣。

校：

此诗续钞刻本目录题为"即事（二首）"，正文则题为"咏史"。从诗的内容看，题为"咏史"较合诗意。就五律体制看，此诗原应为二首（续钞刻本目录注明"二首"亦可为证），但刻本正文仅录一首半，疑为原编者或刻者所误。

雨　雪

翳翳桑榆晚，霏霏雨雪来。可怜天庆节，犹劝故人杯。
县圃无铭迹，昆池有劫灰。首春寒凛冽，暖律几时回。

校：
此诗续钞刻本有诗无目，目录系据正文添加。

二　七言律诗

二里关题僧寺壁

危谯百日蹑屏颜，井络天彭弥望间。
一自金牛通蜀道，不闻铁马出秦关。
中原珠玉张仪走，谷口旌旗葛亮还。
万事争如茅盖顶，劳人输与病僧闲。

校：
此诗续钞刻本目录题名为"二里"，正文题为"二里关题僧寺壁"；续钞排印本（无目录）正文题为"二里关"。

◇蓼园诗续钞◇

孙水关登佛阁小集简钱隄江[①]

孙水关临孙水涯,白沙浩浩似金沙。
巴歈调入猿声苦,卬竹烟笼鸟道斜。
徼外軿轩冲瘴疠,天边棼橑蔽云霞。
西来万里堪乘兴,不羡从君住汉嘉[②]。

校:

此诗上阕与《蓼园诗钞》卷四中的《孙水关》一诗上阕相同。在续钞刻本中有目无诗,据续钞排印本补。

注:

①钱隄江即钱保塘(1832—1897),字堤江,一作铁江,号兰伯,斋名清风室。浙江海宁人。曾任四川试用知县。久客泸州。著有《光绪舆地韵编》《乾道临安志札记》《清风室集》《清风室诗集》等。《蓼园诗钞》卷五《成都杂忆》(十首)之三即写钱保塘。

②自注:隄江奉檄至嘉定府。

咸阳早行

客子夜发咸阳县,严更五点鸡三号。
天河北斗澹澹没,终南太白苍苍高。
颎洞龙漦沦宝祚,荒唐鹑首剪神皋。
毕原雍畤无人问,野店冲寒买浊醪。

· 281 ·

校：
此诗在续钞刻本中有诗无目。

吉林城楼和顾皞民[①]观察

漠漠平林带远砧，荒荒野日隐寒浔。
天浮沧海三韩色，人倚高楼万里心。
薄领侵寻身易老，关城莽苍岁多阴。
鲰生亦是辽东客，更说乡愁恐不禁。

注：
①顾皞民即顾肇熙（1841—1910），字皞民，号缉庭，江苏苏州人。同治三年（1864）甲子科举人，历官工部主事、惠陵工程监修，升吉林分巡道、陕西凤邠盐法道。

得顾皞民书奉答

药裹诗筒问病身，征衣初浣异乡尘。
那知塞上传书日，又是天南斗将辰。
薛荔空山人窈窕，鼋鼍涨海气轮囷。
使君莫问栖迟计，十载萍踪岂有因。

岳州晤朱纯卿[①]即送其北上

使君本自朝中旧，薜苕巴陵税网轩。
今日洞庭堪饮马，古来衡岳有啼猿。
蟠胸未展纵横略，握手空销黯澹魂。
见说迎銮消息近，翔行八骏过镮辕。

注：
①朱纯卿即朱益濬（？—1920），字辅源，号纯卿，江西莲花县人。见前注。

偕丁少山[①]城西晚眺

邂逅高人杖履闲，沙隄雨圻路湾环。
新霜远近丹黄树，斜日东南紫翠山。
万卷书城犹历下，百钱卜肆自人间。
若为早订芹泉约，镜里匏娲鬓已斑。

注：
①丁少山即丁艮善（1829—1893），原名丁扬善，字少山，山东日照人。见前注。

应山①道中

山城雨洗尚氛霾，款段驼诗兴已佳。(一)
地尽中原分楚塞，人随秋色过清淮。
荒陂水带鱼衣落，古道沙兼马舄埋。
去去长安莫回首，春衣酒涴梦斜街。

校：
（一）款段：续钞排印本作"欵叚"。
注：
①应山：今湖北省广水市应山县。

旅夜怀(一)

风帘褰月夜何其，欹枕丁东漏乡迟。(二)
走马兰台今独往，飞龙药店旧相思。
寒檠容易添惆怅，噩梦分明赠别离。
后馌前耕无那晚，十年东观负归期。

校：
（一）此诗续钞二卷刻本目录题为"旅夜怀"，正文题"旅夜"；续钞排印本（无目录）正文初题亦为"旅夜"，"怀"字为后来添印，字体呈倾斜状。
（二）风帘褰月夜何其，欹枕丁东漏乡迟：续钞排印本作"长安腊尽雪毸毸，欹枕丁东夜漏迟"。

万 里

万里提封亦等闲,北门锁钥是榆关。
解除曳地光明甲,史例纷纭议马班。

校:
该诗《蓼园诗续钞》二卷刻本未收,据续钞排印本补。

得家兄敬孺书以诗寄之

闻君十日山中去,父老逢迎导长官。
一径还从天际落,九华近在雪中看。
已知岁月侵寻晚,未信珪符报称难。
世外烟椴犹管领,飞凫不用到长安。

忆昔(二首)

一

白云湖边云不开,山行荦确马虺隤。
禾田雨带晚潮至,箬笠人将返照来。
百里乡山曾负米,十年故旧忆衔杯。

安排漆叶青粘散，镜里朱颜倪易回。

二

滆湖西畔考槃阿，昔年载酒相经过。
天连秋水白鸟没，岭带夕阳红树多。
十赍仙人聊复尔，三高隐士竟如何。
骖鸾未抵鱼鳞䐱，怅望西风渺渺波。

校：
此二诗续钞刻本有诗无目，目录据正文添加。

留别王逸珊[①]

送客翻为载酒游，临城百里此淹留。
逶迟道路村鸡午，萧飒园林陇麦秋。
晚计只应依白社，壮怀尚欲猎青邱。
何时践汝还山约，问舍求田可自由？

注：
①王逸珊即王宝田，字饴山。见前注。

陈蓉曙[①]书来问近况以诗答之

东华门外送鸣珂，往事真成梦里过。

◇蓼园诗续钞◇

壮不如人今老矣，狂虽胜我奈痴何。
陂塘暇日安鱼断，畎亩丰年数谷螺。
头白能为田舍计，廿年薄宦未蹉跎。

注：
①陈蓉曙即陈遹声（1846—1920），字毓骏，又字蓉曙。见前注。

蓼 园

蓼园二月新晴妍，菠薐荠菜青相连。
压屋寒云棘树里，卷帘春色桃花前。
於陵抱瓮自来往，鲁阳挽戈孰后先。
迟君政欲开三径，病扶藜杖久瞻天。

简王静安

荒园数亩薙茅菅，展拓书城待我还。
小阁垂帘清似水，密林藏坞绿如山。
娥眉众女今谁妒，獭尾孤臣昔共攀。
病起犹能开径俟，浊醪相对破愁颜。

寄张振卿前辈

晚学无承辱品题，天涯春草又萋萋。①
谁言白首还乡客，更著青鞋不厌胝。
东阁荒凉新马厩，西台零落旧鸟棲。
早知世事浮云幻，采药名山路任迷。

注：
①自注：劭忞春草诗最荷推奖。

得宋芝田①消息

白首还乡宋夫子，风载犹是谏坡人。
家无甑石鱼生釜，路有崟岩马负轮。
乱后音书常间阔，狂来肝胆自轮囷。
云山北望觚棱远，苑柳宫槐又早春。

校：
续钞排印本所收与此诗字句差异较大，兹录备考。

得宋芝田消息

白首还乡宋夫子，犹拈诗笔斗清新。
家无甑石鱼生釜，路有崟岩马负轮。
乱后音书犹间阔，老来怀抱祇逡巡。
浮醪泛醴寻常好，管领糟邱要此人。

注：

①宋芝田即宋伯鲁（1854—1932），字芝栋，一字芝田，陕西醴泉人。见前注。

集李嗣香[①]学士别业即席为诗

翰林别业傍溪湾，昔日楼台此重攀。
杨柳莺藏青琐里，梨花月堕白云间。
玳筵美酒频留客，宝靥新声一解颜。
坐久不知良夜永，已闻警逻过通闑。

注：

①李嗣香即李士钤（1853—1928），光绪丙子（1876）举人，丁丑科（1877）连捷进士，为翰林院庶吉士，授职编修，转翰林院侍读学士，历充文渊阁校理、武英殿提调、国史馆纂修。后投资津浦铁路、开办直隶畿辅学堂、创建直隶农学会。民国后投资开滦煤矿、启新洋灰公司、耀华玻璃公司等实业。

卧佛寺简英敛之[①]

琳宫标榜挂崚嶒，斗上诸天第几层？
宴坐方知今日暇，追攀更忆昔年曾。
林边灯影翻栖鹘，月下钟声起定僧。
久惯尘埃踪迹浣，故人肯借一枝藤。

注：

①英敛之（1867—1926），满洲老姓赫舍里氏，名英华，字敛之，以字行，号安蹇，又号万松野人，又名玉英华。1902年在天津创办《大公报》，兼任总理和编撰工作。1911年辛亥革命后，名义上仍负责《大公报》工作，实际上已退居北京香山静宜园，以主要精力创办女学、辅仁社等慈善教育事业，从事天主教革新工作，后又创办辅仁大学。

上元日留王静庵[①]夜话

寂寞笼灯寂寞春，齐盐况味最相亲。
四郊壁垒论兵地，九陌尘埃斗酒人。
缅甸划除明社稷，崖山漂没宋君臣。
谁言地老天荒后，忽漫相逢又析津。

注：
①王静庵即王国维。

寄升吉甫[①]

老傍书城借一廛，但将酪酊送华颠。
区区力薄犹填海，耿耿忧繁莫问天。
梦里觚棱真万里，病中羁绁又三年。
雪堂尚记连床话，绊绊千金总浪传。

注：

①升吉甫即多罗特·升允（1858—1931），字吉甫，号素盦，蒙古镶黄旗人。历任山西按察使、布政使，陕西布政使、巡抚，江西巡抚，察哈尔都统，陕甘总督等要职。宣统元年（1909），升允曾因上疏反对立宪，以妨碍新政之过失被革职，之后寓居西安满城。武昌起义爆发后，他又重新被起用，任陕西巡抚，总理陕西军事。升允率甘军东进，连下10余城，逼近西安。1912年2月，清帝溥仪退位，甘军得知消息，拒不与革命军作战，升允西退。此后往来于天津、大连、青岛之间，结纳宗社党人，图谋复辟。1931年7月23日病逝于天津租界，逊帝溥仪赠谥曰文忠。

清明日孙惠甫[①]过访即事奉呈

病后逢辰感有加，浊醪无分送生涯[②]。
春阴犹带千门雪，暖意先开二月花。
国步艰难疲犬马，天心惨淡厌龙蛇。
知君早晚乘桴去，莫为京尘涴鬒华。

注：
①孙惠甫：生平不详。
②自注：予因病戒饮。

偕叶焕彬过畿辅先喆祠清谈竟日焕彬属作诗

世外闲身鬓亦华，十年聚散抵搏沙。

登楼恰对西山雪，汲井还烹北港茶①。
襞积万言君已懒，发挥三命众犹哗。②
丹炉药灶宁无分，且访瀛洲羽客家。

注：
①自注：君山北港。
②自注：时论以君比李虚中。

招伯绅①饮十刹海即席作

白首相看兴有余，催归不用赋骊驹。
蓟门落日新秋色，燕市高歌旧酒徒。
一醉能禁愁兀兀，百年拼抵梦蘧蘧。
神仙莫恨蓬莱浅，淹没三山恐不如。

校：
本诗曾发表于《国闻周报》1930年第7卷第37期，题名为"同伯绅饮十刹海酒楼即席作"，署名"凤荪"。

注：
①伯绅即冯光勋（1828—1891），字伯绅、柏森，江苏阳湖人，同治四年（1865）进士。

寄罗叔言

拥书万卷不停披，想见先生做客时。
海外逋臣如舜水，名山副本尚京师。

◇蓼园诗续钞◇

从容典籍投分浅,沨洞兵戈去国迟。
愧我涓埃无补报,凭将老泪寄天涯。

张君立①约小集为文襄宴客地也感旧有诗

昔年相国留宾地,邂逅清樽奈晚何。
华馆秋风临曲汜,夕阳潦水带残荷。
蘺文一代风流尽,阅醉千场感慨多。(一)
叹息笠檐蓑袂兴,从公毕竟负烟波。

校:

该诗曾发表于《辽东诗坛》1930年第59期及《国闻周报》1930年第7卷第36期,题为"张君立招饮开轩面十刹海,张文襄宴客处也。咸旧作诗"。

(一) 蘺文:《辽东诗坛》及《国闻周报》作"埋文"。

注:

① 张君立即张权(1862—1930),字君立、柳卿,号圣可,又名仁权,直隶南皮(今河北南皮)人,张之洞长子,光绪十七年(1891)举人,1895年与康有为等在北京发起成立强学会,并联名"公车上书"。

庚午重九日雪

北窗压听雨淋浪,卷地风飙晚更狂。
浊酒酸齑有今夕,落花飞絮作重阳。

咎征五事谁占罚，乐岁三农已兆穰。
怪底东坡稀省见，阴机新巧未渠央。[①]

校：

该诗曾发表于《辽东诗坛》1931 年第 63 期及《国闻周报》1930 年第 7 卷第 48 期，题为"重阳日雪集广和居赋呈曹祠部"，与续钞刻本差异较大，兹录如下备考。

重阳日雪集广和居赋呈曹祠部[②]

登高已阻雨淋浪，卷地风飙晚更狂。
酒酽茶香有今夕，花飞絮舞作重阳。
咎征五事谁占罚，乐岁三农已兆穰。
莫谓先生稀省见，阴机新巧未渠央。

注：

①《续钞》刻本有自注：坡春分日雪诗："雪入春分省见稀"，又，"故将新巧发阴机"。按："春分日雪"诗指苏东坡《癸丑春分后雪》：雪入春分省见稀，半开桃李不胜威。应惭落地梅花识，却作漫天柳絮飞。不分东君专节物，故将新巧发阴机。从今造物尤难料，更暖须留御腊衣。

② 曹祠部：指曹鸿勋。

冯公度[①] 北学堂雅集图

谁言学派但深芜，洛社衣冠俨画图。
朝市已看今日换，园林得似昔年无。
胜游宾客俱陈迹，乔木风烟尚故都。
一事赢君惆怅甚，海棠手植几荣枯。

校：

此诗原稿尚存，落款为"题冯上虞北学堂雅集图写呈山崎先生雅正胶西柯劭忞"。

注：

①冯公度即冯恕（1867—1948），字公度，号华农。又因购得乾隆"自得图"匾而自称自得图主人。原籍浙江慈溪，寄籍河北大兴。在载洵任海军都统时，曾任海军部参事、海军部军枢司司长、海军协都统等职。曾随载洵赴英、美、法等八国考察。民国后在家从事文物收藏和鉴赏工作。1920年冯恕购买了西四羊肉胡同73号、甲75号，一直居住到去世。

金雪孙①编修竹屋填词图

水槛山楹拓地宽，扶疏烟雨爱荒寒。
新词每向灯前写，往事今从画里看。
按拍红牙催进酒，沾衣绿雾忆凭栏。
园林物色分明在，掩仰箫声兴未阑。

注：

①金雪孙即金兆丰（1870—1934），字瑞六，号雪荪，浙江金华人。光绪二十八年（1902）乡试中举，次年殿试位列二甲第五名，赐进士出身，选翰林院庶吉士。光绪三十一年（1905）派赴留学日本，三十四年（1908）回国，授翰林院编修。历任京师大学堂提调，京师督学局视学，国子监师范学堂监督，国史馆编修、武英殿校对等职。

酬杨东渔①

剑门车马峡江舟，回首风烟五十秋。
老去君尤推晚节，别来吾尚记前游。
昔陪胜践人俱逝，昨枉新诗笔更遒。
镜里颠毛还自惜，摩挲铜狄此淹留。

注：
①杨东渔即杨积芳（1853—1932），原名芳，字长孺，一字馥生，又作馥笙、馥荪、福荪、福孙，号寄篁，一作纪皇，晚号东渔，别署长泠渔长。见前注。

晚过宝应寺①

岁暮情怀感不胜，又来梵刹事攀登。
平蕪落日云无际，斗卷回风雪有棱。
送老宁辞杯潋滟，冲寒已负马凌兢。
丁宁属耳天门远，欲托飞廉恐未能。

校：
此诗续钞刻本有诗无目，目录依正文添加。

注：
①宝应寺：位于北京市宣武区（今划入西城区）菜登胡同29号，寺旁有明司礼监王安墓。清末，宝应寺曾改为山东登州、莱州、胶州三州义园。

三　绝句

与伯缙夜话即事有作

万里还乡两鬓丝，剪灯话旧漏声迟。
一天风色来巫峡，记得船神入梦时。

为曹仲铭题樱花图

暖树蒸霞蓓蕊初，樱冈绮丽殿春馀。
一般眼福谁能料，未见花如未读书。

寄扬子占[①]

蟠羊山下牧羊秋，白草黄云古应州。
乞作承平边塞史，书生原不为封侯。

注：
①扬子占：生平无考。

雾淞真定道中作

晓日翻鸦霁色开，千林雾淞挂氍毹。
陈馀故垒犹兵气，白帜居然泜上来。

校：
续钞排印本题为"真定道中"。

题桂未谷先生诗册

紫葚朱樱已满林，蒲桃阴里琐窗深。
争如未谷吟诗好，起似春蚕卧似琴。

校：
此诗续钞刻本目录题为"题桂先生诗册"，正文题为"题桂未谷先生诗册"；续钞排印本题为"偶成"。目录依续钞刻本正文。

陈补山花奴曲题后

金明池上舞筵开，按拍频催薛夜来。
钿甲银筝零落尽，棠梨风起纸钱灰。

◇蓼园诗续钞◇

出东便门为去冬送芝田①同年处赋诗奉寄

春泥滑沚冻初销，又见新黄著柳条。
记得前年送归客，九门风雪压盘雕。

注：
①芝田即宋芝田宋伯鲁。见前注。

元遗山①西园诗②吊北宋之亡非咏哀宗时事注家误甚作诗正之

梁园回望绣成堆，昔日繁华欲问谁？
只有金明池上月，弯弯犹学宋宫眉。

注：
①元遗山即元好问（1190—1257），字裕之，号遗山，太原秀容（今山西忻州）人，系出北魏鲜卑族拓跋氏，唐诗人元结后裔。金亡不仕，著有《元遗山先生全集》。
②元好问《西园》诗：
西园老树摇清秋，画船载酒芳华游。
登山临水祛烦忧，物色无端生暮愁。
百年此地旃车发，易水迢迢雁行没。
梁门回望绣成堆，满面黄沙哭燕月。
荧荧一炬殊可怜，膏血再变为灰烟。
富贵已经春梦后，典刑犹见靖康前。

· 299 ·

当时三山初奏功，三山宫阙云锦重。
璧月琼枝春色里，画阑桂树雨声中。
秋山秋水今犹昔，漠漠荒烟送斜日。
铜人携出露盘来，人岂无情泪沾臆。
丽川亭上看年芳，更为清歌尽此觞。
千古是非同一笑，不须作赋拟阿房。
原诗句中夹注："梁门回望绣成堆"：时金主迁都于汴；"荧荧一炬殊可怜"：蒙古破金燕都，焚宫至，火一月不灭。

蓼园即事（二首）

一

风暖游丝袅袅，日长啄木丁丁。
闲学於陵抱瓮，一畦菜甲初青。

二

圯上无人取履，车中有客弹筝。
料理园官种菜，白头未负平生。

廊　房

剧饮狂谈夜向晨，岂知推刃在逡巡。
廊房划尽陂陀血，总觉青青草不春。[一]

校：
（一）廊房划尽：续钞排印本作"道傍划尽"。

寄罗叔言

羁绁君臣亦可伤，岂知当论复蜩螗。[一]
书生意气浑无用，莫诋当年马吉翔。

校：
（一）蜩螗：续钞排印本作"碉螗"。

即　事

竹篱引蔓畦山芋，桑根戢戢蜉蝣羽。
午窗闲听蜜蜂喧，满地槐花落如雨。

遂平城外即事

瓜区积潦尚纵横，小市人归趁晚晴。
雨洗红梨为晛色，风传皂角作秋声。

窦建德祠

化及诛夷信义师，神弦犹赛夏王祠。
可怜牛口终成谶，豆子䴏荒豆落萁。

题缪供奉① 花卉扇面

瑞露祥雯禁苑中，画师濡染写芳丛。
九重别有丰貂赐，叹息回天浴日功。②

注：

①缪供奉即缪嘉蕙（1841—1911），字素筠，昆明人。自幼习书画，才华过人，年轻时便已在云南、四川一带小有名气。其作品笔墨清新、设色典雅、形神毕肖，尤以花鸟工笔画为佳；亦工小楷，字迹秀拔刚健，超凡脱俗。1889 年，慈禧下诏各省选送女画家入宫，缪嘉蕙得以入选进宫。慈禧如试大喜，置诸左右，朝夕不离。并免其跪拜，赏三品服色，月奉二百金，遂为福昌殿供奉。自是慈禧所赏大臣花卉扇轴等物，均嘉蕙手笔。

②自注：孝钦皇后一日至如意馆，出片纸谕缪："汝为我润色之，则废立诏书。"君叩头言："万死不敢！"奉旨后数日赏戏，遂有貂褂之赐。

◇蓼园诗续钞◇

即　事

甘瓜未摘实离离，扑枣仍馀纂纂垂。
红皱黄团纷满眼，小园尽是退之诗。

西村感旧

断臼颓垣半是非，寻思往事尚依依。
可怜慈母篝灯绩，又绽明朝未浣衣。

于晋之[①]藏予旧作数十首皆家兄所改定题曰夜雪吟诗不足存追忆夙昔忾然有作

雪窗讽诵夜琅琅，丱角心情爱冷乡。
剩有当年诗卷在，阿兄比拟落笺堂。

注：
①于晋之：生平无考。

冯公度取金文镌砚百方属作诗（二首）

一

端溪割取紫云腴，铁画银钩上拓摹。
文史校雠应万卷，看君磨墨复研朱。

二

古今拓本翻新样，不数当年墨妙亭。
棐几文窗罗列遍，定知雕焕胜丹青。①

注：
①自注：公度精绘事。

即　事

佐掖门边卓酒旗，小车历辚傍轩墀。
夕阳一片伤心色，苑柳宫槐摇落时。

◇蓼园诗续钞◇

魏濂溪[1] 攀园图[2]

父老殷勤去后思，茧丝保障舍君谁？
白头尚有辽东客，记得樽前绿发时。

注：

[1]魏濂溪即魏宗莲（1885—?），字濂溪，山东德州人，日本东京法科大学毕业，历任农林部、农商部佥事，农政专门学校校长，吉黑榷运局局长，湖北省实业厅厅长，宜昌关监督兼宜昌沙市交涉员，陕西潼关监督。

[2]自注：濂溪官林林有治绩。按："林林"当为"吉林"之误。

蓼 杖

斫取游龙作杖材，斑斓鳞甲带莓苔。
买花三市冲泥去，约客重阳载酒来。

晚 眺

落雁行边蝍蛛明，幕天霁色上帘旌。
山根乱树深藏雨，屋角斜阳澹放晴。

寄陈将军谪居

鼋鼍海上气轮囷,又是东南斗将辰。
见说偏裨欲泣泪,松花江上喑垂纶。

校:
该诗续钞二卷刻本及《蓼园诗钞》五卷本均未收,据续钞排印本补。

集外佚诗

◇集外佚诗◇

武功县[①]早行（辛巳）

客子夜发咸阳县，严更五点鸡三号。
天河北斗澹澹没，终南太白苍苍高。
常如羸马疲心性，愿借冥鸿好羽毛。
潍州四千六百里，跂予不见增郁陶。

注：
①武功县：位于陕西省，明、清时期属西安府。

宁远[①]道上（辛巳）

连山莽无极，百里入哀劳。寥落人烟断，参差虎迹高。
凉关犹壁垒，邛海自波涛。远向旄牛徼，吾生何太劳。

注：
①宁远：湖南省永州市所辖的一个县，地处湖南省南部、永州南六县的中心位置。

正月十四日排闷作（壬午）

暧蜿锦城暮，吟诗遣索居。乡心中酒后，节物试灯初。
座上邀丝竹，床前唤雉卢。他乡行乐事，寂寞意何如。

（以上三首辑自《姚江同声诗社三编》）

伯羲由盘山复至三泉中途遇雨寄以诗用昌黎赠张彻韵[1]

三盘多胜迹，三泉尤可念。鱼青一寸石，镜里看喁噞。
澄辉水碧温，靧采丹砂染。信知饥可瘳，弥觉俗能砭。
别来岁未期，蒲叶抽新剑。人事剧回邅，年光迅流闪。
昨夜山中雨，堰决畦棱垫。君从山寺来，叹息灵棋验。
路滹巾柴车，屋漏蓑茅店。名高身为诎，此事君何欠。
胡为辱泥涂，毋乃偿所歉。初晴风日美，灼灼红蕖灒。
鸡头苞欲坼，牛舌舒应磹。肆余选懦人，崎岖阻坑堑。
欲赓壁上诗，未削怀中椠。人生羁一世，爓爓风灯焰。
终然命驾归，逆旅吾宁占。胡为摈所好，而营升斗赡。
且报故人书，滕口咨狂僭。

（辑自《晚清四十家诗钞》）

注：

[1]《晚清四十家诗钞》原注：此首集本失载。按，"集本"即《蓼园诗钞》五卷刻本。

题楼亭樵客遗诗[1]

故宫禾黍未离离，崇政丝绚认履綦。
今日重为华表鹤，伤心偏读故人诗。

（辑自徐坊《楼亭樵客遗诗》札稿）

◇集外佚诗◇

注：
①楼亭樵客：徐坊自号"楼亭樵客"。

奉送宽孙[①]仁世兄游南洋[②]

张骞八月又乘槎，万里瀴溟近可涯。
史乘昔年搜外纪，乡音今日译中华。
佛桑花落棉为絮，椰子瓢开酒当茶。
不用新诗咏风土，喜神谱出兴尤赊。

（辑自柯劭忞手稿）

注：
①宽孙即洪毅（1888—约1953），字宽孙，侯官（今福州）人。洪亮之子。画家，尤善写梅，曾卖画于台湾等地，著《痴洪梅谱》。
②南洋：清末至民国时期，划分我国沿海地区为南北两洋区，称山东以南的江苏、浙江、福建及广东各省为南洋；江苏以北的山东、河北、辽宁各省为北洋。此指台湾省。

论徐世昌诗九首

一

萧然水竹村中老，竹是风裁水襟抱。[①]

世事今归袖手看，苍狗浮云尽诗料。
时于平淡见雄奇，荦确何须拟退之。
记得弢园新雨后，一瓯香茗细论诗。②

注：
①水竹村：徐世昌在河南卫辉的别墅，此代指徐世昌退居之所。
②弢园：指徐世昌位于北京东四五条胡同住宅，此代指徐世昌居所。

二

烜赫功名日月悬，拂衣又上五湖船。
剥桑种秫田家事，抵作豳风七月篇。

三

绿蕙抽纤草，黄花卷落槐。夕阳初入户，秋潦欲平阶。
隐几充闲阁，雠书惬静怀。弢园诗境好，还拟问高斋。

四

高情不让皮袭美，佳句还如范致能。
一卷清诗尽珠玉，三百年来见未曾。

五

雪窗灯影夜如何，一卷新诗醉后哦。
水竹村边老居士，从来雅兴比人多。

◇集外佚诗◇

六

拈来妙谛即天工，李杜苏黄未许同。
自有寸心知得失，锻诗无句不求工。

七

乐府谁如白雪歌，遗民衵习竟如何。
寒灯渔话休相拟，读罢新诗感慨多。

八

中朝无复汉衣冠，漫说诗盟旧坫坛。
老树将枯犹作瘿，新流未涨已成滩。
主持正学宁无术，料理荒园但有官。
世事纷纭甘束手，高吟付与后人看。

九

昔者曾丞相，论诗爱闲适。香山与放翁，卓为词人则。
宁知千载后，白陆同标格。曷以喻高怀，苏门有泉石。

（辑自柯劭忞编徐世昌《水竹邨人诗选》）

附录 柯劭忞传纪资料

◇附录　柯劭忞传纪资料◇

上　谕

光绪三十年八月二十三日。奉上谕："国子监司业著柯劭忞署理。钦此。"

（《商务报》1904年第28期）

大总统令

教育部呈："柯劭忞所著《新元史》，精审完善，请特颁明令列入正史以广流传"等语。《元史》原书由宋濂、王祎仓卒蒇事。疆域、姓氏舛漏滋多，前代通儒屡纠其失，间有述作，均未成书。柯劭忞博极群言，搜辑金石，旁译外史，远补遗文，罗一代之旧文，成名山之盛业，洵属诠采宏富，体大思精，应准仿照《新唐书》、《新五代史》前例，一并列入正史，以飨士林。

此令。

十二月四日

（《安徽教育月刊》1919年第24期）

新元史序

徐世昌

明人修《元史》，仓卒成书，缊复挂漏，读者病之。乾隆中，钱竹汀少詹思别为一书，成补志、补表及列传百余篇，然迄未卒业，今《艺文志》、《氏族表》俱刊行于世，列传则佚而不传。自少詹以后，改订旧史者虽有成书，仍不餍读者之意。

胶西柯凤孙学士，为余丙戌同年，既入翰林，假馆中所贮《永乐大典》读之，择裨于《元史》者，钞为巨帙，固知其有著书之志矣。已而从元和陆文端公家得洪文卿侍郎缉译西书稿本，始知刊行之《元史译文证补》漏遗尚多。而东西学者之撰述，洪氏所未及见者，学士亦获而译之。又博访通人，假其藏书，多四库未收之秘笈，旁及元碑拓本，又得三千余事。于是参互考订，殚十余年之精力，撰《新元史》二百五十有七卷，近世治史学者，未有及学士之博笃者也。余尝质于学士曰："侏儒之文，缊翻叠译，往往彼此抵梧，私家之状志，又恐虚罔不实，可据为信史乎？"学士曰："其抵梧者，必博求证据，不敢逞胸臆以决之。其虚罔者，核诸事实，不难知也。"盖其用意矜慎如此。

元之太祖，力征经营，武功烜赫，旧史所谓奇勋伟绩，史官失于记载者，今之新史具详其事。世祖以来，纪纲法度，粲然毕举，凡丁赋、税则、钞法、海运、河防、刑制与夫服制之图、郊祀之议、君臣之谥法，旧史所略而未备者，今则缀述遗闻，悉著于篇。至于宗藩懿戚，下逮当时之士，以功名、文学、节义显者，补为列传，皆学者所不可不知者也。昔新、旧《唐书》，论者互有短长。学士此书，赡而不芜，义例尤严，视旧史殆倍蓰过之，其列于正史，宜矣。

余既为付梓，又序其简端以谂承学之士，庶几谓余言为不谬乎。天津徐世昌。

（录自柯劭忞《新元史》民国十一年徐氏退耕堂刻本）

◇附录　柯劭忞传纪资料◇

《新元史》出版

　　胶州柯凤荪学士积平生学力撰成《新元史》二百五十七卷，其书网罗宏富，远过旧史，备见大总统序言暨教育部呈文中。今依乾隆殿本二十四史式样精刻告成，全书分装六十厚册，用夹连宣纸装印。纸墨精良，每部收回工本实洋九十元，在王府井大街印铸局政府公报发行处及琉璃厂保古斋直隶官书局杨梅竹斜街青云阁内富晋书庄等处寄售。

（《政府公报》民国十年十二月二十五日第二千九十四号）

退耕堂刻《新元史》

余明善

　　《新元史》是徐世昌刻的，纸张、印刷、装璜，精美无比。此书无论在雕版艺术上和学术上，都有一宗的价值。流传的印本，无论在哪方面，都不失为善本的价值。
　　徐氏刻此书之前，就以总统的身份，命令公布此书与《廿四史》并列。后来开明书店缩印《廿四史》收了《新元史》题为《廿五史》，当时传本不多。日本得到原本后，立即复制，售日元五元一部。
　　相传柯劭忞著《新元史》脱稿后无力印行。柯氏与徐世昌为丙戌同年翰林，且属至好，因而为他开雕。当然徐世昌刻一部书是不费吹灰之力的。但刻成之后，徐世昌并没有把版片交给作者。事隔多

· 319 ·

年，柯氏以经济窘迫，艰于生计。友人对他说："何不向徐氏要回版片，不就解决了经济问题吗，何必捧着金碗讨饭呢？"柯氏说："他已替我把书刻成，这就很好，版片就不必要了。"但徐世昌退位后，在天津作寓公，竟在他的家里刷书以售，定价硬币八十元一部。

《新元史》出书后，传到日本。通过日本东京帝大教授、史学名宿箭内亘博士详细的审查之后，由东京帝大方面授予柯氏博士学位。徐世昌剥夺了柯劭忞的著作版权，和日本赠送柯氏以博士学位，形成了鲜明的对比。

解放后，徐氏家里收藏的文物，陆续散出。《新元史》的版片却无下落了。此书的版片有追访的价值——这也是保存善本书工作的一个方面。

（录自余明善著、傅杰编订《余明关善文稿》之"随笔十则"之一，齐鲁书社2003年版）

北京大学史学系教授会通告

本系现请柯劭忞先生指导研究新元史，定于每星期三下午二时至五时来校，愿此项科程者，望至史学系教授会事务室报名。

（中华民国十三年十月二十日《北京大学日刊》第1547期、十月二十三日第1550期）

介绍柯凤孙先生《新元史》

王桐龄

二十四正史之中，以元史为最芜杂。搜集史料太草率，编辑时间

◇附录　柯劭忞传纪资料◇

太仓猝。后人欲纠正整理之者甚多。若邵远平之《元史类编》，钱大昕之《艺文志》及《氏族表》，魏源之《元史新编》，洪钧之《元史译文证补》，最近若先师屠敬山先生之《蒙兀儿史记》，皆有清一代名著。努力改修元史而尚未完全成功者也。柯凤孙先生为吾国宿学，以四十余年之精力整理元史，根据永乐大典及金石文字与西方史料，对于旧史加订正增补。删其繁乱，正其谬误，补其阙憾。使有元一代百余年间之事迹，一一罗列若指诸掌。明清二百六十年间之贤士大夫所屡试而未能贯彻目的者，先生以半生之心血足成之。其心思之绵密，眼光之明敏，精力之充满，可惊也已。此书以民国十一年出版，由大总统下令指定编入正史之中，先生以东洋文化关系，寄赠与日本东京帝国大学一部。东京帝国大学文学部东洋史学系诸教授佥以此书为考据蒙古一代事迹惟一不二之重要参考品。其价值远在旧元史以上。爰提议由教授会加以审查，赠与先生文学博士学位。先生道德隆重，人格高尚，天爵之尊，可为吾国模范人物。固不必以区区博士称号为荣，然日本博士位置之名贵，甲于全球。西洋各国博士为学校内之学位，凡大学校学生，毕业于最高之学级者皆授之。日本博士为学术界之学位，非有极丰富之著作、极高深之学识，极有益于社会之创造品，而又德隆望重，为一世所信仰者，不轻易授与也。桐龄半生前后在日本约十余年，二次得大学毕业文凭，东京帝国大学文学部史学科诸教授，皆我师友，关系不为不密切，小品著作已出版者亦有六七种，字数亦逾百万，东京大学诸师友多数皆已阅过，相知不为不深，然合乎博士论文程度者尚杳无一种。岂惟桐龄即东京诸师友，大学毕业以后，经过二三十年自身在大学任助教授任讲师，或在高等专门学校任教授，著作之出版者已有数种而尚不得博士之学位者，固指不胜屈。查日本现在之博士，仅有一千三百六十一名，其中医学最多，共五百二十名（内医学四百九十三名，药学二十七名），工学次之，三百零三名。法学又次之，一百七十名。理学又次之，一百四十八名。农学又次之，一百三十六名（内农学九十二名，林学二十二名，医二十二名)。文学最少,仅有八十四名（以上据大正八年十二月统计表,现在虽稍有增加,然不过数十名而已)。文学分为哲学、史学、文学三科,史学科中又分为国史学、东洋史学、西洋史学三系。东洋史学系博士人数最少,仅有东京帝国大学市村白鸟两教授,箭内、池内两助教授,京都帝国大学桑原教授内藤教授等数人,皆日本第一流学者。先生巍然列入其中,虽先生执谦,不自以为意乎！然在日本学界固以为非常光宠,而我辈后生所为欣慕艳羡不置者也。高山仰之,景行行之。虽不能至,然心向往之。先生七旬高龄,康强无恙,可谓吾国学界之泰斗、史学界之权威也已。兹试介绍先生简单覆历,及日本东京帝国大学教授会审查报告书于左,以供研究史学诸君之参考。先生印劭忞字凤孙,山东胶县人,前清同治丁卯庚午并科举人,光绪丙戌进士。授翰林院庶吉士,散馆后改编修,擢国子监司业,提督湖南学政,改翰林院侍讲,转侍读。受贵州提学使,署学部右参议。充京师大学堂总监督。改三四品京堂。升典礼院学士,授山东宣慰使,督办山东全省团练。民国成立,先生隐居不仕,以著述自娱,其毕生之精力,悉发挥于著述之中,已出版者为《新元史》与《蓼园诗钞》,未出版者为《说经札记》、《春秋谷梁传注》、《尔雅注》、《后汉书注》、《文献通考校注》、《蓼园文集》六种。先生为吾国硕学、桐城吴挚甫先生之快婿。有三子,长君昌泗,在国务院。次三皆幼,尚在求学中。先生精神矍铄,日亲书卷,深望先生逐渐发表新学说,以嘉惠士林。岂惟桐龄之幸,亦东亚士大夫所共盼者也。

民国十三年四月后学王桐龄志。

《新元史》论文审查报告

日本东京帝国大学教授会撰

本论文名为《新元史》,由本纪二十六卷,表七卷,志七十卷,

◇附录　柯劭忞传纪资料◇

列传一百五十四卷而成。计共二百五十七卷，合为五十九册，外附目录一册。系修改中国二十四史中之《元史》而成者。

《元史》系有明初年太祖敕当时文臣宋濂王祎等编纂之书。有元一代，虽不过百年，而政治势力所及，极其广大，几跨亚、欧二洲。《元史》编纂之时，上距元末仅二三年，史料之搜集尚未完全。前后开史馆二次，仅费三百余日。创始失之过早，竣功失之过促。疏漏舛错之多，在所不免。史料取舍之不当，叙述繁简之失宜，固亦应有之事也。其书初脱稿时已有非议之者，太祖欲修改之，未果。清初，经大儒顾炎武朱彝尊之指摘，其芜杂纰漏之处，益公表于世。邵远平著《元史类编》四十二卷，大加纠正删补，是为后儒修改《元史》之权舆。乾隆年间，钱大昕亦曾修改《元史》，仅成《艺文志》及《氏族表》一部分而止。道光咸丰年间，魏源著《元史新编》九十五卷，从来之面目为之一新，未及稿完而辍事。后人代为补辑，始公表于世。以上各种著作，对于《元史》之改订增补，虽卓有相当成绩，然未能采用西方史料，对于关系西域等记事，仍多付阙如。光绪年间，洪钧重译纂录拉西脱，多孙诸家之书，以补其阙漏，名为《元史译文证补》。然有目无篇者尚多，不得称为完书。其后屠寄作《蒙兀儿史记》，参照《元朝秘史》及西方史料，证以实地之调查，对于《元史》大加补订。然完全脱稿者，仅本纪、列传、世系表及地理志一班。其余有目无篇者仍不少。著者柯君承袭诸家之后，参考诸家之著述，修改《元史》，表面上似乎易于成功，实际上则等于当群雄割据迭兴之后而成统一之功。其为难处，正自不少也。

详视本论文之体例，本纪、表、志、列传等先后次序，虽与旧史无异，至于细目，则不同之处甚多。例如本纪中，太祖以前定为序纪，改顺帝纪为宪宗纪，新补入昭宗纪；表中，并宗室世系表及诸王表为一，名宗室世系表；志中，分礼乐志为二，名礼志、乐志。合祭祀志、舆服志为一，名舆服志；列传中，虽遵照旧例，因时代之先后立文武诸臣传，但其分类法微有变更。分儒学传为儒林、文苑二传，改良吏传为循吏传，孝友传为笃行传，删去奸臣、叛臣、逆臣三传，新加入夷蛮传等，皆其例也。详视其文章，虽间有采录旧史之处，然大部分由著者之手笔构成。故体裁与旧史微有不同，文章与旧史几乎全异。更就其内容与《旧史类编》等比较，知纪传、表、志中增订整顿之处极多，试举其特色于左。

第一，参照西方之史料，如拉西脱多孙等诸家之著作以补正史之阙漏，正旧书之误谬是也。著者虽未必阅过原书，然当然读过译本。如卷首序说中，录开国传说中之异闻，与研究未开民族者以好资料。又如将太祖以下四帝之本纪，与外国传之后半及速不台、者别、耶律楚材以下之诸传联合参考，可以证明经略西域之本末。又如氏族表中，分蒙古民族为黑白野三答答儿，将根据《元秘史》为滥本之钱氏氏族表推翻，提供新史料。此外如改新宗室世系表，使几近于完全。详叙西方三大藩察合台汗、钦察汗、伊儿汗之盛衰兴亡。又于特薛禅、阿剌兀思剔吉乎里、巴尔木阿而忒的斤、王罕、太阳罕诸传中，叙明翁吉剌汪吉、畏兀儿、客烈亦、乃蛮等诸民族之传说沿革，又载录卓儿马罕、贝住成帖木儿、阿儿浑、牙剌儿赤等诸传等，皆受西方史料之赐也。

第二，参考蒙古史料之《元朝秘史》，以补订旧史之阙是也。《秘史》自经李文田、高宗铨等校注，又经那珂通世之重译考证，成为《成吉斯汗实录》。魏源《元史新编》虽采用《秘史》，然对于开国人杰中博尔忽赤老温二人事迹，甚为失考。屠寄《蒙兀儿史记》中虽参考《秘史》以补纪传之处甚多，然仍有不足之处。著者特置重于《秘史》，自博尔忽赤老温列传起，补订前史脱误甚多。又新添太祖之敌人，如扎木合、王罕、太阳汗等，及其创业之功臣，如者勒蔑、答阿里台、亦鲁该等二十余人列传。对于太祖之功业，胪列详明，毫无遗憾，皆利用《秘史》之结果也。

参照中国史料《经世大典》之一部，如《国朝典章》等，以增补旧史之阙是也。邵远平《元史类编》虽有似乎参考大典，魏源之

◇附录　柯劭忞传纪资料◇

《元史新编》则似全未顾及。著者采用此书，使志类之面目一新，如百官志之末，补入罩官、封赠、荫官、注官、守阙、赴任程限、给假、丁忧、任养等。又如兵志中，关于马政、加入和买马、括马、抽分羊马三项，又加入军粮一门。刑法志中，屡引"至元新格"以下之条文。名刑篇之末，补入狱具及其他记载，以下条格断例诏制三者之定义等。又如食货志中，自至元二十三年颁行之"立社规条"起，以后凡关于社之法令，无不备载。又辑补关于盐茶酒醋市舶四课，及和籴斡脱官钱钞法之通行条画，缗钞、钱法等之资料。海运之条，占去一卷。赈恤之条，对于内外诸仓、常平义仓二项，亦大加增补。凡此皆旧史之远不及也。

　　细考从来修改《元史》之诸书，邵氏《类编》，节略旧史本纪之文，而辑补历代诏告制册，与诸帝之嘉言懿行等。根据《经世大典》、《国朝典章》及说部文集等，随处加以注释，增加列传之人物，载录重要奏疏。其修改旧史之功，虽不可没，然而既阙表志，又其他记载稍失之繁冗。夹注立传之分目，失之过多，附载"西域"之条下，列举汉唐以来诸国名，略叙其沿革等，亦稍嫌琐碎，皆其阙点也。魏氏《新编》，虽分本纪、列传、表、志，具有正史体例，然其中有后人补修者，有有目无传者，有有传而以旧史《类编》之文补充之者。其中采用《秘史》之处，如补《太祖本纪》记事，又增列传之分目，补订《宰相表》，加入钱氏《氏族表》。又于志类中，亦有增补改编之处，如分礼乐志为二，更加入钱氏《艺文志》是也。其文章雅洁，论断明快，自为特色。然而删略旧史之处太多，对于贵重史实，不无挂漏。以上二书虽互有长短，然对于关系西域方面之记事，则全付阙如。洪钧之《元史译文证补》、屠寄之《蒙兀儿史记》虽着手加入西域史记，然皆未完成而中止。试以《新元史》与以上诸君比较，对于整理旧史之芜杂、补订旧史之阙漏二点，的确远胜于诸书。《元史》之改修，庶几可谓已达其目的。宜乎中华民国政府，以大总统令，使之加入正史中也。虽然，本论文中亦尚不无可指摘之点。

第一，取舍添删之处尚有未尽得宜者。例如删略本纪之繁冗，或编入于志表中等，虽不得谓为失当，然而关于禁止汉人武器之记事，可以证明蒙古对汉政策之一斑，本论文则一概省略之。艺文志可以征一代之文献，钱氏补述于前，魏氏采取于后，本论文亦一概删除之。又于《释老传》中，仿照旧史补入数人，自当认为得当。而如阙也里可温之记事，仅录载于本纪中，而不补载基督教传教师拍郎喜宾高未诺之小传，又阙于库鲁泰及怯薛社会阶级等之制度，较之《元史新编》所记载，并未加增，此其遗憾一也。

第二，考证究索尚有未尽之处。例如《太祖本纪》中，所记参加征伐塔塔儿金军之年次，定甲寅明昌四年。又如太祖自西域班师，还幸哈剌邺行宫之地点，误书和林行宫。《地理志》中，误以为即金之会宁府。又于本纪及列传中，误以蒱鲜万奴最后之根据地为会宁府，此其遗憾二也。

要之，本论文虽有二条遗憾，而不能掩其三大特色。改修《元史》一节，为向来史学家屡作而未成之事。著者以平生之若心毅力成此大著，不可谓非不朽之千秋盛业也。《元史类编》之长处在博引旁搜，其短处在烦消冗漫。《元史新编》之长处在文章雅洁，论断明快，其短处在记事简略，史实不备。本论文兼有二书之长，而无二书之短，自非学识该博、精力绝伦，安能得此？依据以上理由，认为著者有可受文学博士学位之资格。

民国十三年三月十八日后学王桐龄译

（以上王桐龄介绍《新元史》及所附日本帝国大学审查报告之译文均录自《学衡》1924年第30期第130—134页）

◇附录　柯劭忞传纪资料◇

中华民国十六年九月十四日大元帅训令第四号令

　　清史馆馆长赵尔巽现在逝世，已续聘总纂柯劭忞兼代馆长职务，其督率刊印管理经费等事，著派袁金铠悉心办理，以竟全功。
此令
（海陆军大元帅之印）国务总理潘复
（中华民国十六年九月十四日《政府公报》）

老实不客气之柯劭忞

王郎自京师寄

　　柯劭忞之长清史馆，既由赵尔巽之遗函，通过九月八日之阁议，遂见明令。某日潘复遇柯，柯谓潘曰："馆长一职，虽见明令，然以吾之衰朽，如何再能任一切烦剧。此事实来挂一空名字耳。"潘意其自谦，乃曰："馆长年固高，惟此职非硕望者不能胜任，这个挂名，是常人挂不到的。"柯曰："挂名不挂名，任事不任事，这且不说，但是我的俸禄，是月月不能欠的。否则，这个挂名，我情愿牺牲。"潘笑曰："馆长请放心，到月底亮晶晶的大洋钱，准如数奉上。"相与大笑而散。

　　（《北洋画报》1927年第3卷第125期）

《贺葆真日记》所载柯劭忞资料

　　光绪三十一年（1905）六月十三日。近胶州柯凤孙先生著《新元史》，以网罗材料属梓山先生转借书数种，余与梁子嘉代觅于书肆，尽琉璃厂而不获一。其目如下：《程钜夫文集》《欧阳元文集》《李士瞻经济文集》。

　　光绪三十一年（1905）九月十一日。晚柯凤孙先生与辟疆同来，留辟疆宿焉。凤孙先生以诗学名，尤善著述，以宋濂等所为《元史》弗善也，乃重编辑之，犹未脱稿。今都中讲求古学，有此闳大之著述，先生而外，未之有闻。

　　民国二年（1913）八月十八日。访柯凤孙先生。先生仍闭户著《元史》。云："吾将往常熟借书瞿氏，以助吾所著书。"余问："《元史新编》何如？"曰："昔年有人奏请加入正史，学部属余审定。余为签出错谬数百条，部乃议驳。余拟以所为《新元史》奏请，交部审定。盖国家未承认，不能自作为正史也。"余问："《通鉴补》如何？"曰："有不合之处，《通鉴》诚宜补，但明代人著述，体裁终不能完善，其中曾引《三国志演义》，则其书可知矣。"

　　民国十九年（1930）五月九日。访柯凤孙，请其为伯垶题主，许之。又请其为张果侯所撰其父达生先生年谱作序，柯曰："名臣可作年谱，为其有关故事也。若一书生一官吏似不必为之，然在孝子慈孙则固宜，用心如此也。"又曰："《清史稿》当一人总其成，若人自为之，不相统属，谁肯言他人之是非？使我为此书，不过三数年可以脱稿，数万元可以集事。今糜费至三十万而所撰稿往往不及国史原传，可惜也。"

　　民国十九年（1930）八月十九日。访柯先生，至果侯之函，果

◇附录　柯劭忞传纪资料◇

侯以孙佩南尺牍求先生题跋也。余询以黄崖案，曰："此为冤案固矣。且避难黄崖者多省中侯补之眷属，安有轨外行动？但张不出乃致死之由，且方事之殷，张氏一人亦不能操纵其人也。其时阎文介为巡抚，而按察使则文诚丁公，主剿之事，二人所为。至张之学说，则含有异端，故传授甚秘密，不与他学派相同，不惟乔茂轩、毛实君从其教，荣华卿亦与焉。荣有张积中等所著周易，亦无奇也。"询以法晓山之学，曰："法讲古韵，宋讲切韵，其切韵最精通，宋又著有天算书，亦一绝也。"余又询以《清史稿》，柯先生云："时宪志为余所作，自信尚为可传之书。清史稿印时多为主者删削，以致漏略殊甚，但国史馆本传皆经翰苑诸公之手，大致即甚妥，今重编之，未能尽善也。且往往一传而作者五六人，此何为者？首传为王杲传，金筱孙撰，文甚佳，主者不悦，不知陈胜、吴广何尝不居诸传先也。清史馆诸公，王书衡胜章曼仙，夏润之又胜于王，然夏、王、章所撰，皆不多也。"

民国十九年（1930）十一月一日。访柯先生，询以《谷梁传注》付梓事。云："录稿毕，即付子代为刊板也。"又询余《晚晴簃诗汇》何时出书。柯先生每相见，辄以为问，颇望此书之成。谓："东海编辑诸书，惟此书最为重要，必传之作也。"

民国三年（1914）十二月二日。谒柯先生，仍请其为先祖墓表。言及杨守敬，曰："彼藏书固富，学问亦佳。"余问缪小山，曰："彼学问极博，著述尤富，文集可数十册，亦当代一大著作家。"

民国五年（1916）四月十二日。访梧生先生。先生言徐相八字系乙卯年九月十三日辰时，即乙卯、丙戌、乙酉、庚辰也，谓之四岁运。因言："柯凤孙看徐相运大佳。"又言："朱总长、周自齐皆入厄运矣。"又言："柯轻不为人看，所看奇效。"

民国五年（1916）四月二十四日。前闻梧生先生云，柯先生《新元史》成，甚自得。因书已成，遂将草稿自为焚之，已焚，火燎及屦，伤于足，月余足尚未痊。

民国五年（1916）十一月二十日。访柯凤孙先生，先生以《新元史》目录见示。曰："此书已付排印局。书约二百余万言。凡四千三百余页。拟先印二百部，与海北寺街石印局议定铅字排印，印刷费二千余元。洋纸一千余元，百五十日出书。"余曾见每卷之后有考异甚多，先生则暂存之以备考，不付印也。又曰："吾所采书皆据元人著述，明人所为概不敢采用，吾所据尤有未经刊刻之《元人纪元事》一书。"

民国五年（1916）十一月二十一日。曩于胶州柯凤孙年丈家假得新著《新元史》目录，因取《元史》校阅。知新史增益者固多，亦颇有删削。至于编次，则尽为更变，至不可寻检。蒙古人名，亦有异同。然则全书虽繁重，乃博稽群籍，独起义例而为之。非因袭旧文稍事补苴者比。年丈又谓余曰："余著此书非徒事增补，实求考订之精核。"则其书可知也。表两书之目，究其多寡异同，以备遗忘。

民国六年（1917）三月三日。访柯先生。《新元史》已印数十卷，夏间可以出书。余曾集资百元助刊赀。先生偶以《地理志》相示，更以《元史》较示之。旧史于府县建置时代皆注之，其不详者则注缺字，乃有一路七县俱缺者，而《新元史》则七县皆考出焉。

民国六年（1917）十二月十五日。访柯凤孙，与言先哲传已刊印将毕，而王晋卿忽拟于清先帝空格，相国属访著作家采取古书成例以定丛违。柯曰："既未空格，不空可也。古人此例多矣。且空亦不一律，明以前如我皇上不可不连写也。"余问及《元史》，云："元史传不刊落一人，有归于附传，有载于他类者，检查目录亦殊不易，后卒遗二人，乃补载之。刊印后有卷之前后宜倒置者，然亦甚微，现将刊毕，余二十余卷。"

（录自贺葆真著《贺葆真日记》，有学苑出版社2006年版《历代日记丛钞》影印本，凤凰出版社2014年版徐雁平整理本）

◇附录　柯劭忞传纪资料◇

柯劭忞先生逝世

　　本会名誉会员柯劭忞先生，年来衰老久病，中西名医均束手无策，遂于八月三十一日上午七时四十分寿终北平太仆寺街本宅，享年八十四岁。先生字凤荪，山东胶县人。幼失怙，从母读。柯氏之母，即湛深国学，《晚晴簃诗集》中，选录其诗甚多。柯氏学问，多得力于母教。柯为同治丁卯举人，光绪丙辰进士。历任湖北提学使，翰林院编修，翰林院侍读，国子监司业，湖南学政，贵州提学使，京师大学经科监督，懋勤殿行走，山东宣抚使，督办山东全省团练大臣，及典礼院学士等职。民国成立后，为宣统侍讲，以孤忠自鸣。三年五月，被选为参政院参政及约法会议议员，未就任。后为清史馆馆长，东方文化事业总委员会委员长。先生虽经袁、徐、段诸氏，屡聘其出山，然清高自持，未求仕进。对于国学矻矻穷研，故学极深博，凡经、史、辞、章、小学、天文、历算、金石，无不精通。有《新元史》二百五十七卷，《考证》若干卷，于民国八年十二月，以大总统令，列入正史。日本东京帝国大学赠与文学博士之荣誉。此外尚有《蓼园诗钞》一卷，《续钞》四卷，《春秋谷梁传注》十五卷，清史《天文志》稿若干，《时宪志》稿若干。其未出版者，尚有《校刻十三经》并各附札记，《文集》、《佚史补》、《尔雅注》、《文选补注》、《文献通考注》等书。又自拟刊刻十三经并附札记立石曲府孔庙，誊毕未印，已病不能支，认为终生憾事。逝世前数十分钟，仍嘱其子继承父志云。

　　（《中华图书馆协会会报》1933年第9卷第2期）

◇柯劭忞诗集校注◇

柯凤孙追悼会纪录

　　本会柯前委员长凤孙先生不幸于民国二十二年八月卅一日逝世。本会同人不胜哀悼。公议发起，举行追悼大会，以表哀忱。曾于十二月二十日用本会名义发函通知关系各方，决定十二月二十七日下午二时在东厂胡同一号本会会址开会追悼。是日大雪沉阴，山川皆白，中日来宾冒寒冲冻而来者，中国方面有傅增湘、江瀚、胡玉缙、杨锺羲、陈垣、傅岳棻、张厚毂、徐埴、孟森、尹文、杨懿悚、牟润孙等。日本方面有饭岛同仁会北平医院院长堤留吉、铃木吉武、小林知生暨全体留学生等约卅人。家族方面有柯先生哲嗣昌泗、昌济、昌汾等三人，主人方面有中山委员暨桥川时雄、大樣敬藏、邓萃芬、徐鸿宝、林季芳等。本会职员共计与会者有七十余人之多。其他远方来宾不能来会者亦曾来电追悼。如上海委员会日本东京各委员及文化事业部坪上部长等。会场在本会大厅，所有布置，除当中高挂凤孙先生遗像，两侧陈列冈部子爵、服部博士、狩野博士、坪上部长、饭岛院长、中山委员、濑川委员、大兴学会暨本会职员等花圈、挽联、祭文外，并凑以军乐队二十馀人，济济一堂，备极隆盛。下午二时开会，由黄崇熹司仪、乔川主席用中国语致开会辞，寻以日语述其大意，并献花奏乐毕，由杨雪桥中山委员以次捧读祭文。词极悲壮，全场静肃，同时向遗像行三鞠躬礼。次由江叔海演讲，颇述追悼之意。两翁订交三十年，演讲间自致感慨，声泪并下。次由邓萃芬翻译日语，备极详尽。随即披露服部研究所副总裁吊电，电文为敬致追悼之诚意，狩飞机场博士吊电，电文为哀挽凤孙先生。坪上部长吊电，电文为代表日本方面委员，表示极深厚哀悼之意。上海委员会吊电，电文为噩耗传来，山颓木坏，士林失仰，痛悼同深。末由新族代表柯燕舲致谢

· 332 ·

词。略谓今日荷蒙东方文化委总委员会诸位先生之盛意，发起先严之追悼会，又蒙杨雪桥年伯中山先生及业师江叔海先生致辞讲演先严之学业，及其历史并承本会诸位先生及会外诸位先生惠赐封联花圈各种物品，种种厚谊存殁均感。鄙人感谢之余，今日不敢有所多言，谨代表敝家族自家母以下敬向东方文化总委员会诸位先生鞠躬致谢。来宾诸位先生鞠躬致谢云云。毕奏哀乐摄影、散会。同时并——分送与会来宾追悼会纪念饼各一盒。时已午后四时矣，兹将当日会场各项演词祭文等附以凤孙先生学行录及亲族哀启文，详为纪录，以永纪念。再当日敬承各方惠赐挽章花圈，上海委员会暨日本东京各委员来电追悼附此鸣谢。

主席开会辞

今天是东方文化事业总委员会全体同人为本会的前委员长柯凤孙先生开追悼会的日子，白雪纷飞，严寒凛烈的时候，承诸位来宾惠然光临，鄙人今代表本会的同人感谢不尽的意思。柯凤孙先生是中国近代知名的大儒，先生的学业，先生的著述，先生的人品，诸位先生都是知之有素的。不用鄙人再说了。想不到先生竟于本年八月三十一日溘然长逝。年寿虽然有八十四岁，但是现在中国的老学大家已然是寥若晨星。在这个时候遇见这种不幸的事件，不但中国学界方面认为是一种重大的失望，就是日本学界方面也是一样的感慨。因为先生与日本学界关系很深，朋友也很多，东京帝国大学对于先生著述的《新元史》，曾经赠有文学博士学位，表示最恭敬最崇仰的意思。这是已在十多年前的事了，后来本会成立，推荐先生担任委员长。先生对于本会的事业贡献很多，近年来更在本会研究所执笔著作经部提要，得其阐扬发挥之力，获益实多。本会同人正想先生永享遐龄，多多指导我们为本会的事业增无量的光荣，万想不到先生竟撒手而去。是本会同人最感悼的事了。鄙人前月在东京的时候，服部狩野两博士，外务省文化事业部的坪上部长，江户课长，他们诸位都想给他老先生开一个追悼会。追悼追悼，继而想到，若是在东京方面举行，恐怕中国方面诸位不能前往参加，因此用本会的地点用本会的名义为他老先生举行这么一个追悼会，并表示本会同人和来宾诸位先生共同致哀的意思。鄙人代表本会同人担任这追悼会主席，特作这简单的谈话，以代开会辞。

东方文化事业总委员会祭文

维岁在昭阳作噩，冬十有一月丁巳朔，越十日丁卯，东方文化委员会同人，谨以清酌庶羞，致祭于凤孙柯先生之灵曰：于戏周末文敝，道在师儒。忠信笃敬，礼乐诗书。古训宗夫许郑，百行守夫程朱。虽狂狷不防篇取，而奸谀在所必诛。合汉宋为一家，历康乾而极盛。当光绪之中叶，多斗筲以从政，维郁华与天壤，矗两峰之高峻。胶州相继而登朝为儒林之后劲。龙汉浩劫，凤德中衰。旁行斜上，破碎支离。有识之士，浮海居夷。喜有郑之不孤，本同文而相师。慨九流之混浊，睹七阁之凋丧。后生小子，朦瞀谁相。溯渊源于邹鲁，辨流略于歆向。期提要而钩元，庶开来而继往。惟公齿德，山东大师。演易探殷庸之赜，校文发鸿都之秘。命俦骈侣，赏奇析疑。综四部而研讨，首经义之勤披。上规纪陆，远绍晁陈。别裁伪体，含茹道真。资炳烛之有耀，广照黎于无垠。人无间乎南能北秀，文不越乎贾茂董醇。崇台初基，礼堂未定。厄贤人于龙蛇，哀夫子之时命。风雨漂摇，烟云迷暝。恐异言之喧豗，致儒风之不竞。昔意园之课士，修石经于太学，续总目而重修，实福山之先觉。望一篑之争覆，起九原而可作。傥游岱之重逢，聆斯言而吾诺。尚飨！

中山委员会祭文（原文为日文兹译登于下）

惟岁在癸酉，仲秋之月，柯凤孙博士溘逝于北平，兹东方文化事业总委员会同人谨卜良辰，揭遗影，致祭于博士之灵，以表追悼。鄙人叨列本会委员之一，谨陈词以志哀曰：呜乎凤孙博士，学洽四部，术贯九流。阐谷梁之宏旨，编蒙古之信史。遗编炳列，嘉惠后学。若夫谊重同文，本会之创造，先生实长导之。罗中外之名宿而联欢于一室。至其经营筹划，先生之力犹为多焉。近复从事于续修库书，云梦之富，黼黻之华，宛在遗篇。至堪景仰。圣人有言曰：仁者寿，于博士证其语之不虚。然今当文献零落，海内耆硕寥若晨星，圣学垂绝之秋，大振微言而起其衰者，惟博士是望。胡苍天之不吊，不假以期颐之寿，使毕其所成，而哲人遽萎耶！然博士虽殁，吾人蒙其贡献与指导实多，将来本会之发达，与东方文化之发展，又其先生有知所乐观者。灵兮，来格尚飨！

江叔海先生演说词

今日东方文化事业总委员会为本会委员长柯凤孙先生开追悼会，公推不佞讲演柯先生学行。不佞与柯先生于清光绪季年同在学部丞参上行走。宣统初，京师大学分科成立，又同在经科。交好三十载，相知较深，谊不敢辞。柯先生少负才名，同治间公车入都，会稽李尊客慈铭，盛称其诗，非柯先生志也。乃与即默郑东甫杲，以学术相切劘。其治经，虽循汉学家涂轨，然不蔑视宋儒。其所著书，已行世者，如《春秋谷梁传注》、《新元史》，其有裨于经学史学实大。而《新元史》一书，顾颇有吹求之者，如谓但当效褚少孙之补史记，裴松之之注《三国志》，不应改作。不知宋子京之修唐书、欧阳永叔之撰五代史，已开先例。况元史之乖迕漏落，远不及《旧唐书》、《旧五代史》之善乎，又或以略于西北三大藩为讥。不知《新元史》断自蒙古入主中国以后之典章制度，兴衰理乱之迹，以承中国正史之统，其于元在西域之事，固不能如屠敬山蒙兀儿史之详，盖本非为蒙古作通史也。姑举二端，以见柯先生《新元史》为近代一大著作，未可轻议。其言甚长，兹不赘述。不佞尝撰《石翁山房札记》九卷，柯先生为之序曰：国朝学派，开自亭林，以汉儒之训诂，通宋儒之义理。既无凿空之弊，亦无琐碎之讥，固一代之儒宗也。乾隆中钱竹汀少詹，继亭林而起，所学益博，所诣益邃，然偏于考订经史，视亭林之学则有间矣。此其推重亭林，盖平生志业所在，惟序中称不佞为亭林之学，则未免溢美。其实不佞所撰札记仍偏于考订经史，殆与竹汀相近。而柯先生之为亭林之学，顾知之者鲜。曩在民国三四年间，内务部聘不佞为地方行政讲习所教务长，旋充所长，该讲习所设有读文献通考札记之课，每月考验两次，不佞因请柯先生就其札记评论得失。柯先生于田赋、钱币、征榷、市籴、土贡、国用诸门，无不抉其利病，洞见本原。所以指导诸学员者，至为详晰。其经世之志，具见于斯。如柯先生者，洵无愧为亭林之学。岂徒以经学史学自足哉！其遗书中有《文献通考注》，尚未脱稿，与其未完之十三经考证同一重要。深望当代学人起而续成之也。世微道丧，儒林榛莽，故对于柯先生之逝，哀悼犹深，想在会诸君子，必有同情。

凤孙先生学行录

简历

柯劭忞年八十四岁，山东胶县民籍，由庠生考中同治庚午补行丁卯加科举人，光绪丙戌科进士，翰林院编修，国子监司业，懒林院侍讲，学部右参议，学部左丞，典礼院学士，资政院议员，日讲起居注官，政务处行走，懋勤殿行走，提督湖南学政，贵州提学使，钦派日本考察学务，京师大学堂经科监督，署总监督，贵胄学堂总教习，民国三年被选为参政院参政、约法会议议员未就，嗣充清史馆馆长，东方文化事业总委员会委员长，故宫博物院理事。

按：凤孙先生与本会关系甚深。民国十四年十月九日，本会正式成立，时先生为中国方面委员之一，因其年高德劭，为中、日两国委员全体所推为本会委员长。民国十六年十一月，本会人文研究所成立，时又被推为本会人文研究所总裁、图书筹备评议员，平日主持会务，指导研究事业，均不遗余力。民国十七年，因中国方面委员会全部退出之后，仍在其自己指导下之研究事业，不忍中途听其辍业，致功归一篑，抱定研究学问无国界主义，面嘱全体研究员及职员，仍旧工作，每星期必亲到会，如集研究员全体会议一次。同时督催研究员工课，选定各研究员著录续修四库全书目。民国二十年七月，本会研究事业开始编纂续库提要，时先生又亲自担任编纂经部易类提要、史部金石类提要，直至本年四月止，两类提要共成百余种，均系鸿篇巨作，贡献尤多。计其自民国十四年十月起，至本年四月止，八年间，精神才力多半尽瘁于本会。而本会得有今日之发展者，不能不谓先生晚年指导之力所赐也。同人等谨述其与本会关系历史之经过如右。

经学

柯氏著《春秋谷梁传注》十五卷。按谷梁学自瑕邱江公传子至孙，授蔡千秋，宣帝时选郎十人，从之受学，后刘向为谷梁学大师。东京之末，郑玄兼通三传，尤精谷梁。其起废疾之说，何休叹为入室操矛以攻其盾。何氏于春秋三科九旨之义，不取九旨，柯氏阐推九旨，为治谷梁纲领，系前人所未发明，故得旁参互证，以成专门之学。自较近人泛取唐宋诸家杂说无裨传义者为能阚其途径也。

史学

柯氏著《新元史》二百五十七卷，又考证若干卷。按：元起朔漠，书不同文，记载多无可考。然南并中华，西兼欧陆，幅员之广，实今古所不及。当时欧蒙文字，吾国习之者少，故不能探讨异籍。从车冶镕，明初得元十三朝实录，据以纂辑。宋濂王袆等，两次开局，仅三百余日成书。其中重复疏漏，自不能免。清人如钱大昕魏源何秋涛洪钧屠寄等之书固各有专长，而柯氏裒然巨制，至二百数十卷之多，其博大浩繁，实得未曾有。且是书既为中国元朝之史，则于元祖开国源流功绩外，自当于纪纲、法度、官制、礼俗、风教诸端详为传志。其他西北三汗暨和林小腆,固别有考证以及之,所谓赡而不芜、义例尤严者也。民国八年奉大总统令,昭《新唐书》《新五代史》之例,列入正史。日本东京帝国大学曾审查其书,赠予文学博士荣誉。

文学

柯氏文宗庐陵,诗拟昌黎遗山。生平所作不甚爱惜,脱稿辄掷去。无锡廉泉氏搜集其散失者,为刻成《蓼园诗钞》五卷。文钞若干卷尚待其版。其未脱稿诸作,有《尔雅图注》、《佚史补》、《文选补注》、《文献通考注》、《十三经考证》,已成者四经,余稿遗嘱其子整理。其余《天文志》、《时历志》均采入清史。

附 亲族哀启文

哀启者先严体质素强,性聪敏,读书若有宿慧。先王父语言孝公受业侯官陈左海先生之门,绩学一生,不求仕进。先王母李太夫人为掖县名儒少白公长女,邃于经、史、辞、章之学,生称伯敬孺公,先严其次也。弟兄自幼学以至通籍,皆亲承教授,未就他师。儿时侍膳,得赐旨甘,含哺贻兄,四岁即娴吟咏。七岁时有"燕子不来春已晚,空庭落尽紫丁香"之句传诵,尝肩户诵读不辍。先王母察其所业,则史记泰伯世家及昌黎毛疑传,问能解否,论对如流。先大王母暨先王父母皆欣然喜之,钟爱益甚,十六岁入县学补博士弟子员。时贵筑丁文诚公抚山东,征各县高材生,肄业尚志书院。嗣举同治庚午补行丁卯科孝廉,受知秀水朱肯甫夫太夫子。未几朱公视学四川,挈先严入幕襄同校士,并为揄扬于李越缦侍御、张文襄、王文敏诸公,一时京朝卿士群相延誉。顾六上春官不第,各省大吏耳其名,争延聘主讲书院,历宾晋粤辽东。定兴鹿文端公开府中州,先伯及先严同时入幕。光绪丙戌入都应礼部试,即以笺奏事奇之。先伯是年成进士,入翰林,受知于吴县文勤公潘伯寅太夫子,授职后学益精进。周旋最密者如盛伯熙祭酒,洪文卿张幼樵两侍郎,刘幼丹方伯,袁忠节

◇附录　柯劭忞传纪资料◇

公，陈松山沈子培两年丈，各以气节道义相期许。庚子之变，先严弃家奔赴西安，与徐彀斋年丈并蒙派政务处行走，辛丑简放湖南学政，以经史为造士之具，南路三府，因教案停试，奏明，密调他府应试，取录生员如额。差峻还京，授国子监司业，充贵胄学堂总教习。历官翰林院撰文、侍讲、日讲起居注官，屡上封章，朝端属望。丙午奉派日本考察学务，归授贵州提学使，黔为瘠省，又值新改学制，在在需款，甫抵任时，经费毫无，经先严竭力筹画，如获裕如。厥后虽藩库时告支绌，而学款常敷应用。追御任时，有议循陋习提款治装者，先严峻拒之。在黔二年，人才辈出，会邵阳魏威肃公光寿进呈其祖默深先生所纂元史新编，请列入正史，特调先严来京审查其书。派学部丞参上行走，补学部右参议，晋左丞，充京师大学堂经科监督，署理总监督。所延教习皆一时硕学通儒，蔚为国范。先严在官数十年，志在通经致用，力求实事，不事标榜，故久跻经筵学府之班。未展治繁理剧之用。先母于夫人为潍县于公澹园之妹，侍先王父母以孝，待诸姑以睦。操作闲家，清寒作宦。独以一身任之。生先姊数人，皆不育。光绪丙申殁。丁酉母吴夫人来归，为先外王父挚甫公第三女，次年己亥不孝昌泗生，即命奉嗣先伯。壬寅生不孝昌济，甲辰生适王氏妹昌泌，乙巳生适彭氏妹昌漪，丁卯生不孝昌汾。先君素极慈爱，教养儿女，恩勤备至。以及子媳女婿均各被恩深厚。即族中子弟待亦无歧视。皆自谓终身追报，实不足当其万一也。宣统二年，莱阳民变，官民意见不一，先严调停譬喻，未致燎原，尤为乡党称述。会宪政促成，钦选先严为资政院议员，寻奉命充山东宣慰使，兼督办山东团练大臣，驻节兖州。保障乡省。不孝昌泗侍行，先严躬赴兖沂曹属各县，训验丁壮，教以义知方。为先严臂助者，则有会办峄县王饴山姻丈暨郓城李星海丈，单县贾来臣丈，临清徐榕生丈，潍县于松圃表兄，荷泽李莘甫丈，曹县徐友稚丈，惠民李介廉丈，单县周乾之君勖襄其事。邹鲁诸生，胥成劲旅，旋调典礼院学士，派懋勤殿行走，赐紫禁城骑马。先严乃闭门谢客，一意著书。曩官翰林，有志重修元史，时《永乐大典》尚未尽佚，手钞其关于有元一代事迹者，精心勘审，更详稽邵魏李洪诸记述及国外群书载籍碑板，纂修《新元史》二百四十卷，积三十年之精力，始克告成。不但国人视为鸿宝，而东西学者，亦争相辇弄，归饷其士庶。又采辑所余史料，以补洪侍郎元史译文证补之缺，别成译史补一书。袁慰庭姻丈当时再三征求，使与闻邦政，皆力辞不出，独于笃旧拯贫，则乐为不倦。己亥陕西旱灾，庚申山东水灾，募捐放赈，全活者众。又悯北京贫民失业，创设八旗生计会，贫民工厂，并拔其能文者筹膏火课之。先严研经，邃于春秋三传，精义《谷梁传》，致力尤深。《元史》功竣后，注《谷梁》十五卷，其于西汉家法，发挥光大，而持论极为艰慎。生平诗文，脱稿辄掷去，不甚爱惜，然残篇短轶，束置者犹夥，无锡廉南湖姨丈辄为裒集散失，刻成《蓼园诗钞》若干卷。余如天文之学，有私纂天文志时宪志，清史馆已全部采入。词章之学，有《文选补注》，年甫十八即草创稿本，于李善六臣各本，皆有考证。小学有《尔雅补注》，推衍樊孙遗诂，而于名物草木鸟兽辨析尤精，并绘图形状。典制之学，有《文献通考注》，博稽载籍，补罅缺佚，后以专心纂注史经，因之均未脱稿。晚年拟再写定，家人以先严年逾八十，应事休息，沮劝中止。前年齐鲁乡人聚旧京讲学，以为写经刻石，自东汉熹平以降，多半残佚，仅有开成乾隆两刻见存，又皆有经无注，仅便存古家藏弄，无裨于后学研究。知先严于训诂义理讨论最精，发起摹写善本古注，附刻先严所著十三经考证，刊石庋藏曲阜文庙，永垂不朽。并拟先生刊刻木板，以便流传。先严欣然不敢让，遂早夜捉笔伸楮，殚心考订，一年以来，写定者多，精神矍铄，略无倦容。不孝等虽时请节劳，而窃喜神明汪衰，实为长寿征象也。先严早岁本有胃疾，间时一发，服和平之剂即愈。己巳八十岁秋间，曾犯病一次，不能进饮食者五十余日，医药诊治得宜，幸获无恙。今年春，偶因饮食失调，旧疾复发，五月入德国医院调养，渐愈归寓二旬，忽又觉不适，身体发冷，握笔辄手战。六月命不孝昌汾赴曲阜孔氏就亲，携新妇归觐，会不孝昌济又生一男，先严喜慰逾恒，不孝等侍疾左右，方冀藉庆延年，长承色笑，不料时令寒燠，不时微感外邪，再入医院，日现委顿，中西医诊察皆谓内部殊无病，数日前犹复为济南方节母刘太夫人草墓志，至夏历七月初十夜，自觉将不复起，命不孝等奉归宅中，当疾革时，嘱不孝等勤学励行，并整理十三经遗箸，勿使废已成之业。临终复训不孝等弟兄和睦，尽孝事母，延至十一月辰初竟弃不孝等而长逝矣。呜呼痛哉！不孝等秉承庭训，于诗礼言立之道，闻未能行而分驰宦学，都无一宜。侍奉无状，罹此鞠凶。抢地呼天，百身莫赎。祇因家慈在堂，遗书未就，先志未偿，不得不苟延视息，勉承大事，苦块昏瞀，语无伦次，伏乞矜鉴。棘人柯昌泗、柯昌济、柯昌汾泣述。

（录自国家图书馆藏铅印线装本《柯凤孙追悼会纪录》）

国民政府令

（二十二年十二月二十八日）

故宫博物院理事柯劭忞，枕经葄史，远绍旁搜，所著《春秋谷梁传注》及《新元史》等，均为裒然巨著，奄有众长，嘉惠艺林，厥功綦伟。兹闻溘逝，轸惜殊深。应特予褒扬。以彰耆硕。

此令。

（《教育公报》1933年第5卷第51—52期合刊）

悼柯凤荪先生

本社特约撰述柯凤荪先生，清操绝俗，著作等身，尝撰《新元史》二百五十七卷,《考证》如干卷,自谓"不遗一语,不妄一言"。比年侨居故都,衰老多病,卒于本年八月三十一日。闻者哀之。

本社于两月前得先生所书"青鹤"二字,将于刊封面者,即置第十九期中,未半月而噩耗至。同人尤不胜其悒悒也。

先生于《新元史》而外,尚有《春秋谷梁传注》十五卷,清史天文志稿与时宪志稿各如干卷,《蓼园诗钞》一卷,《续钞》四卷。未付梓者《蓼园文集》如干卷,《尔雅注》、《文选补注》、《文献通考注》、《十三经》附札记。

(《青鹤》1933年第1卷第22期编者按)

挽柯凤孙

颖　人

大老声名接盖公,登堂几度挹光风。
命书秘受闻宏景,赋序高文愧太冲。
东海传抄翻史稿,西园陪谳报诗筒。
鬲存忽痛灵光圮,经义何人与折衷。

(《津浦铁路月刊》1933年第3卷第11期"杂俎")

悼柯劭忞

处在这个不景气的年头,做个学者实在大非易事。柯劭忞的名字,初不为学界所知,是由他的《新元史》的著作,被日本学界认识，赠以文学博士学位，于是一时成名，现在得任为故宫博物院理事，死了国民政府也下令褒扬，可见机会是必要的，若不是被日本人一捧，一定是到死还默默无闻。人生之际遭，其实是不可思议的。

（《十日谈》1934年第16期）

消费合作社寄售柯凤荪先生遗著

《谷梁传注》与《蓼园诗钞》二种

柯凤荪先生为国内著名之经学家，曾在北京大学任教，嗣以年迈退休。去年在北平病故，所遗著述甚富。其《谷梁传注》（共四部定价二元五角）与《蓼园诗钞》（正编续编共三册，定价二元五角）两书，尤具特殊价值，现由本大学中国文学系教授姜叔明先生介绍，将该两书委托本校消费合作社代售云。

（《国立山东大学周刊》1935年第107期）

书坊争印名著之涉讼

——关于《新元史》版权问题

逊清翰林柯劭忞，自清室覆亡后，蛰居故都，为淡泊之遗老，藉著述以自娱。及殁，所遗作品，悉为其子柯昌泗、昌济、昌汾永袭保有，其中最名贵堪以传世者，当推所著《新元史》一书，都凡二百五十六卷，初未付梓，嗣经昌泗等呈请国民政府内政部准予登记，取得著作权后，始将原稿检交本市开明书店出版。该店去夏所发售二十五史之预约，即系将原有之二十四史与《新元史》合并成书，但未几则有书报合作社亦登广告发售二十六史之预约，定价较开明为廉，出书之期，为本年一月之内，当时开明曾向该社交涉，而现在柯氏昆仲，因得悉二十六史内亦有《新元史》加入，且纯系翻印其故父之原作，实属违背出版法第三十三条之规定，遂延孙祖基律师对书报合作社负责人谭天提起刑事自诉，请求依法惩治外，并声明保留被告妨害著作权所受之一切损失，俟查明损失确数，再行另案讼追云（三月十三日《申报》）。嗣经法院受理后，审情度理，予以两造不起诉之处分云（二十七日《申报》）。是亦晚近书铺竞印古籍之趣闻也。

（《浙江图书馆馆刊》1935 年第 4 卷第 2 期）

清故学部左丞柯君墓志铭

张尔田

大儒柯君既殁，越明年，卜以某月某日，将葬于某原。孤子昌泗既告期，且以状来请铭。君素知余文者，辄不可辞，按状：

君讳劭忞，字凤荪，先世籍台州，国初有讳某者，避翁洲难，始迁于莱之胶州，遂家焉。曾祖某，某官。祖某，某官。父某，某官。三世皆以君贵，赠如其阶。妣李太夫人，贤明娴诗礼，生子二，君其次也。君幼渐母氏训，七岁能韵语，父老惊为奇童，乃益自愤发，励于学。邹鲁圣人之邦，号朴学薮，比壮，尽得其书而读之，于天文、历算、舆地、声韵训故，靡不综贯。其学由博而精，蕲于有用，然一以经为归，无歧骛也。举同治庚午乡试，光绪丙戌成进士，历官翰林院撰文侍讲、日讲起居注官，一提督湖南学政，授贵州提学使，调学部丞参上行走，补右参议，迁左丞，选为资政院议员，兼典礼院学士。君既以文学当官，敷政之暇，研诵不废。国朝儒者，诸经皆有

◇附录　柯劭忞传纪资料◇

说，独《穀梁》无完书。君以为《公羊》阐微言，《穀梁》章大义。《穀梁》鲁学也，治之宜先。宋氏三科与邵公异，此《穀梁》家所特闻，不先通此，非常异义可怪之言作，其罪至于诬圣。成《穀梁补笺》若干卷，《春秋》之谊大明。

君之调丞参也，两江督臣以魏默深《元史》上于朝，书下学部察看，朝廷有知君者，故有是命。时君治元史有年矣，诸史惟元最疏，亦惟元号难治。洪文卿氏取拉施特书成《证补》，与君同时屠敬山氏，亦撰《蒙兀儿史记》，皆未竟厥绪。魏氏书先成，杂踏不足以示远，君乃下帷覃思，因是创违，征外籍，考大典，博采佚存旧闻，儱三家而有之，成《新元史》二百五十七卷，复理董洪氏稿修辑未毕者，为《译史补》。而史识之见于考异者，又若干卷。其书别行。论者谓却特史，更两朝五百年，得君而告大备。方君书之出也，一时翕然海外，日本尤重君书，以博士赠焉。博士者，彼国学位至高，不轻授。君外人，乃得之，人以为君荣，然非君之尚也。

逊位诏下，君痛哭，解组去。会史馆开，馆长赵公与有旧，聘君总纂。君自顾儒臣，国亡无所自荩，修故国之史，即以恩故国，其职也。在馆日，天文、时宪诸志，纵横推步数万言，畴人为敛手。又以其间订阅纪传。赵公薨，君遂总其事，史稿卒赖以成。始余与君同在馆，论史事相得，欢甚。别八年，复见君于京邸。君年八十有三，虽笃老，犹能健谈。相与叹息世变日亟，祸之不可免，其言绝悲。又二年，而君卒，实岁癸酉。盖自君之卒，海内老师宿儒亦尽矣。君于文，师梅郎中，疏朴古澹，尤工于诗，奄有渔洋、竹垞之长，晚年所刻《蓼园集》是也。他所著，尚有《文选补注》、《文献通考注》、《尔雅补注》诸书。配吴淑人，桐城古文大家吴挚甫先生之女，相夫能庄，鬻子能勤，实与君谐，君始得以毕志于著述。子三：昌泗、昌济、昌汾。昌泗亦以文学克世其家。铭曰：

粤有大儒，为世楷模。文丧义嵬，拯之坦涂。陵壑大迁，饰巾从好。天之扢之,俾昌厥道。百世献宗,贞我瑰辞。卜云墨食,永宅于兹。

(此文据《民国人物碑传集》所录《遁堪文集》卷二。另有《碑传集三编》本,文字稍简)

张尔田《学部左丞柯君墓志铭》订误

罗继祖

孟劬先生此文多舛误。凤老原配为于夫人,吴夫人乃继配,志著吴而略于,一也;志曰:"君之调丞参也,两江督臣以魏默深《元史》上于朝。书下学部查看,朝廷有知君者,故有是命。"按凤老治《元史》当在审定魏书之前,故曰"朝廷有知君者",而志交待欠晰,二也;志曰:"洪文卿氏取拉施特书成《证补》,与君同时屠敬山氏亦撰《蒙兀儿史记》,皆未竟厥绪,君乃下帷覃思,因是创造,征外籍,考《大典》,博采佚存旧闻,笼三家而有之,成《新元史》二百五十七卷",按凤老《新元史》之撰与魏、洪、屠三家先后如何,不得而知,今云"笼三家而有之",非事实,三也;志曰:"尤工于诗,奄有渔洋、竹垞之长。"按凤老诗宗唐,不入同光流派,亦与王、朱异其趣,此说误,四也。

凤老先督湘学,后提黔学。袁行云丈《唐以来诗文中所见敦煌述略》(《社会科学战线》1984年第2期)谓伯希和盗走敦煌卷轴在凤老提陇学时,亦误。

(罗继祖:《墐户录》,黑龙江人民出版社1989年版)

◇附录　柯劭忞传纪资料◇

柯劭忞遇怪

郭则沄

柯凤孙学士与先文安公同岁登贤书，又同官典礼院，晚年过从颇密。自言视湘学时，出棚按试，途经某邑，止于行馆。馆中正屋五楹，柯居东室，其西室则以处幕僚。夜诣幕僚，谈至深更，始归东室就寝。展转未成寐，灯忽骤灭，俄又自明，见一人自外人，貌狞丑可怖，其冠服亦非时制，闯然直趋榻前。柯私念此必魅也，若至前当挥剑击之，因执剑以待。魅似知之，突转身趋窗前，案有提篮贮食物，盖以备早餐者，魅见之大喜，一一取啖之，弃骨狼籍，咀嚼有声。既饱而出，复趋西室，灯灭如故。闻幕僚呼救声，柯亦大呼和之，仆从毕至，则魅已隐。询之幕僚，所见与柯同。视案上提篮依然，启视食物亦具在，如未动者，魅特咀其气耳。疑是室有怪，不敢复睡，待明即发。嗣闻土人言：邑处乱山中，是类固恒有之，特山魈之流亚耳。

（录自郭则沄著《洞灵小志·续志·补志》，东方出版社2010年版）

关于柯劭忞

徐一士

近代北方学者，柯劭忞亦有名人物也。劭忞山东胶县人，幼读甚慧，十六岁为生员，嗣于同治九年庚午，中本省丁卯庚午并科举人。年二十一（榜年十七，盖少报四岁），六上公车被摈。至光绪十二年

· 347 ·

丙戌始成进士，入翰林，散馆授职编修，二十七年辛丑简充湖南学政，还京后历官国子监司业、翰林院撰文、侍讲。三十二年丙午，奉派赴日本考察学务，归任贵州提学使，旋开缺在学部丞参上行走，官至典礼院学士。曾充资政院议员，大学堂经科监督，署总监督。当辛亥（宣统三年）革命起，奉命充山东宣慰使兼督办山东团练大臣。鼎革而后，设清史馆，由赵尔巽主之，延任修史之役。尔巽卒，代理馆长。盖《清史稿》之成，与有力焉。卒于民国二十二年，寿八十有四。此其略历也。治学甚勤，所著书以《新元史》为最伟大，名闻遐迩。

劭忞所以成其学，家庭之关系匪鲜，盖良好之基础赖斯也。潍县陈恒庆，其丙戌同年友，且有戚谊，以工部主事官至给事中，外放知府，回籍后于民国初年撰《归里清谭》（又名《谏书稀庵笔记》）中述及劭忞事有云：

柯太史凤荪，诗古文渊源家学，别有心传，故兄弟皆成进士，太史文名驰天下。封翁佩韦，虽未得科名，经史之学，具有根柢。太夫人长霞，为掖县李长白之女，诗学三唐，稿中《乱后忆书》一律，京师传诵殆遍。诗云："插架五千卷，竟教一炬亡。斯民同浩劫，此意敢言伤？业废凭儿懒，窗闲觉日长。吟诗怜弱女，空复说三唐。"太史原籍胶州，因捻匪之乱，避居潍邑。李长白后人亦居潍邑，由李季侯丰纶始迁也。季侯为予癸酉同年，太史为予丙戌同年。甲戌会试后，柯李皆下第，同赴河南禹州投亲，已入豫境，离禹城仅九十里，坐车行至深沟，其地两面悬崖，中为大道，雨后山水陡下，季侯淹毙，同死者车夫三四人，骡马十余头。凤荪踞车盖之上，浪冲车倒行，其后悬崖崩塌，车乃止，乃呼救，崖上人縋而上之，竟得生。此行也，得生者凤荪一人，亦云幸矣！太史自言："得生固幸；水退后，一面雇人寻尸，一面雇人赴禹州署送信，夜间尸体在野，一人守之，

◇附录　柯劭忞传纪资料◇

与群犬酣战，殆竭尽生平之力矣！"太史元配于氏，为予表妹；继配为吴挚甫先生之女。过门后，嘱太史带往寺内前室灵前行礼，见太史所作挽言悬于壁间，嗤其语句多疵，则夫人学问，又加太史一等矣。

可谓一门风雅，劭忞蔚为学人，岂无故哉？闻劭忞幼娴吟咏，七岁时即有"燕子不来春已晚，空庭落尽紫丁香"之句，固征早慧，亦深得力于母教耳。至遇险独存，写来情景可怖，所谓会有天幸也。好谈命运者，殆将援为"大难不死，必有后福"之左验乎！

盛昱，其庚午同年也，为肃亲王永锡之曾孙，协办大学士户部工部尚书敬徵之孙，工部侍郎恒恩之子，家世贵盛，生长华胙，光绪间以丁丑（三年）翰林官至国子监祭酒，文采风流，焜耀一时，家有园亭花木之胜，好客，所交类为知名之士，"坐上客长满，樽中酒不空""谈笑有鸿儒，往来无白丁"，雅有昔贤风概，京朝胜流，盖无人不道盛伯羲焉。劭忞与为雅故，每参高会，其诗文亦颇获其切劘之益也。盛昱引疾罢官后，卒于光绪二十五年己亥，劭忞于三十一年乙巳序其《郁华阁遗集》云：

宗室伯羲先生既卒，门人搜集其古今体诗，得百二十八首，附以词十三阕，都为四卷。先生庋金石书籍之室曰郁华阁，故名之曰《郁华阁遗集》。先生博闻强识，其考订经史及中外地舆之学，皆精核过人，尤以练习本朝故事为当世所推重。吾友临清徐坊尝谓劭忞曰："吾辈聆伯羲谈掌故，大至朝章国宪，小至一名一物之细，皆能详其沿袭改变之本末，而因以推见前后治乱之迹。若撮其所言，录为一书，恐二百年来无此著述矣。"劭忞窃叹为知言。昔桐城姚郎中分学问之途有三，曰词章、考据、义理，以劭忞之愚论之，特晚近承学之士派别如此耳，谓学问之途苞于三术，斯不可也。古之儒者，博综乎先王之制作而深明乎当时之损益，其学如山渊之富，故无所不知，其言如蓍龟之决，故无所不验，如侁之臧文仲，晋之叔向，郑之子产，所谓闳览博物之君子是也，岂若斗筲之夫，断断然守一先生之说，殚精竭力以自画于空疏无用之途哉？先生之学，未知视古之儒者为何如，然近世闳博之君子，未有能及先生者也。先生自通籍至国子祭酒，居官十有四年，忠规谠论，中外叹仰，然不能尽行其志，谢病家居，又十年乃卒，卒之明年而京师之乱作；使先生尚在，则当时耆艾重臣，敬信先生而听其言，必不至崇妖乱而召戎寇，以贻宗社阽危之患也。"人之云亡，邦国殄瘁"，呜呼恫已！劭忞与先生交最久，先生有诗，劭忞必索而观之。先生诗不自收拾，多散佚，故劭忞所见有出于集外者，然无从检觅矣。先生之卒也，劭忞既为文哭之，今读其遗诗，又为之序，以识吾悲，且以见先生之学，其善诗为余事焉。

盛推其掌故之学，盖盛昱甚以此见重侪辈也。此序文字颇工，为劭忞之佳构，而见者不多，故就《郁华阁遗集》所载录之（劭忞《蓼园文集》，藏于家，未知最近有刻本否）。至谓使盛昱尚在，必无庚子之祸，则未免迂阔而远于事情。倚义和拳以"扶清灭洋"，孝钦后主持于上，顽固之王大臣逢迎而赞襄之，不惜骈戮异议诸臣以立威，而谓区区一无权之盛昱足挽狂澜，岂非言之过于率易乎？

盛昱与劭忞先后为国子监堂官，劭忞甲辰（光绪三十年）官国子监司业，去盛昱庚寅（光绪十六年）之罢祭酒，十余年矣。宜宾陈代卿，咸丰十一年辛酉举人，久官山东州县，劭忞为其胶州任所得士，尝于劭忞官国子司业时，作北京之游，即寓劭忞所，其《节慎斋文存》卷下，有《北游小记》一篇，云：

光绪甲辰六月初二，余由津门乘火车入都……居停主人为柯凤荪少司成，余权胶州时所得士也。时方十四龄，文采斐然，知

◇附录　柯劭忞传纪资料◇

为远到器,由词馆而浡升京堂,四十余年,见余犹执弟子礼不倦,其血性有过人者,凤苏朴学,不随风气为转移;著有《新元史》,尝得欧洲秘藏历史,为中士所无。余在京见其初稿,以为奇书必传,未知何时告成,俾余全睹为快也。

盖《新元史》之作,为劭忞毕生惟一之大事业,据云积三十年之精力,始克告成,迨此书完全蒇事,享中外大名,代卿不及见之矣。

劭忞于丙戌同年翰林中,凤善徐世昌,晚年尤相亲。世昌为总统时,设诗社于总统府,号曰晚晴簃,劭忞为社友中最承礼遇者（世昌所为诗,每就正于劭忞）。劭忞诗集曰《蓼园诗钞》,卷五有《徐总统画江湖垂钓册子》一首云:

箬笠蓑衣一钓竿,白苹洲渚写荒寒。不知渔父住何处,七十二沽烟水宽。

颇清适可诵,即于世昌为总统后所作也。同卷稍后有《挽奉新张忠武公》云:

白首论兵气益振,功名何必画麒麟？不怜扩廓奇男子,百战终全牖下身！

连云甲第化烟埃,想见将军血战回。呜咽菖蒲河里水,十年流尽劫余灰。

则为以胜清遗老之立场挽张勋之作。玩"百战终全牖下身"之句,盖深嗟其死于牖下,未战死于丁巳（民国六年）复辟之役耳。劭忞工于诗,弗能多录,录斯二者（一淡一浓）,略见一斑。

世昌在总统任,下令对《新元史》加以称扬,列为正史,所以示注重文化之意,兼为同年老友助一臂之力也。世昌以总统获法国文

· 351 ·

学博士学位，劭忞亦缘《新元史》见重东瀛，得日本文学博士，丙戌翰林同时遂有两外国博士，时论荣之；惟世昌系因政治关系，其事有间（后来日本设东方文化事业总委员会，聘劭忞充委员长，亦征重视，以中国人得日本博士者甚少，耆宿中仅劭忞一人也）。

傅芸子君讲学日本京都帝国大学，余以东京帝国大学博士论文审查会当时对《新元史》所作审查报告推论得失颇详，因函请以关于此事闻诸日友者相告，近承函示：

（一）闻诸仓石武四郎教授：当日审查《新元史》，此邦史学名宿箭内亘博士（东京帝大教授）甚为致力。博士为仓石君高等学校之师，仓石君一日往谒，适值博士为审查《新元史》之工作，皇皇巨著，堆积室中。博士云："以此书言之，其价值可在博士之上，亦可在博士之下，即此一编，颇难断定。又，原书之异于旧元史者，未比较言之，须为之一一查对，以作成报告，故工作颇觉麻烦云。"

（二）据闻东京帝大方面，最初尚无授予凤老博士学位之意；此事系由当日驻华公使小幡酉吉之提议而成。

（三）青木正儿博士云：凤老既得博士后，对于日本之有博士学位者，无不重视。当日有某博士尝往谒，凤老欢迎甚至，礼貌有加，实则此君固虚拥此头衔者也。

虽仅鳞爪，亦颇有致。

《新元史》一出，推崇者固甚多，指摘者亦不乏。《元史》为专门之学，余于此道非当行，不敢率为论定也。（梁启超晚年拥皋比于大庠，以史学授多士，讲稿风行一时，号为史学大师。其《中国近三百年学术史》十五《清代学者整理旧学之总成绩（3）》（六）史学（丙）旧史之补作或改作，论及改造《元史》诸书，虽于劭忞《新元史》，引陈垣之贬词，而谓："吾无以判其然否。"又曰："吾于

◇附录　柯劭忞传纪资料◇

此学纯属门外汉，绝无批评诸书长短得失之资格。"所讥惟在"篇首无一字之序，无半行之凡例"、"篇中篇末又无一字之考异"，无关史文之本身也。）

劭忞之老友张曼石（景延），于劭忞之卒，挽以长联云："通家三代，公适长我十龄，忆从束发受书，兄事略同师事，窃曾见丹铅瘁力，簪绂趋庭，入跻承明著作之班，出以庠序培材为务，声誉腾乎瀛海，功名付诸儿孙，国变后但闭门吟啸自娱，要勿负平生志耳。青史重完人，想奕世直笔褒题，任置忠义儒林文苑遗逸中，纤悉都无愧色。""远客半年，悔不早归数日，一自下车闻耗，惊心弥复伤心，最难忘饮饯内堂，纵谈陈迹，遍及弱岁钓游所至，屡叹故交存在几希，情词倍极缠绵，体态未尝衰恭，濒行时尚扶杖殷勤相送，谁知即永诀期耶？白头怀旧侣，当此际灵庬展拜，独于乡邻耆老学子孤寒外，凄凉别有余悲。"语甚沉挚，以累代通家，交非恒泛也。此联由安君筠庄钞示，并知曼石先生现居旧都，因思造诣一谈，叩以柯氏轶事，先致一书道意，得复书云："闻声相思久矣，老病颇侵，无能修谒，顺承惠毕，知将枉驾蓬门，欢慰之至。惟日来痰嗽气弱，殊难久谈，容俟少瘥，再为函约可乎？"曼翁高年违豫，暂不便相恩，致妨颐养；他日晤谈后，当更有述，或于述其外舅吴汝纶事时附及之。

（《逸经》1937 年第 25 期）

再述柯劭忞轶事

徐一士

关于柯凤荪（劭忞），前略有所述，载于《逸经》第二十五期。近与其老友章丘张曼石先生（景延，曾为汉军旗籍，复籍章丘）晤谈，于其轶事更有所知，爰续为叙述，以作前稿之补充。

柯氏之大父易堂，曾与曼石之大父荣堂同官于闽，罢官后，曼石之父梦兰受业其门，其后梦兰又延柯父佩韦课子，为曼石之师，柯氏自少年即与曼石相善，曼石挽联谓"通家三代"，以此。梦兰官于豫，历知安阳、遂平、鹿邑诸县，柯氏每随侍其父于县署，力学攻苦，异常勤奋，见者咸加叹异。

　　当柯氏在籍进学后省父于安阳县署也，其父挈之谒居停暨各幕友。翌日，柯氏如厕，值厕所有修葺之处，帐房幕友某往视，柯见之，不忆昨已见过，且施礼矣，复向之作揖致敬。某方与工人语，未之措意。柯乃大恚，其父睹其愤愤之态，异而询其故，具以状对，于被人看不起之辱，言之有余怒焉。父笑曰："本来是尔多事。昨日尔已对彼作过揖矣，今日何必又作？尔不过一后生小子，被人看不起，亦甚寻常；使尔能中举中进士者，何人敢看尔不起乎！"柯聆训大为感动，誓努力前程，以雪此耻，故孜孜矻矻，几有废寝忘餐之势。有志者事竟成，卒掇巍科，入词林，为读书人吐气。其父欣然谓之曰："尔当深谢某氏；非由彼之一激，尔未必能成名也！"

　　以用功太过之故，柯氏少年多病，在鹿邑县署时，尝身兼咯血、梦遗、关格、怔忡四大症，甚为憔悴，识者多忧其不寿，而晚年身体康强，享八十余之高龄，为当日所料不到者。柯氏兼通医理，亦即由少年多病而留意岐黄之故。又闻其父一日晨起，入其室，见烟气弥漫，盖时当冬令，柯氏坐近炉火，衣袖误被燃着，而柯方执卷讽诵，神与古会，毫不知觉也。其父于其勤学甚嘉之，而亦未尝不以书呆戒之云（柯氏书淫之癖，据闻实颇有父风，其父固亦酷嗜书卷而因之若有几分呆气者）。

　　前稿述柯氏与李季侯（丰纶）由京至豫，途中遇险，李氏淹毙一节，引陈恒庆《归里清谭》所载。兹闻曼翁所谈，于情事尤详。李氏字吉侯，为柯之母舅，其外舅宫子猷时官河南禹州（今禹县）知州，李以娇客管帐房事务，入京会试，与柯同下第，作伴回豫，柯送李到禹县后，再自回遂平。当行至新郑打尖，旅店主人谓曰："天

◇附录　柯劭忞传纪资料◇

色骤变，将有大雨，前途有深沟，遇雨恐遭大险，今日宜宿此，明日看天色再行为妥。"李不听，而又不急行，以有芙蓉之癖，过瘾既毕，始从容就道。行至两面皆山之深沟，大雨倾盆而至，山水齐下，遂罹祸难。李、柯同乘一车，当此危急之际，柯闻李惊呼曰："有性命之忧矣！"（指此数字即当时李出诸口者，盖平日作惯文字，临危犹于无意中掉文也）迨柯顾视，即失李所在，盖已作波臣矣。时车已入水，水且挟车而行，柯升踞车盖之上，得免冲入水中。幸雨止，附近村庄有土人李长年者，十余龄之少年也，闻呼救之声而至，率人从崖上缒救，柯乃获庆更生。其车夫等人均得救，骡马亦均尚未毙，独李吉侯无踪，禹州署得讯后所遣之人翌日始得其尸于数里外之某处。此次祸难，死者仅李吉侯一人。使李从旅店主人之言，可不死；立时速行，亦可不死；其卒与祸会，以陨其生，知其事者或谓盖属前定焉。又，当李氏由旅店登程，车甫行数步，李忽作应答之声，柯讶而问之，李曰："适闻有人呼我也。"其实当时并无人相呼。事后柯氏与人谈及，亦以为异。此皆曼石亲闻诸柯氏者（李长年为柯之救命恩人，知柯为名孝廉，甚为钦敬，因拜为义父，此亦患难中一段佳话）。

柯氏既脱险，归至遂平，叩见其父后，见案头有某书一部，亟取而阅览，于遭险之事，一语不遑提及也。其父检点其行装等，睹水渍之痕，询之，而柯氏方聚精会神以阅书，其味醰醰然，未暇即对。其父旋于其携回之书箱中，见有《萝月山房诗集》一册，李吉侯所作也，因问及李氏，柯对曰："死矣。"而仍手不释卷，神不他属。父怒，夺其书而掷诸地，诃之曰："尔舅身故，是何等事，乃竟不一言，书呆子之呆，一至于此耶！"复询其详，始备言途中遇祸之经过焉。柯氏沉酣典籍，近于入魔，其事固多可笑，而后来之克为有名学者，未尝不得力于此种书淫之精神耳。"用志不纷，乃凝于神"，其是之谓欤。

此次险事而外，柯氏又尝遇一险。在鹿邑时，侍父并偕曼石兄弟三人（均柯父门人）由县署往张老庄看牡丹，分乘骡车三辆（柯父与曼石一辆，柯氏与曼石之弟一辆，曼石之兄暨仆人一辆），路经涡河寨（其地为鹿邑名胜之一，所谓"涡水风帆"也），出寨门即下坡而过桥，地势陡峻，柯氏所乘车，以车夫指挥失宜，车忽由坡斜下，不当桥而当河，河水颇深，下必无幸，以地势关系，骡行迅疾，车夫不能止之，其危险可想。当斯之时，突见一人，奔至骡前，以手控衔，骡立止，柯与曼石之弟遂得无恙（此人为一挑粪者，不受谢，匆匆即去）。涡河寨之险与新郑道上之险，情事虽有小大之不同，而性命亦在呼吸之间矣。

曼石之父梦兰交卸鹿邑篆务赴省垣，眷属侨寓商丘，柯父以年老辞馆休养，梦兰即欲以柯氏为曼石兄弟之师，柯父以累世通家之谊，辈行早定，不可忽改，遂使柯氏仍以平交之称谓，与曼石兄弟共治课业，切磋而兼指导，并为批改文字，此曼石挽联所以云"兄事略同师事"也。

时柯氏兼治算学，系由《知不足斋丛书》中检出旧算学书数种，加以研习，亦时与曼石等讲论，并仿制古算学仪器，盖致力甚勤也。初尝以不解天元（即今之代数）之术，恒示闷闷，而钻研弗懈。一日晨起，语曼石曰："吾将通天元矣，昨晚梦梅定九相访也。"午餐之际，忽喜跃而起，高声曰："我懂得了！"因即为曼石等言天元之术，如何如何，口讲指画，兴高采烈。其事颇类所谓"思之思之，鬼神通之"者，斯亦足见其治学专挚之一斑矣。

柯氏晚年在旧都与曼石时相过从，每自叹衰老，而精神固尚矍铄，步履亦尚清健也。民国二十二年春间相晤，柯氏与纵谈旧事，感慨系之，并劝其将平生所为诗，整理编次，付诸剞劂，而以作序自任。曼石欣然诺之，会因事赴豫，即携稿以行，在豫编次就绪。此归旧都，惊闻柯氏卒三日矣，人琴之痛，不同泛泛，故挽联有"远客半年，悔不早归数日，一自下车闻耗，惊心弥复伤心"等语也。是年夏，柯氏以胃部旧病复发，入德国医院调养粗痊，归寓后，以幼子

◇附录　柯劭忞传纪资料◇

昌汾赴曲阜孔氏就姻，携新妇归来，在报子街聚贤堂开贺宴宾，柯以病后精神犹不佳，未亲往，令子辈招待而已。宴后，其友多人复至其太仆寺街寓所当面道喜，柯氏不得不亲与周旋。竟缘过劳复病，再入医院，诊治无效，遂以不起云。

其大父易堂之轶事，亦有可述，兹附志之。易堂道咸间宦于闽，以才调自喜，疏狂傲物。夏间出门，赤足乘轿，行至街衢，加两足于扶手板上。值某官之轿，迎面而来；某官素短视，见其足之高拱，以为向己拱手为礼也，亟拱手答礼。此事传为笑柄，某官深憾之。未几，易堂在噶吗兰同知任被参夺职，据闻即与此事有关。其被参之考语，有"诗酒风流"字样，同折被参者中，有一人之考语曰"烟霞痼疾"云云，以系瘾君子也，二人之考语，并传于时。易堂罢官后，在闽课徒自给，落莫以终。弥留之日，赋诗告诀云：

　　魂将离处著精神，生死关头认得真。此去定知无后悔，再来应不昧前因。
　　可怜到底为穷鬼，却喜从今见故人。闻道昭明犹挚报，愿临阿鼻与相亲！

襟怀若揭，情致卓然，才人吐属，如见其人矣。梦兰有《哭业师柯易堂夫子八律》，亦情文交至之作，警句如"挂冠归去惜余年，诗酒生涯即散仙。傲骨更谁怜白发，豪情直欲问青天"。"老去江湖犹作客，年来心事半书空。满天风雨人何在？千里家山梦未通（夫子罢官后，柯欲还乡，不果）"均挚切动人。

（《逸经》1937年第28期）

◇柯劭忞诗集校注◇

《光宣诗坛点将录》之柯劭忞

汪国垣

地雄星井木犴郝思文　柯劭忞

当我者死，避我者生。井木犴，君前身。

看君史笔寓于诗，驱遣方言又一奇。（蓼园诗如"古来图画难俱述，谁似符头孤列物。镜中鉴物能留物，十有三家皆阁笔"。符头孤列物，盖英语 photography 之译音也）目极海洲归载笔，大篇况有杜韩遗。

莫吟辛苦贼中来，且进丝桐近酒杯。乞与南徐好风月，鹤林同看杜鹃开。

凤荪师不朽之业，当在元史，实则《谷梁春秋》、天文、历算，亦高踞上座，世人不尽知也。诗为余事，然以学赡才高，不肯作犹人语，故风骨高骞，意境老澹。《蓼园》一集，五百年中，难可泯没。

（柯劭忞，字凤荪，号蓼园，诸城人。所著自《新元史》二百五十七卷外，有《春秋谷梁传注》十五卷，《清史天文志稿》、《时宪志稿》各若干卷，《蓼园诗钞》一卷，《续钞》四卷，皆刊行。其《蓼园文集》、《尔雅注》、《文选补注》、《文献通考注》、《新元史考证》、《十三经附札记》皆稿，藏于家。民国二十二年八月三十一日卒。年八十四）

（摘录自汪国垣《光宣诗坛点将录》定本，括弧中小传为汪氏弟子马骙程补撰）

◇附录　柯劭忞传纪资料◇

柯劭忞先生评传

王森然

柯劭忞字凤孙，一字凤笙。生于道光三十年，庚戌（一八五〇），卒于民国二十二年，癸酉（一九三三），享寿八十有四。山东胶县人。幼失怙，从母读。柯氏之母，即湛深国学，《晚晴簃诗集》中，选录其诗甚多。先生学问，多得力于母教。中清同治丁卯庚午併科举人，光绪丙戌进士，授翰林院庶吉士，散馆后改编修。擢国子监司业，提督湖南学政，改翰林院侍讲，转侍读。授贵州提学使，署学部右参议。充京师大学堂经科监督，署总监督。改三四品京堂，升典礼院学士，懋勤殿行走。授山东宣慰使，督办山东全省团练。民国成立，为宣统侍讲，以孤忠自鸣。隐居不仕，以著述自娱。三年五月，被选为参政院参政，及约法会议议员，均未就任。后为清史馆馆长，东方文化事业总委员会委员长。先生虽经袁、徐、段诸氏屡聘其出山，终清高自持，不求仕进。对于国学矻矻穷研，故学极深博。凡经、史、词章、小学、天文、历算、金石，无不精通，毕生精力，悉萃于此。已出版之著作，为《新元史》、《春秋谷梁传注》、《蓼园诗钞》、《续诗钞》、《清史天文志稿》、《时宪志稿》。未出版者，为《说经札记》、《尔雅注》、《后汉书注》、《文献通考校注》、《文选补注》、《佚史补》、《蓼园文集》等。《新元史》，凡二百五十七卷：其中本纪二十六卷，表七卷，志十七卷，列传一百五十四卷，外附目录一卷。诚巨制也。民国八年十二月，以大总统令，列入正史。十年前，日本东京帝国大学赠予文学博士。先生为吾国旧学泰斗，耆年硕德，博学能文，近代不可多得之史学家也。

其《新元史》，浩大繁博，着手在数十年前，采择既博，论断亦

· 359 ·

允。惟其意在增订旧史，惜未探考异致，其所以增订之意，晦而不明矣。顾此竭一生之精力而成，前此三十年中，未尝有此大著述也。《新元史》，所取之材，有得自钱大昕、魏源者，有得自何秋涛、李文田者，有得自洪钧、屠寄者。全书详博周备，取舍有法。日本帝国大学博士论文审查会，评谓"柯君承袭诸家之后，参考诸家之著述，修改元史，表面似易于成功，实际则等于群雄割据迭兴之后，而成统一之功，其为难处，正自不少也"。斯论最为切当。其氏族表，分蒙古民族为黑、白、野三种鞑靼，盖本于波斯史家拉施特所述蒙古支派如此，直将钱大昕氏根据秘史辍耕而成之氏族表，完全推翻，指出其舛讹重复之点。其中篇目仍旧，而新加材料者，有《兵志》、《百官志》、《刑法志》等；其旧所未有而新加篇目者，有《行省宰相年表》及《蛮夷传》等；其旧有篇目而此书省略不存者，有《艺文志》、《奸臣、叛臣、逆臣传》、《后妃公主表》等；其于西北三宗藩之后裔，如奇卜察克汗之分裂为金帐、白帐、蓝帐三汗，繁琐纷纭，不易清理；如伊儿汗自不赛因以后，子孙式微，宗族争夺，其间事迹，皆极繁琐难考；向来中国史料，决无记载，即洪钧、屠寄二氏之书，亦未详记。先生之书，独能参考西籍，将其分合衍变之迹，胪列清疏，此足征其用力之勤劬矣。李思纯云："中国元史学之有柯劭忞，正如集百川之归流，以成大海；集众土之积累，以成高峰；盖斯学自康乾以来，如果树放花，初作蓓蕾；道咸之间，则嫩芽渐吐，新萼已成；至同光之间，千红万紫，烂熳盈目；及柯劭忞氏之著作成，而后繁花刊落，果实满枝矣。先生之著此书，费时四十余年，曾耗半生之精力以从事，其书以中华民国十一年出版，政府明令列入正史之中，盖明、清两代凡六百余年之一切学者士大夫所耗竭心力而未完成者，柯氏以半生之力，集其大成，可谓伟矣。"（见《元史学》七十五页）

余友萧一山君著《清代通史》，有襄在梁任公先生座次，逢王静安先生，谈及《新元史》书，均以未叙体例及取材为憾。余读徐中舒《追忆王静安先生》一文，言先生于当时人士，不加臧否；惟于

◇附录　柯劭忞传纪资料◇

学术有关者，即就其学术本身略加评隋。余第一次在研究室中，见先生案头置有柯凤孙先生所著《新元史》，盖先生此时正治西北地理及元代掌故也。先生谓"元史乃明初宋濂诸人所修，体例初非不善，惟材料不甚完备耳。后来中外秘籍稍出，元代史料渐多，正可作一部元史补正，以辅元史行世；初不必另造一史以掩原著也"，云云。是柯先生之《新元史》，并不见重于观堂矣（按一山尝询诸柯先生，据先生云：考证卷数甚多。未能刻行。因示以原稿及简本一册，皆引据出处，精审异常，此又一说也）。

先生年来衰老久病，中西名医，均束手无策，去年于八月三十一日上午七时四十分寿终太仆寺街本宅。临终时，除谆嘱儿女，勤慎敬谨立身、平和忠厚处世外，并无其他遗嘱；惟先生于逝世前数十分钟，曾屡次谓彼自拟刊刻之《十三经并附札记》拟刻石，存诸曲阜孔庙，誊毕未印，已病不能支，认为终身憾事，曾嘱其子继承父志，殊足表现儒者之精神也。其夫人吴氏年已六十三岁，安徽桐城吴挚甫先生汝纶之女，亦工文学，身体尚健。身后遗二女三子，长子昌泗字燕龄，与余交最善；次子昌济，均居家著述；三子昌汾，毕业于警官学校；与孔圣七十六代孙女德懋于曲阜结婚。先生一生从事学问，不治家人生产，殁时两袖清风，家无馀财，一切善后事宜，均由其亲戚孔令沅，及其世交彭俊卿处理云。是年十二月十九日行政院开一三九次会议，邵元冲、叶楚伧、于右任等，呈请褒扬耆儒，以扬国学。缮具先生年历事实，请鉴核施行，议决请国府明令褒扬云。尝披金梁列举贤才折，有"柯劭忞忠义之气，至老勿衰，硕德耆年，尤孚乡望，鲁籍将吏，虽骄兵悍卒，皆视之如师，听命惟谨"。可知其人格之高矣。先生颇能诗。汪国垣纂《光宣诗坛点将录》，推先生为"地全星鬼脸儿杜兴"。谓"凤笙不朽之业，当在元史；其诗亦风骨高骞，意味老澹，一时巨手也"。

戊辰孟夏，柯先生序万柳老人诗集残稿。《万柳书庐诗集》一卷，莱阳宋澄风先生遗诗也。先生名继澄，明举人，附《晓园诗集》

一卷，则其子林寺先生之遗诗。名琏，亦明举人。又附先生犹子琮诗二首。先生六世侄孙然诗一首，七世侄孙宏健诗一首，皆莱阳于君世琦所裒辑。于君留意乡邦文献，可谓学者矣。先生父子，并以文章气节，负一时之望，江南兴复社，先生应于北方，是时吾乡有所谓大社者，亦先生为之领袖，流风馀韵，使人兴起，敬识简端，以抒景仰之私，云云。

柯先生诗甚高，与其谓为史学家，无宁谓为诗家也。其《过高仲咸同年十刹海新居》诗云：
　　金天候初交，畏日仍炎赫。凌晨驾短辕，问子湖山宅。
　　苔痕净阶砌，水气凉茵席。登楼恣暇眺，放目盈秋色。
　　晚树尚扶疏，鸣蜩已萧瑟。陂塘何所有？荷藁纷狼藉。
　　前夜风雨来，独立非汝责。华落实已披，览物增心恻。
　　吾侪抱散质，未觉人事迫。啸咏得良朋，流连忘曛夕。
　　儒行论更朴，卤莽无一得。终当返旧庐，抱瓮清漪侧。
又《贾来臣至兖州偕登少陵台》诗云：
　　岱南有名都，汶泗相萦带。高台屡登践，四野平芜外。
　　凤昔诵君诗，邂逅兹游最。古人不可作，忧时到吾辈。
　　禹贡画九州，表海青徐大。盘盘股肱郡，南北舟车会。
　　豺狼恣搏噬，江淮已横溃。蔽捍在得人，形势安足赖。
　　君苞匡济略，士论称蓍蔡。负手睨其旁，曷以搘崩怀。
　　且为良夜饮，百忧偿一快。
又《留别伯羲祭酒》诗云：
　　海风西南来，兵气千里赤。谅山既溃败，宣光复辟易。
　　朝廷再命将，拓地无咫尺。侧闻推谷时，仓卒非所择。
　　先生抒谠论，圣主为前席。一传敌众咻，此意可叹息。
　　我从远东归，握手论畴昔。敢忘一日知，窃效千虑得。
　　呜乎咸丰末，隐忍为宗祐。翠华竟不返，往事填胸臆。
　　低颜事国仇，志士应踢踘。人心痼偷懦，仓扁穷药石。

期君伉直辞，抉剔膏肓积。骊驹晚在门，落日照行色。
狂疏不自料，临别增感激。

又《伯羲由盘山复至三泉中涂遇雨寄以诗用昌黎赠张彻韵》：
三盘多胜迹，三泉尤可念。鱼青一寸石，镜里看嗢噞。
澄辉水碧温，艳采丹砂染。信知饥可疗，弥觉俗能砭。
别来岁末期，蒲叶抽新剑。人事剧回遭，年光迅流闪。
昨夜山中雨，堰决畦棱垫。君从山寺来，叹息灵棋验。
路滓巾柴车，屋漏蓑茅店。名高身为诎，此事君何欠。
胡为辱泥涂，毋乃偿所歉。初晴风日美，灼灼红蘤艳。
鸡头苞欲坼，牛舌舒应餂。聿余选懦人，崎岖阻坑堑。
欲赓壁上诗，未削怀中椠。人生羁一世，熠熠风灯焰。
终然命驾归，逆旅吾宁占。胡为摈所好，而营升斗赡。
且报故人书，滕口恣狂僭。

又《晚泊兴集》诗云：
洲回风偃席，岸近泥翻浆。破堰洪涛入，荒墟丛芮长。
岁晏景萧条，天寒气凄怆。逝川带夕曛，滔滔与东往。
青蒲闯水出，白鸟衔鱼上。雕痛逾十稔，锄耰换罟网。
曷以澹沈灾，浚距今犹曩。用世益艰难，勤民徒想象。
夜阑不成寐，欹枕听方响。

又《菊人北江旧庐图》诗云：
有池不更穿，有亭不改筑。翛翛竹连墙，翳翳桑覆屋。
昔吾有先正，此地留遗躅。文传天下口，往往追潘陆。
朝野正欢娱，名儒秉钧轴。当时陋巷中，辎軿接柴毂。
俯仰阅百年，世变亦何速？君来营居止，窅然若穷谷。
读书无与共，风蝉吟乔木。呜乎治与乱，循环剧轮辐。
凌夷先学问，濡染为风俗。六艺已弁髦，新奇娱耳目。
卷图三叹息，吾其知自勖。

又《紫泉》诗云：

昔闻紫泉水，一变如丹砂。占为圣人瑞，六龙饮其涯。
我来冰未泮，腹泽胶枯槎。父老向我言，敝邑犹郁琊。
自从税銮舆，百里皆桑麻。脍鲤登春网，炰兔翻秋罝。
导我陟前冈，怪石何嵯岈。周墉无遗堵，积水成凹洼。
尚有横经庐，飞檐竦衙衙。高宗南巡狩，沉灾澹龙蛇。
缅思黄屋来，七萃如云赪。供张却三辅，率旧匪增奢。
虽云物力丰，玉音犹咨嗟。颂声今未寝，事往逾奔车。
闾阎日凋瘵，剥剔穷疮痂。况闻平乐观，讲武祃高牙。
经营虽勿亟，百万委泥沙。猾夷尚凭陵，奸宄亦萌芽。
此邦轴川陆，信美非吾家。城南屯驺骑，日暮催清笳。

又《过天津追忆陈筱石同年寄以诗》云：

析津为甸服，水陆东南冲。阛阓塞通衢，奔车日珑珑。
运期穷百六，乱起如拼蜂。王官不敢诘，仓卒钹交胸。
矗矗陈尚书，御乱独从容。国门咫尺地，屹立俨崇墉。
进效匪躬节，退蹶行遁踪。守官继洟泗，饕禄恣贪庸。
至今逢栉士，叹自后凋松。缅面发难初，亦有陆与冯。
陂陁五步血，效死宁非忠。俯仰悲存没，掩袂独龙钟。

陈当国变殊委蛇，非陆冯俦也。此诗不无过誉，而词甚工。

又《赠蒲圻王子丹隐居》诗云：

巴陵之北湖山奥，叶令辞官昔高蹈。摧矜折锐谢浮名，道书一卷挈精妙。

薜荔朝寒泛瑟惟，虹霓夕贯烧丹灶。山深无人溪路涩，仿佛文狸从赤豹。

昨款松关留詹宿，夜壑风生吟万窍。前山落月与云齐，独倚霜檐展清眺。

君言麋鹿心性野，不愿为牺荐宗庙。贱子迷方何足论，先生绝俗安能到？

◇附录　柯劭忞传纪资料◇

吾之友曰盖使君，学道早学邱真人。童颜不老有仙骨，至今吏网罂其身。

何时偕入华严洞？采药名山访隐沦。

又《送陈蓉曙同年》诗云：

黄霾四塞白日暗，卷屋狞飙如顿撼。经时不蹋海王邨，陋巷车声来坎坎。

我才君才两樗栎，踪迹虽疏气相感。更为穷愁嗜我诗，正似芹菹与昌歜。

幡然告别不敢留，君先我去能无憾？广文先生古君子，独立东南硕且俨。

羡汝宁亲万里归，采服趋庭朋盍戡。岛夷构衅难未已，猛士东征虢虎阚。

金缯款敌我已恩，坛坫要盟渠更婪。九连城外交传烽，况逾浿水收王险。

尚方请剑言虽戆，漆室倚柱心愈憯。可怜进退负微躯，纵忤权强非勇敢。

邻家有酒尽可沽，雨势渗渗云霮䨴。留君共覆掌中杯，解衣请作渔阳掺。

又《集蓬莱阁送于同人之广西》（此首集本失载）：

山城盘盘如伏鳌，骧头上载城楼高。城边山尽地亦尽，轩窗咫尺悬波涛。

病客登临畏炎炽，折简相招俱撮笠。槛外沙鸥并席来，樽前海水浮天立。

停杯借问君何之？廉州瘴疠尽蛮夷。楼船载海行万里，簿书莫误军中期。

浊酒如油不辞醉，白首天涯为君喟。他年人事哪得知，今日宾筵且相慰。

火云洒天天反风，雷车载雨声隆隆。此时冯夷邀海童，鞭笞百怪洪涛中。

投壶玉女才一鞭,俄看陆地登鱼龙。紫金山下寻归路,尚有浮槎拥拔树。

吁嗟呼!百年忧患真茫茫,归来归来守故乡。

又《圈鱼》一首(按,吉林网鲟鳇鱼桦木豢于江中名圈鱼。戊戌冬,追为此诗)诗云:

松花江上古扶余,獩人岁贡秦王鱼。腹甲如龙竟受刳,乾余之骨充苞苴。

登筵不数鱐与䐛,晶莹照椀如车渠。贱子东游北沃沮,使君邀我来观獩。

朔风棱棱九月初,冰澌未合寒沙淤。长纲截江纲目粗,百夫力拽谨且呼。

潜龙移穴鼋鼍俱,势欲簸荡阳侯居。身横九亩获乔如,寻常所得犹专车。

受人穿鼻翻纤徐,区区自护勿乃愚。连江桦木为周法,蹭蹬泥沙跼不舒。

一涔之水徒相濡,垂头折尾甘执拘。象齿焚身可叹吁,羹材第一羞庖厨。

不为骨鲠为甘腴,波涛一失咫尺殊。萧樊缧绁韩彭菹,出入弗慎网暂罛,看汝万里行头獩。

戊戌政变以后,张香涛有《劝学编》之作,端午桥亦进太后圣德之颂,不为骨鲠为甘腴,殆谓是邪?

又《陪朱詹事师登建昌西山望邛海作七言古》诗云:

邛都县前养蛇妪,县令杀之蛇能仇。居民相视各惊怪,吾侪那忽戴鱼头。

一朝邛州为邛海,独有石马今尚留。欲从李膺问益州,先生携我登山游。

回崖沓嶂凌高秋,下视邛海平油油。不知东西浸灌几万顷,俯仰

◇附录　柯劭忞传纪资料◇

可以消百忧。

　　自从越巂来，所见良可羞。山童土尽赭，野水纵横流。泸江弥浑浊，色如再染缁。

　　又有孙水关，悬流欻沫鱼鳖不能游。槎枒深涧底，嫌其云霾雾塞枝撑幽。

　　宁知西南徼外人不到，天以胜地开蛮陬。白波丹嶂两秀绝，颇思挂席无扁舟。

　　父老向我言：下有长黄虬。不顾颔下珠，但守铁兜牟。纷纷攘夺世亦有，此地宁复畏人求？落日未落猿啾啾，奚奴相招骑旄牛。

　　相公岭上雹如碗，狂歌勿倚鼩生鲰。

　　描写边荒异景，乃先生之特长也。《蓼园诗钞》，乃民国十三年南湖居士廉泉先生（已故）为之编印，中华书局代售，每册二圆。柯先生遵照中国学术系统，视诗为末艺小道，然诗亦表现柯先生之精神思想学术行事，此亦中国文学之正宗观念也。柯先生诗，宗盛唐而专学杜工部，光明俊伟，忠正和平，如其为人。王静安先生于民国十四年尝语人曰："今世之诗，当推柯凤老为第一，以其为正宗，且所造甚高也。"（见《大公报·文学副刊》第二百九十七期《悼柯凤孙先生》）四川万县徐恒先生（久成）待刊之《艮斋诗草》中，有《读蓼园诗集》一首，极致钦崇，然实为公论，爰录之以当评赞。"大雅沦胥蔓草中，筝琶细响乱丝桐。派从大历窥宗匠，体到西崑识变风。法乳能探三昧奥，词源真障百川东。梅村不作渔洋渺，低首骚坛拜此翁。"诗人沈圣时，近著《中国诗人》一书。（光明书局出版，价六角）清末民初，选郑孝胥、陈三立、王壬秋、康南海、梁任公、易顺鼎、樊增祥、章太炎、蒋智由、刘申叔，为十大家，独遗先生，不亦异乎？柯先生平生精力所注，厥在经学，于《穀梁》所得尤深。其治元史，乃由经以及史。亦以清同光间风气，治西北史地（尤以元史）为新奇时髦之学问。然柯先生勤搜穷讨所得，不为零篇专题之贡献，而必宏大其体裁，精严其义例，醇美其文章，以撰成《新

· 367 ·

元史》二百五十七卷，与二十四史，并列分席；不惮辛劳，舍易就难，亦中国学术之大幸也。往年王静安先生淡及《新元史》颇惜柯先生不用新法，作成零篇，或作为旧元史之校勘增订本，致《新元史》更待校注。或又讥《新元史》无索引，检查不易。凡此，固亦甚是；然苟知中国学术系统之重要，及古来中国学者著述之精勤不苟，历数十年若一日，此种精神，此愿愿力，惟宏伟之柯先生有之也。

李思纯先生著《元史学》，精严可读。中华书局出版，定价八角。《学衡》杂志第三十期，有王桐龄先生介绍柯凤孙先生《新元史》一文，并附译日本东京帝国大学教授会提出赠柯先生博士学位时之《新元史》论文审查报告书。先生固不待此而荣，然亦可见异邦学者之尊仰有其道也。读者均可参阅。先生逝世后一日，余受友人之托，急就《柯劭忞先生评传》一文，拟在该期待出之天津《国闻周报》发表之。取材多重《新元史》。《新元史》，精良完美之处，乃世人所共见，仅指摘其一二琐屑之点，以证其未尽之憾。一则可以示一已探讨致力之概要；一则所以表先生荜路篮缕中，未竟全功之哀思也。于是参考李思纯先生所著《元史学》第四章"元史学之将来"——"柯劭忞之误点"。凡可供吾人钩稽探索者，悉冒然录之。怆促间，未惶标明起迄，注引旧说，致有"掠人说以为已说"之嫌。今节录于此，注明章页，以便有志元史学者之研究，并对李君致歉意。先生逝矣！吾人当知如何继承先生，于元史学将来开拓发展之程途上，切实努力，再作一新计算也。学术公器，勿视私有，后学不敏，颇共勉焉。

李思纯先生曰："欲明治元史学之鹄目，必先明蒙古帝国在世界历史上之地位，与其南并中国，西侵欧洲之成绩。古人者，无文化之民族，故其本身无文化研究之可言，然其马蹄所及，乃无意中于东西文化上，发生几多之间接影响，此则治元史学者所当留意也。若其武力所被之成绩，则尤伟大可惊。梁启超谓'成吉斯汗以漠北一部落

◇附录　柯劭忞传纪资料◇

崛起，数十年间，几混一东半球，曾不百年，子孙沦灭，退伏沙漠，正如世界历史上一飓风。'其言最为切当！故吾人以近代民族接触文化转输之眼光观察之，则蒙古崛起，虽仅为沙漠间一野蛮部落之事实纪载，若其南并中国，西侵欧洲两役，则于东、西两方文化史上，有较重要之影响与价值。今若自南并中国，西侵欧洲之结果言之，其显然可见之影响，盖可列举。其在中国方面，六七百年前之遗迹，关于政治制度，社会组织，宗教信仰者，吾人今日正被其影响，食其果报。试从政治方面之地方制度征之，今日吾国固结于人心之省界思想，确定于法律之行省区域，探其历史上之根原，非自元人之行省制度来乎？魏源《元史新编地理志》云：立书省一，行中书省十有一，曰岭北、辽阳、河南、陕西、四川、甘肃、云南、江浙、江西、湖广、征东，云云。柯先生《新元史》有行省宰相年表，上、下二卷，其所纪曰：世祖至元十二年，始分立行中书省，凡行省十，至正以后，增淮南、福建、山东为十三行省。其行省宰相年表所纪，以中枢大臣而兼辖行省，实明清两代督抚制度之权舆，当时任行省宰相者极众，故吾人皆知近代中国之地方区划，地方制度，盖从唐、宋以来，数经变革，至元人而奠其始基，明、清两代承之，小有变易，以成今日行省分立之局，此则元人南并中国后所遗留于今日最大之一遗迹也。"（见《元史学》三，四页）

然元史学者，包容繁多之学也。无论中、西两方所研究者，仅为其中之若干部分，而非其全量。况中、西两方已往之研究，又未能完全沟通融合，而互相补益，则元代史迹之可供吾人钩稽探索者，尚复无穷。故吾人不能不於元史学将来开拓发展之程途上，作一针算。（见《元史学》一八二页）今中国方面之史家，多不解西文，无新式研究之方法与能力。洪钧之勉力撷拾，所得实至微末。屠寄亦仅知辛勤搜弋，用中国旧日治史之方法以造史而已。若二先生者，以其沈酣之深，致力之事如此，若能旁通西文，益以新式之历史知识观念，则其成功，宁遂止于此耶？中国研究元史学者，若线大昕、魏源、何秋涛等，去今已远，可以不论，洪钧之《元史译文证补》，与屠寄之书，一则同名异译，错误百出；一则尚无定稿，刊行未多。其在今世负重名而为人所称许者，乃柯劭忞先生之《新元史》一书矣。然此书岂遂精良完美，无可指摘乎？今不论其大者，但就其一二琐屑之点指证之，尝可见其误点之一斑矣。试举陈其略如左：

先生《新元史》，自拟于《新唐书》、《新新五代史》之列，故新增事实既多，于旧元史亦多所删改。然其所删改者固未必尽适当也。例如旧元史"瞻思传"中，叙其先世，有一语云："其先大食国人，"而先生《新元史》本传中，则改作"其先西域人"，吾窃以为怪。盖大食为专名，西域为通名，吾人可改通名为专名，而不可改专名为通名。"西域"二字，广泛而不确定，吾人于瞻思之先世，苟苦无从考其确籍，而漫然以西域人名之可也。今旧史既明示赡思之为大食国人矣，先生苟无证据以否认其为大食国人，则当遵用旧元史之文。今乃漫然删削，将旧元史中确切之"大食国人"四字，改为含混不明之"西域人"三字，诚不能得其所解。凡中国史家，每喜以行文之便，妄改字句，致乖史实。先生之书，於旧元史多所删改，其删改之得当者固多，而其不当者亦正不鲜，如上举之例，正其一也。回教于元代颇盛行，尤以中亚诸国，如伊尔汗国，及寄卜察克汗国为甚，先生《新元史》中，每以行文之便，漫无定名，或曰回回教，或曰天方教，或曰谟罕默德之教，一篇之中，诸名杂出，此亦正坐中国历史家之病，只图行文之方便而已。《新元史》卷三十四"历志"云："世祖至元四年，西域人札马鲁丁，用回回法，撰万年历，帝稍采用之，历元起西域阿剌必年，即隋开皇己未。"按回历与中历，因推步之差，时有谲误。近人陈垣之《中西回三历岁首表》，曾详言之。先生本中国旧日谲说，谓回历纪元为中历之隋文帝开皇十九年己未，实则回历纪元之年，乃唐高祖武德五年壬午也。以中历回历推步之不同，

◇附录　柯劭忞传纪资料◇

旧日史家，误以为隋开皇己未，其差误凡二十三年，今世推算既明，吾人知回历纪元确为唐武德五年，而先生尚本旧日谲说，以为开皇己未，似欠深考。以上所举，皆先生谲误之点，然此等误点，特其微细者而已，其最为重要之点，乃吾人常感觉其不足供吾人尽量搜讨之用，盖先生难尽心竭力以搜弋新材料，而吾人仍觉其材料缺乏也。例如奇卜察克汗自札尼别（Janibeg）以后，伊尔汗自不赛因（Abusaid）以后，子孙式微，部众分裂，其事迹渐湮没不详，先生之书，或仅存其名，而无事实，或且并名亦不存，然求之西书，则人名事迹，俱瞭然可征可考，此吾人所以深有感於先生所著之仍多阙略也。吾今举奇卜察克金帐汗后裔子孙之世系，以示一例。

巴部 Batu—撒里答 Sertak—岛拉赤 Ulaghji—伯勒克 Bereke—忙哥帖木儿 Mangu - timur—脱脱忙哥 Tuda - Mangu—伯忽 Tulabugha—托克托 Toktogu—月思别 Uzbeg—札尼别 Jani - beg—晕儿谛伯克 Berdibeg—科尔纳 Kildibeg Kulpa - Kulna—努鲁期 Nurusbeg—起西耳 Khizr—莫尔都特 Merdud—帖木儿合札 Timur—穆力特合札 Murad Khoja—科脱鲁合札 Kutlugh Khoja—普拉特合札 Pulad Timur—阿西士萨克 Azis—阿勃达亚拉 Abdullah—哈散 Hassan—都偷伯克 Tulenbek—伊儿班 Ilban—哈干伯克 Kaganbek—摸罕默德普拉克 Muhammed Bulak

上为奇卜察克金帐汗之世系表，霍渥儿特（蒙古史），纪述甚详，每一人名之下，皆有专篇，以纪其事迹，虽详略不等，然未有湮没不纪者。吾人若反求之於先生新元史，则见其阙略者不少矣，先生於金帐汗世系，自札尼别 Janibeg 以後，即仅有人名，而无事实，自哈散（Hassan）以后，乃并人名亦无之，盖先生虽搜弋甚勤，终以不识西书文字，为见闻所囿，故所得材料，仍多阙略，不能详备也。先生《新元史》有"释老传"，所纪属喇嘛教若八思巴之流，道士若长春真人邱处机及李志常之流。实则吾人考之载籍，元代版图广大，种姓杂居，其宗教实各派并行，极为复杂，除汉族士人尊孔之外，则有佛教、喇嘛教、道教、中亚之回教、叙里亚耶教别派之聂思脱里教、波斯火祆与摩尼教、耶教之多米尼派（Dominicains）与佛朗西斯派（Franciscains），如此繁复之宗教，岂先生《新元史》"释老传"三字，所能包括？而此各派宗教中无数之僧侣教士，又岂八思巴、邱处机辈所能代表？此又先生《新元史》材料阙略之大端也。元代东西交通极盛，西北陆道交通，则自天山南北路，越中亚里海、黑海以达欧洲。或越波斯，阿拉伯，叙里亚以达非洲，驿站相通，商旅相接，其海道交通，则东南诸港，若福州、泉州、厦门等地，皆为商舶萃聚之所。其交通之目的不一，或在通商，或在传教，或在政略（如欧洲帝王约蒙古夹攻土耳基以助十字军），或在游历与通书报聘之事，其於东西文化之相互影响，与东西民族之相互了解，关系极大。又元代种姓杂居，宗教并行，异俗薰染，故人种同化之事亦盛。凡此类之史迹，乃元史学中有价值之目标，吾人求之中国，若先生之书中，皆不足以语此。然则元史学之将来，其必专注精力於此类之研究可知。（以上见《元史学》一八八页）关于改造元史之事，李思纯氏曾闻陈垣（援庵）讨论及之，陈氏于柯劭忞先生"改造全史"之事，不甚同意，而其意则倾向于"为旧元史作注作补"之法，兹录其大意如下：（按下举之说，为李思纯亲得之陈氏面谈者，陈氏固未尝以此意见为文字揭布之也。见李氏《元史学》二〇〇页）

"凡主张改造元史者，必掊击旧元史，窃以为旧元史非可废也。旧元史修于明初，去元代未远，其中误谬虽多，而可据之材料，亦复不少，今若删改旧文，别造新史，窃恐其所删改者，未必能确当，吾以为不如为旧元史作注作补，以存其真。凡旧元史之'误'者，吾人不必删改原文，而但注之。凡旧元史之'遗'者，吾人不必增入原文，而但补之。注者，如裴松之之注《三国志》也。补者如褚少孙之补《史记》也。凡误者作注，遗者作补，必明其材料之

◇附录 柯劭忞传纪资料◇

所从出。不能如魏源史中插入钱大昕之氏族表，柯劭忞史中插入洪钧之列传，而不声明其材料之所由来也。凡旧元史中各卷各部，其作注作补，俱可分别为之，其材料不必出于一处；其作注作补者，不必限于一人。所贵能分功合作，以成此《元史注补》一书。旧元史每篇之中，若有误者，其注与补，即低一格附后。凡以'新史体'（即欧美之史体）改造元史，固可。若既不能用欧美史体以改造元史，而仍用中国旧史之'表志纪传体'，则吾以为与其改造元史，不如为旧元史作注作补之为愈。"陈氏之言如此，窃以为甚当。盖吾人若不能以欧美新史体改造元史，则必以注补为正常之方法。同时吾读柯劭忞先生之《新元史》，觉先生诚不屑注补旧史，而毅然出於改造，然其所改造成功之《新元史》，既不能尽采新材料，亦未能应用新史体，似於笃旧与图新，俱有所未至也。中国旧时史家之纪元代，皆以中国为主，而西北三大藩附从之，故关于中国者特详，而关于西北三藩者多略。固由西北藩地，广漠寥远，见闻未及，史料不备，然亦由于史家偏见，轻视域外之所致也。吾以为完全美备之蒙古史，必须本部与三藩并重，且蒙古部族最后所建之帝国，若帖木儿帝国，亦宜别以专史纪之。故必仿英国霍渥儿特（H. Houorth）之例，分为五部专史，其一为中国蒙古本部之史，其三为西北三大藩国之史，又其一为蒙古馀绪帖木儿帝国之史，一斡众枝，一枝众蘖，分为五部，合为一史，是则吾所认为理想中蒙古史最良之体例如此。旧体裁之蒙古史。若柯氏《新元史》，于西方材料事实，或有阙略，吾人须将此一部分阙略未详者，加以补充。若吾人欲以西方历史体裁改造蒙古史，则必用吾所云"分五部各为志史"之体裁，乃可囊括一切史迹。故吾以为元史学之内容如下：

· 373 ·

```
                            ┌─ 蒙古本部汗国史（中国在内）
                            │
                            │  奇卜察克汗国史
                            │
            主要之部—蒙古史 ┤  伊儿汗国史
                            │
                            │  察哈台汗国史
                            │
                            └─ 贴木儿汗国史

            ┌─ 亚洲中古史
            │
            │  元史学东亚交通史
            │
            │  中国西北民族史
            │
            │  中古俄国史
            │
元史学       │  中古波斯及阿拉伯史
            │
    附属之部 ┤  中古印度史
            │
            │  中古埃及史
            │
            │  土耳其史
            │
            │  回教史
            │
            │  喇嘛教史
            │
            │  基督教东方佈教史
            │
            └─ 蒙古语言文字
```

  元史学中、西两方之所研究，向日皆各自从事，不相贯通。自洪钧以来，已有双方融合之势，然终为时代与能力所限，仍未能有完美之效。今中西之交通大启，双方之研究成绩，灿然列於吾人之目前。凡前人为见闻所囿，徒费辛勤，而终不能成完美之工作者，吾人今日，皆可一举而补成之。吾人当此优越之时会与境地，但能勤搜博采，即可将中西史籍中所得者，一炉合冶，而收奇效。以元史学范围之广博，材料之宏富，关系之重大，事实之繁衍；在东方诸史中，诚足供吾人穷岁月之力，以从事研究也。

  （录自王森然《近代二十家评传》，书目文献出版社1987版）

后　　记

　　整理柯劭忞诗集，对我来说有点儿偶然。

　　2010年4月我忽然接到一个陌生人打来的电话，声称是根据我和王云教授合写的《〈徐忠勤公遗集识后〉及其文献价值》（见《文献》2006年第4期）中的作者单位才找到我的，"费了好大的劲儿，打了好几个电话"。此人便是时任青岛市城阳区科技局调研员的潘坤先生。潘先生很早就爱好收藏，特别关注近代重要藏书家徐坊的资料。潘先生当时几经周折打通我的电话，主要是告诉我，他在拍卖会上拍到了徐坊的一份诗札曰《楼亭樵客遗诗》，里面收有徐坊诗稿13首，系首次发现，史料价值极高，潘先生问我能否再对此札加以辨识和考证。因我在参编《聊城通史》时所承担的撰写任务中就含徐坊藏书一节，深知徐坊资料之匮乏，听潘先生述及此札，当然很感兴趣，当时便答应可以一试并让潘先生将札稿拍照后传给我。经过半年多的考证，终成《新见徐坊楼亭樵客遗诗考略》一文，刊发于《文献》2013年第4期。

　　就在徐坊诗札考证完毕之际，潘先生又向我提及，自己收藏有近代大儒柯劭忞的《蓼园诗钞》五卷刻本、排印本及《蓼园诗续钞》二卷刻本，至今未见有人整理。若能将柯氏诗集加以整理校注重新出版，无论对柯氏本人还是对相关学术研究都具有很大的意义。潘先生谦虚地说由于学力所限，无法完成整理校注工作。并说如果我愿意对柯氏诗集进行校注，他会将自己收藏的柯氏诗集的三种版本都复印给我作为参考。其实我对柯氏《蓼园诗钞》及《蓼园诗续钞》并不陌生，一是我校图书馆所藏《山东文献集成》中就收录了《蓼园诗钞》五卷排印本，二是我曾多次在国图查阅徐坊资料过程中翻阅柯氏各版诗集，并将其中涉及徐坊的诗作一一抄出。因在国图查阅古籍资料时只能手抄，不能擅自拍照，这对于外地赴京查资料的人来说未免残酷：时间太紧，手抄太慢！我曾因此而十分埋怨国图，同时也想到，如果有人将柯氏诗集整理一下重新出版该有多好，需要相关资料的人便不用千里迢迢来此受这洋罪遭此尴尬了，只是从未想到自己会整理柯氏诗集。但潘先生当时的一番话却提醒了我，尽管当时工作及家务事都很忙，能不能如期完成这项工作心里也没多少底，但还是接受了潘先生的建议，决定整理柯氏诗集。更重要的是，柯劭忞在晚清至近代文化学术史上具有十分重要的地位，虽然著作等身，但其生平资料却相当匮乏，其诗作中含有丰富的交游、思想等生平史料，对于后人研究柯劭忞生平学行具有不可或缺的参考价值，其诗集也的确值得并应该得到整理。

就在自己有一搭没一搭地对柯氏诗集各版本进行比对分析并熟悉内容时，2012年初我申报的教育部项目"民国时期的古籍丛书研究"获准立项，该项目本身就涉及柯劭忞、徐坊、徐世昌三位密友的一些藏书及刻书活动。更重要的是，项目资料查阅过程中也可将柯氏诗集校注所需资料及存在的疑点难点一并查阅，项目与柯集校注基本上是穿插进行、同步推进，柯氏诗集校注完毕时，教育部项目也已脱稿。遗憾的是柯诗校注完毕时，潘先生早已驾鹤归西！

柯劭忞诗集民国年间出版后从未有人整理，相关研究更是匮乏，因此，可供直接参考的资料很少，特别是诗中所涉人物，大多只用其名或号甚至是排行，诗中有些地名在全国多地都有，有的可以根据诗的内容背景等进行确定，有的则很难断定，需要进行大量相关的外围考证。这类问题自己无法解决的，便询师问友，实在无法确考的，也绝不敢妄作解人，而注以"不详""待考"等，以俟高明。

◇后　记◇

　　本次柯劭忞诗集整理旨在为世人提供一个校勘完备的柯氏诗集全本，因此不作鉴赏性的词语泛释，以免喧宾夺主，只对体现诗歌背景或作者行踪的人名地名等加以注释。尽管如此，由于资料和本人学识所限，书中肯定存在不足或错误，还请方家多予指正。

　　感谢中国戏剧文学学会会长、著名剧作家、小说家、画家李应该先生为本书题写书名。感谢中国艺术研究院赵伯陶先生、济南大学副教授张秉国先生对书稿的具体指点并惠赐大序。

　　聊城大学运河学研究院院长李泉教授、首席专家王云教授、常务副院长吴欣教授时常关注书稿进展，副院长丁延峰教授通读全稿，于书稿体例并一些具体问题多有教正。聊城大学社科处王玉珠处长、唐明贵副处长、郭焕云副处长于本书出版多有指点和帮助，在此一并致谢。

　　恩师李庆立先生生前对校注事宜极为关注，不顾年高体弱通读书稿，随时将问题记于卡片，然后将我约至家中一一指点，其情其景，历历在目。先生本准备为书稿写序，无奈一病不起，遽归道山。先生于我恩重如山，不材无以为报，仅以此书告慰先生于九泉。

崔建利
2016 年 4 月于聊城大学运河学研究院